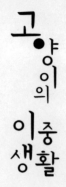

고양이의 이중생활

고양이의 이중생활

이중생활

김연경 장편소설

민음사

차 례

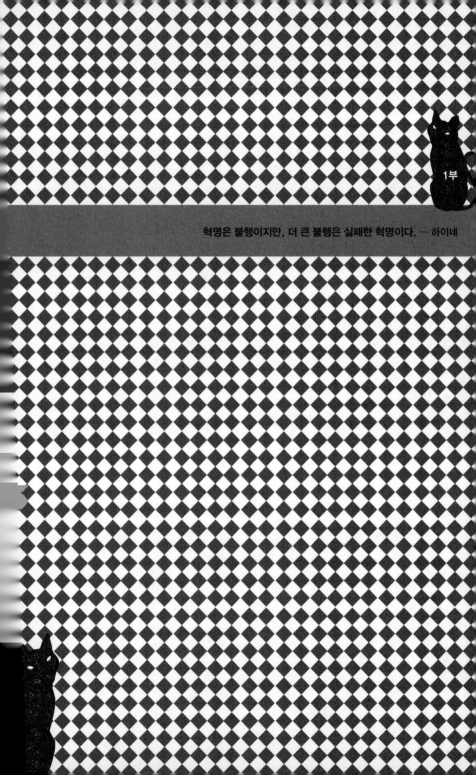

1부

혁명은 불행이지만, 더 큰 불행은 실패한 혁명이다. ─ 하이네

"칸트!"

말이 튀어나오기가 무섭게 쾅! 하는 폭발음이 들렸다. 민우는 얼른 달려가 방문을 열었다. 온 방 안에 화약 냄새가 진동했다. 연기도 모락모락 피어올랐다. 하지만 정작 칸트는 평온한 눈을 반짝이며 민우를 올려다볼 뿐이었다. 그러고는 곧 방 한구석으로 가서 혀를 날름거리며 살짝 그을린 털을 청소하기 시작했다. 푸른빛이 감도는 진회색 털로 뒤덮인 칸트 뒤로, 보라색 쑥부쟁이 위에 다소곳이 앉아 있는 노린재의 사진이 보였다. 그 옆으로는 비행 중인 꼬마꽃벌, 경운기 위에 앉은 밀잠자리, 몸의 절반이 흙 속에 묻혀 있는 굼벵이의 사진들이 쭉 이어졌다.

민우는 새까맣게 그을려 버린 꽁치 통조림 깡통과 몇몇 소품들의 찌꺼기를 치웠다.

"야, 어쩌자고 건드렸어, 어? 아파트 다 날릴 뻔했잖아! 날리는

데도 때가 있단 말이야!"

민우는 칸트를 상대로 말을 거는 버릇이 있었는데, 그럴 때면 꼭 일곱 살짜리 소년으로 돌아가는 것 같았다. 어떻든 말은 그렇게 하면서도 자신이 앞으로 열흘쯤 뒤에 날려야 될 대상이 정확히 무엇인지는 몰랐다. 민우는 부산하게 움직이던 손을 잠시 멈추었다.

"야, 칸트, 오늘이 며칠이더라? 아직은 10월이지? 그럼 뭐해? 한 달이 다 되도록 폭죽 갖고 장난이나 치는 수준이잖아!"

자기도 모르게 한숨이 나왔다.

방이 대충 정리됐다. 칸트도 털 청소를 끝내고 의자에 조용히 앉아 사태를 관망했다. 동공이 커다래지면서 눈알이 더 동그래졌다. 나름대로 사유와 반성에 몰두하고 있다는 증거다. 이게 다 웬일인가, 이것은 앞으로 어떻게 전개될 것인가, 이 상황에서 나는 무엇을 행해야 하는가, 또 나는 무엇을 희망해도 좋은가 등. 민우는 칸트를 안아 올렸다. 녀석도 순순히 몸을 내주었다. 겉으로 내색은 안 했지만 필경 예기치 못한 굉음과 열기에 당황했던 것이리라.

꽤 오래전에 민우에게는 생후 한 달 남짓 된 러시안 블루 한 마리가 생겼다. 그 고양이한테 칸트라는 이름을 붙여 준 것은 그 이름이 주는 어떤 엄정함과 단정함과 투명함, 동시에 딱히 뭐라고 설명할 수 없는 유머러스함 때문이었다. 칸트는 고양이답게, 또 민우처럼 등 푸른 생선을 좋아했다. 특히 꽁치 통조림을 좋아했다. 엄마가 조리대 앞에서 통조림 뚜껑을 열 때마다 칸트는 낮은 소리로 야옹 야옹 울어 댔다. 하지만 칸트에게 돌아가는 것은 늘 고양이용 사료

뿐이었다. 요리가 끝나면 엄마는 깡통을 깨끗하게 헹군 뒤 다른 재활용 쓰레기와 함께 보관해 두었다. 칸트는 생선 냄새를 그리워하면서 깡통들 주위를 맴돌았다. 어떨 때는 앞발로 깡통을 툭툭 건드려 보기도 했다. 운 좋게 깡통 하나가 떨어지면 상당히 오랫동안 그 속에 코를 박고서 꽁치의 흔적을 음미하곤 했다.

한 달쯤 전, 민우가 'PtRe(Proletariat Revolution의 약자다.)' 카페 모임을 끝내고 집으로 돌아왔을 때도 칸트는 차곡차곡 쌓인 꽁치 통조림 깡통 주위를 맴돌고 있었다. 갑자기 핸드폰 벨 소리가 정적을 깼다. 발신인의 번호를 보자마자 민우는 얼른 자기 방으로 들어가 문을 잠갔다. 구태여 그럴 필요까지는 없었지만, 무의식적인 반응이었다. 민우는 숨을 가다듬은 뒤 입을 열었다.

"여보세요."

"잘 들어가셨습니까?"

낭랑하고 어린 목소리에는 전혀 걸맞지 않는 딱딱하고 사무적이고 또한 권위적인 말투였다.

"예."

"알고 계시죠?"

"예."

잠시 상대방의 숨결이 느껴졌다. 가쁜 숨을 몰아쉬는 듯도 했다. 민우는 불안 섞인 기대에 차서 상대방의 말을 기다렸다. 상대방은 이번에도 매몰찼다.

"그럼, 한 달 뒤에."

핸드폰에서 종료음이 짧게 흘러나왔다. 뇌수의 한 부분이 일순간 머릿속을 빠져나갔다가 제자리를 찾은 것 같은 느낌이었다. 통화를 끝낸 뒤에는 늘 그랬다. 민우는 한동안 멍한 눈으로 칸트를 바라봤다. 언제 봐도 해맑고 그러면서도 깊은 푸른빛이었다.

"야, 칸트, 이건 좀 심하지 않냐? 일곱 살밖에 안 된 계집애란 말이야. 이런 꼬맹이한테 놀아나다니 웃기지도 않는다, 정말."

말을 알아들었을 리도 없건만 칸트의 동공이 점점 커졌다. 그제야 민우는 불을 켜야겠다는 생각이 들었다. 방 안이 환해지자 눈앞에 떠오르던 소녀의 모습은 사라지고 오로지 소녀가 내린 지령만 남았다.

그때부터 민우는 꼬마꽃벌 공부를 그만두고 꽁치 통조림 깡통 놀이에 몰입했다. 무수한 꼬마꽃벌의 시체와 표본 대신 연극 무대의 소품과 같은 것들이 쌓여 갔다. 그것을 조립하고 각종 화학 약품들을 뒤섞어 시행착오를 거듭하는 것이 민우의 하루 일과였다. 집 안은 늘 조용했다. 아버지는 원래 저녁이 되어야 귀가했다. 다행히 엄마도 요즘 들어 부쩍 외출이 잦아졌다. 민우는 칸트의 무심한 시선을 느끼며 작업에 몰두하는 데 익숙해졌다. 시간이 얼마나 지났을까. 이번만은 성공할 수 있을 듯했다. 이런 자신감이 들자 갑자기 어깨와 무릎이 저려 왔다. 집중력을 발휘해 보려고 했지만 요의를 참을 수가 없었다. 하는 수 없이 민우는 거의 완성 직전에 이른 꽁치 통조림 깡통을 남겨 두고 화장실로 달려갔다. 칸트의 몸은 언제나 사차원을 누비듯 이동했고, 민우의 몸속에 쌓인 소변은 삼차원을 거침없이 가로지르며 흘러나왔다. 소변의 마지막 방울마저 다 떨어지고 몸에 살포시 경련이 일었을 때 비로소, 민우는 등 뒤로 뭔가를 직감했다. 아니나 다를까 칸트의 울음소리와 더불어 쾅! 하는 폭발음이 들렸던 것이다.

"칸트……!"

민우는 황망한 기분으로 다시금 칸트의 이름을 불러 보았다. 지금까지 했던 작업을 그대로 되풀이하는 것은 사실상 불가능했다. 그것은 어느 지점에서 울퉁불퉁한 섬에 도달하는 방법의 가짓수를 묻는 수학의 확률 문제를 푸는 것과 비슷했다. 순열이나 조합 공식만으론 해결할 수 없는 것이다. 답이 나올 때는 늘 착한 마녀에게 홀린 듯 '느닷없이 뚝딱'이다. 그래서 스스로 해법을 정리해 볼 수도 없고, 누구한테 가르쳐 줄 수도 없다. 텅 빈 꽁치 통조림 깡통 놀이도 마찬가지다. 시험 종료 10초 전, 여전히 저 울퉁불퉁한 섬엔 도달할 수 없다.

민우는 다시 칸트의 눈을 들여다보았다. 형광등 불빛 때문에 녀석의 동공이 점점 작아져서 이제는 파충류의 눈처럼 섬뜩한 모양새가 됐다. 언뜻 보면 게슴츠레하지만 녀석은 동공이 작아질 때 사물의 깊은 곳을 더 잘 보는 것 같았다. 민우는 자리에서 벌떡 일어나 컴퓨터를 켰다. 그리고 사유서를 이메일로 보냈다. 11월 7일은 도저히 불가능하다, 가급적 유보해 달라, 꼭 11월 7일을 고집한다면 '그쪽'에서 수단을 마련해 달라, 라는 내용이었다. '그쪽', 즉 이메일의 수신자는 카페의 주인, 이른바 '마스터'였다. 하지만 민우는 한 번도 그의 얼굴을 보지 못했으며 육성을 들은 적도 없었다. 그의 존재는 아주 작고 연약한 존재 뒤에 숨어 있었다. 바로, 한 달쯤 전 그에게 전화를 걸어온 일곱 살짜리 소녀였다.

소녀의 이름은 딸기였다. 닉네임이면서 실명이기도 했다. 딸기의 얼굴은 정말 딸기 같았다. 볼은 복숭아처럼 발그레한 정도가 아니라 새빨갛고 윤이 나는 제철의 싱싱한 딸기와 같은 빛이었다. 그 볼에 약간 얽은 듯도 싶고 그냥 점인 듯도 싶은 깨알들이 박혀 있었다. 그 깨알들은 지나치게 크고 동그란 눈, 특히 흰자위를 거의 압도해 버린 커다란 홍채와 동공, 꼭 다문 다부진 입술, 톡 튀어나온 광대뼈를 덮고 있는 통통한 살과는 어쩐지 잘 어울리지 않았다. 뭐라고 딱 집어 말할 수 없는 부조화의 얼굴, 그것이 딸기의 얼굴이었다.

"니힐리스트 님입니까?"

처음 만났을 때 딸기의 첫마디였다. 꼭 다문 입술을 달싹이면서 딸기는 칸트처럼 새까만 눈알을 동글동글 굴렸다. 조막만 한 꼬마가 관료제의 물에 흠뻑 젖은 어른처럼 구는 모습이 귀엽고 웃길 법도 했다. 하지만 민우는 딸기가 입을 뗀 순간부터 줄곧 기시감 때문에 혼란스러웠다. 커다란 눈, 지나치게 크고 새까만 홍채, 광대뼈와 도톰한 볼 살, 너무나 짙은 홍조, 무엇보다도 깨알 같은 점들. 분명히 어디선가 본 것이었다. 재미 삼아 나가 본 카페 모임의 충실한 참석자가 된 건 말하자면 딸기 때문이었다. 딸기의 명령에 고분고분 복종하게 된 것도 딸기로 인해 환기된 기억 탓이었다.

민우가 보낸 메일의 답장은 그날 저녁에 바로 왔다. 다음 주 월요일에 긴급 모임을 갖기로 한다는 것이었다. 그때 그에게 '뭔가'를 전해 주겠다고 했다. 어떤 일이 있어도 '거사'는 11월 7일에 치러져야 한다는 점도 강조되었다. 민우는 잠시, 이 메일이 '마스터'가 쓴 것인지 아니면 이 역시도 딸기가 쓴 것인지 궁금해졌다. 아무리 봐도 일곱 살 소녀가 사용할 수 있는 어휘가 아니었다. 하지만 딸기는 시쳇말로 기가 차는 소녀였다. 쉽게 영재라는 말을 붙여도 될 법했다. 문제는 뛰어난 지식 습득 능력만이 아니었다. 딸기에게는 그 나이 또래의 아이에게서는 볼 수 없는 우울함이 있었다. 그것은 분명히 성인만이 가질 수 있는 정념의 체계였다. 볼에 자잘하게 박혀 있는 새까만 점들은 느닷없이 생겨 버린 무수한 나이테의 다른 모습이 아닐까.

민우는 거울 속에 비친 자신의 얼굴을 들여다보았다. 그의 얼굴에는 점이 하나도 없었지만 17년 전에 죽은 여동생 다희의 얼굴에는 자잘한 점들이 무척이나 많았다. 어린 시절 둘은 좀처럼 구별할 수 없을 만큼 서로를 쏙 빼닮은 쌍둥이었다. 오직 깨알 같은 점만이 둘을 구분해 주었다. 그러니까 딸기는 다희의 별명을 갖고 만들어 놓은 분신 같은 존재였다.

"집에 있었네."

엄마의 목소리가 들려왔다. 민우는 멀쩡히 잘 있는 꽁치 통조림 깡통을 다급하게 한쪽으로 밀었다. 그러고도 큰 숨을 한 번 내쉰 뒤에야 방문을 열었다.

"혼자 있으면서 방문은 왜 잠가 놓고 있어, 사춘기도 아니고. 아니, 저건 또 뭐니? 어릴 때도 장난감이라면 딱 질색이더니만, 갑자기 무슨 바람이 불었대? 꽃벌은 다 어디 가고 온통 깡통이니, 원."

엄마는 고개를 갸웃했다.

엄마가 안방에서 옷을 갈아입는 동안, 민우는 부엌의 찬장에서 고양이 사료를 꺼냈다. 바스락거리는 소리가 나자 칸트가 어슬렁거리면서 거실로 나왔다. 이미 생선 맛을 알아 버린 녀석은 사료를 참으로 무성의하게 먹었다. 그래도 우유만은 혓바늘 같은 것이 톡톡 돋아 있는 혀로 탁탁 치면서 꼭 장난을 치듯 즐겁게 먹었다.

"요즘 한가하니? 웬일로 이렇게 일찍 왔어?"

등 뒤로 엄마의 말이 들려왔다. 편안한 평상복을 입은 엄마는 외출복을 입은 엄마보다 한결 젊어 보였다.

"그렇게 집에서 뒹굴 거면 엄마랑 장이나 보러 가자."

민우의 대답도 듣지 않고 엄마는 장바구니를 챙겼다. 민우는 점퍼 하나를 걸친 뒤 엄마를 따라나섰다. 포악했던 여름이 끝나고 정녕 가을이 오긴 오려는지, 저녁 바람이 선선했다.

"저녁엔 꽁치 조림을 해 볼까?"

"아, 이제 꽁치는 그만 먹어요!"

민우가 딱 싫다는 듯 소리쳤다. 그래도 엄마는 통조림 코너 앞에서 미적대면서 꽁치 통조림에 손을 댔다가 뗐다가 했다.

"그러면 하나만 사든지. 저어기 골뱅이도 두어 개 사요. 소면 무침 해 먹게."

엄마는 통조림들을 장바구니에 담았다. 엄마의 얼굴에는 괜히 화색이 돌았다. 꽁치와 골뱅이 때문에? 설마!

요즘 들어 엄마는 일주일에 한 번 정도 장을 봤고 그때마다 손이 덜 가는 식품을 샀다. 옛날만 해도 마늘이나 파 같은 것은 모두 손으로 직접 다듬었다. 피자나 스파게티를 만들거나 빵이나 쿠키를 굽는 일도 잦았고 갈비찜, 감자탕같이 골치 아픈 음식도 곧잘 만들었다. 하지만 오후의 산책이 시작된 이후 엄마는 요리를 비롯한 가사에 흥미를 잃은 듯했다. 인스턴트 식품을 그대로 밥상 위에 올리지 않는 것만도 다행이었다. 그렇게 해서 절약되는 시간이 어디로 가는 것일까. 요가, 헬스, 수영 등의 운동, 꽃꽂이, 뜨개질, 지점토 공예, 십자수, 퀼트 등의 취미 활동은 번갈아 가며 오래전부터 해 왔던 것이다. 주기적으로 교양 강좌를 들으러 다니기도 했다. 한데 최근에는 오히려 그런 것도 그만둔 상태였다. 소설책만은 꾸준히 사들였지만 예전만큼 많이 읽는 것 같지는 않았다. 민우가 군대가 있는 동안 운전면허를 따더니만 모든 활동이 오후에 드라이브를 나가는 것에 국한되었다. 산책에서 돌아올 때마다 엄마는 카메라 속에 몇 장의 사진을 담아 왔다. 군대 가기 전 민우가 곧잘 카메라를 들고서 야생화와 곤충을 찾아다녔던 것처럼 말이다. 엄마가 찍은 풍경 사진들은 오후 산책의 물증, 아니, 집을 비운 것에 대한 알리바이였다. 아, 그럼 엄마는 혹시 사진 동호회 활동 중? 설마!

아파트 앞에 이르러 민우가 열쇠를 꽂자 집 안에서 걸음 소리가 들렸다.

"오늘은 당신도 빨리 왔네요?"

"응. 머리가 좀 아파서."

아버지의 대답은 멍했다. 엄마는 아버지의 말을 듣는 둥 마는 둥 부엌으로 갔다. 그 와중에 칸트가 자기 방, 아니 민우의 방에서 천천히 기어 나왔다. 아버지는 칸트를 한 번 쳐다보고는 인상을 썼다. 못된 놈 같으니! 영락없이 길 고양이의 상판대기야. 아버지의 얼굴에는 이런 말이 씌어 있는 것 같았다.

두부와 표고버섯이 들어간 된장찌개와 골뱅이 소면 무침, 불고기 등으로 구성된 저녁 식탁이 차려졌다. 세 식구는 식탁 앞에 둘러앉았다. 그들은 아주 오래전부터 늘 셋이었다. 다희가 죽은 지 3년이 지났을 때 엄마는 서른을 갓 넘긴 나이였다. 엄마는 민우에게 있어 늘 '새댁'이나 '애 엄마'였으니까 그저 엄마의 아랫배가 조금씩 도톰해지는 것이 신기할 따름이었다. 한데 그 무렵 아버지는 머리카락이 눈에 띄게 성글어졌고 그나마도 하얗게 새기 시작했다. 이런 할아버지가 '애 아빠'가 된다는 것이 민우는 무척이나 이상했다. 하지만 민우의 혼란과는 상관없이 엄마는 임신 5개월을 넘긴 상태에서 아이를 잃었다. 사산이나 다름없었다. 그때 민우는 일곱 살의 나이로 죽은 다희 대신에 모아 왔던 인형을 죄다 버렸다. 그리고 엄마에게 동물을 한 마리 키우게 해 달라고 했다. 엄마는 고민 끝에 그러라고 하기는 했지만 개는 결단코 반대했다. 시끄럽다는 이유에서였다. 성대를 제거할 수는 있지만 그건 너무 잔인하다는 거였다. 고양이도 털이 많이 날리기 때문에 좋아하지는 않았지만 민우의 방에서만 키운다는 조건으로 허락해 주었다. 그 후로 몇 마리의 고양이가 민우의 집을 거쳐 갔다. 지금처럼 세 식구가 함께 한 공간에 있어야 될 때는 고양이가 적잖이 도움이 됐다. 특히 칸트처럼 성깔도 별로 없는 척 굴고 마냥 조용한 양체 같은 녀석은 더더욱.

"엄마, 칸트한테 골뱅이 하나 주자."

"그럼 사료를 안 먹잖아."

엄마가 딱 잘라 말했다. 아버지는 가타부타 말이 없었다. 다들 말없이 밥 먹는 데만 열중했다. 부자는 음식물을 씹을 때 쩝쩝거리는 소리를 유난히도 많이 냈다.

"1년만 있으면 졸업인데, 뭘 할 거냐?"

침묵을 깬 것은 아버지였다. 민우는 잠시 멍하게 있다가 무심코 대답했다. 입안에 든 골뱅이를 지금쯤은 삼켜도 될 법하지만 1분이 넘도록 잘근잘근 씹고 있었다.

"졸업하려면 아직 1년 반이나 남았어요. 이번 학기에 휴학했으니까."

"아, 그래. 어떻든 진로 걱정을 할 때가 아니냐?"

아버지의 질문에 민우는 빈정거리듯 차갑게 반문했다.

"글쎄요, 핵폭탄을 만들까요?"

"그럴 거면 원자핵 공학과에 가지 그랬냐?"

늙은 아버지가 무뚝뚝하게 대답했다. 오늘따라 아버지의 헐거운 머리카락들이 유난히 하얘 보였다.

"아버지는 왜 염색을 안 하세요?"

아버지는 깜짝 놀랐는지 젓가락을 공중에 띄운 채 민우를 쳐다보았다. 민우는 아버지를 노려보았다.

"요즘은 웬만하면 다들 염색을 해요."

"그래, 그거 좋구나. 아니, 하지만 머리카락만 검게 칠하면 다시 젊어진다던?"

아버지는 정말로 이 문제가 궁금하다는 듯 진지하게 물었고, 민우는 아버지를 쳐다보기 싫어 고개를 숙였다. 또다시 말이 없어졌다. 하지만 아버지는 괜히 집요하게 굴었다.

"대학원에 갈 생각은 하지 마라."

"왜요?"

민우는 애초부터 대학원 따위는 생각도 안 했지만, 아니, 졸업 후의 진로 따위는 안중에도 없었지만, 마치 아버지가 자신의 원대한 결심을 망가뜨리기라도 한 것처럼 도전적으로 물었다.

"평생 벌이나 연구하고 살 생각이냐?"

"벌이 어때서요? 아버지도 치매, 중풍 같은 거나 연구하시잖아요."

"그건 아픈 사람을 고치는 일이 아니냐. 생명의 존귀함에 대해서 좀 생각해 보도록 해라. 흠……. 너는 아직 잘 모르겠지만 나이가 들수록 하루하루가 더 소중한 법이야."

아버지는 아들이 대학을 졸업할 나이가 됐는데도 여전히 초등학생 대하듯 훈계조였다.

"치이, 어차피 곧 죽을 사람들인 걸요. 오늘내일 하는 늙은이들한테 청진기나 한 번씩 대 보고 약장사처럼 약이나 처방해 주면서 무슨 생명의 존귀함이람. 의료 사고가 나길 하나, 재발하길 하나, 환자가 폭동을 일으키길 하나. 차라리 편하게 돈 벌려고 그 짓 한다고 정직하게 말하세요."

"그래, 정직이라, 그거 좋지."

아버지는 민우의 빈정거림은 깡그리 무시하고서 입에 발린 습관성 어구를 늘어놓았다. 그러면서도 꾸준히 먹는 일에 몰두했다. 입을 벌릴 때마다 잇새에 지금 막 먹은 음식물의 찌꺼기가 끼었고 입술 위에는 화려한 양념들이 덕지덕지 묻었다. 입술 언저리의 주름들 사이로 간혹 다진 마늘 따위가 박히기도 했다.

"그럼 대학원에 갈 생각이냐?"

"그렇다면요?"

"돈이 남아도는 줄 아는 모양이구나."

"헉, 권율 박사가 외아들 공부시킬 돈이 없다니! 차라리 농학 따위나 공부해서 뭐할 거냐고 하시죠."

"그래, 나는 네가 농학 대학에 가는 건 처음부터 반대였고, 지금도 그건 싫다. 하지만 경제적인 여유가 없는 것도 맞아. 곧 퇴직이야. 아비 나이도 잊고 사는 게냐?"

"아니요, 매 시각 생각해요. 아버지는 예순네 살이고, 엄마는 마흔네 살이죠. 평생을 연구와 치료에 몰두했을 텐데, 그동안 부동산까지 차곡차곡 쟁여 뒀으니 참 부지런도 하세요. 여하튼 걱정 마세요. 대학원 갈 생각도 없고, 가더라도 전공은 바꿀 테니까."

아버지는 민우의 말을 묵묵히 듣고 있다가 뭔가가 생각난 듯 입을 열었다.

"거참, 너란 녀석은! 과학고 졸업하고 수능 점수 그만큼 잘 나왔으면 공대도 학과를 골라서 갈 수 있었어. 네가 의대를 포기한 건 나도 더 이상 뭐라고 하고 싶지 않다. 그래, 기왕지사 농대를 간 것도 그렇다 치자. 하지만 그걸로 대체 뭘 하겠냐? 군대도 그래. 공익 근무를 했으면 시간이 많아서 뭘 해도 했을 테고, 아예 좀 괜찮은 방위 산업체를 들어갔으면 경력이라도 쌓았을 거다. 대체 뭐하러 사서 고생을 했는지 나로선 통 알 수 없구나. 2년간 짐만 날랐으니 머리가 돌이 되는 것도 당연해. 그래, 뭘 해서 밥을 벌어먹고 살 생각이냐, 어? 지금이라도 정신 차리고서 어디 로스쿨 준비라도 하든지."

"의학 전문 대학원 가란 말씀은 안 하시니, 그래도 양심은 있으신가 봐요?"

민우가 히죽거리며 빈정댔다. 아버지의 표정이 싸늘하게 굳는 것 같았지만, 곧 원래대로 돌아갔다.

"내 말은…… 그래, 그만큼 공부했으면 대체 무슨 생각이 있어야 할 거 아니냐?"

민우는 한참 동안 무슨 생각에 골몰하는 척하다가 무심하게 내뱉었다.

"생각해 볼게요."

"도대체 너한테는 시간이 모래알처럼 남아도는 모양이구나!"

아버지는 갑자기 언성을 높이면서 밥숟가락을 놓았다. 화가 나지 않은 건 아니었지만 그보다는 밥을 다 먹었기 때문이다.

"저도 마냥 놀고 있진 않아요."

"그래, 그 정도는 해 줘야지. 좋아, 좋은 일이야."

어느새 평온을 되찾았는지, 아버지는 이렇게 말하고서 소파로 갔다. 지금까지 아무 말 없이 식탁에 앉아 있던 엄마의 목소리가 들렸다.

"여보, 과일 좀 드려요?"

곧 사과와 배 접시가 아버지 앞에 놓였다. 아버지는 칸트와 함께 8시 뉴스를 시청했다. 뉴스가 끝나자, 천천히 자리에서 일어나 서재로 들어갔다.

"커피 드릴까요?"

20여 년 동안 반복되어 온 질문이었다. 잠시 뒤 엄마는 고분고분한 몸종처럼 커피를 끓여 아버지의 서재로 가져갔다. 그러고는 곧바로 거실로 나왔다.

"너는 어린애도 아니고 아버지한테 말버릇이 그게 뭐야?"

"그냥 아버지가 너무 늙어 보였어요."

엄마는 무표정한 얼굴로 민우를 물끄러미 바라보았지만 별다른 말은 하지 않았다.

민우는 엄마와 단둘이 소파에 앉아 있었다. 뉴스는 듣는 둥 마는 둥 엄마가 무심하게 입을 열었다.

"도대체 그 깡통은 어디다 쓸 거니?"

"폭탄을 만드는 중이에요."

"폭탄이라고? 무슨 농담을 진담처럼 하네."

엄마는 명랑하게 웃었다. 엄마의 눈가로 잔주름이 퍼졌다.

"어, 진담인데."

"이 녀석, 정말 나이를 거꾸로 먹는구나. 복학생 주제에 폭탄 놀이라니."

엄마와 이야기를 나누는 동안, 대선 관련 뉴스가 다 지나가 버렸다.

"피아노 말인데, 엄마……."

민우는 화제를 돌리며, 거실 한쪽에 서 있는 피아노를 향해 고갯짓을 했다.

"갖고 싶다는 사람이 있는데 주면 안 될까요?"

"다시 칠 생각은 아예 없나 보네……."

민우는 대답 대신 고개를 살짝 내저었다.

"뭐 그럼 네 물건이니까 너 좋을 대로 해야지. 네가 언제 어른 말을 듣기나 했니?"

아무렇지도 않다는 듯 웃긴 했지만 엄마는 아쉬운 것 같았다.

엄마가 딱히 말은 안 했지만 피아노는 다희의 물건이기도 했다. 민우는 다희가 죽은 이후에도, 심지어 대학에 들어간 뒤에도 틈만 나면 피아노를 치곤 했다. 하지만 복학을 한 뒤로는 피아노를 볼 때마다 짜증이 났다. 피아노를 돌봐 주는 건 엄마뿐이었다. 엄마는 1년에 두 번씩 꼬박꼬박 조율을 했으며 피아노 위를 늘 깨끗하게 정리해 두었다. 피아노를 바라보며, 또 만지며 다희와 민우를 옆에 앉힌 채 「젓가락 행진곡」이나 「고양이의 춤」을 치던 시간들을 추억하는 것이리라.

민우는 자기 방으로 들어왔다. 칸트는 진즉에 들어와서 책상 밑에 마련된 자기의 방석 위에 웅크리고 앉아 있었다. 눈을 말똥말똥 뜨고 있는 것이 전혀 졸리지 않은 모양이었다. 칸트 옆에는 민우가 만지다 만 꽁치 통조림 깡통이 수북이 쌓여 있었다. 마스터, 아니 딸기로부터 답신을 받은 이후 그의 불안과 긴장은 최소한 절반은 해소가 되었다. 하지만 '뭔가'를 넘겨받는다는 것은 곧 그 '뭔가'를 실행에 옮기는 것을 의미했다. 반 이상 그 스스로 자초한 일이었지만 그 '뭔가'를 생각할수록 민우는 불안해졌다. 그럴수록 더더욱 피아노에만 생각을 집중하려고 애썼다.

"야, 칸트, 이 오빠가 저 피아노 누구한테 줄 건지 알아?"

민우는 이렇게 칸트를 붙잡고 혼잣말을 이어 갔다. 그러니까 엄마에게 말을 꺼낼 때 그가 염두에 둔 사람은 카페 회원인 강 주임 아저씨, 정확히는 그의 큰딸이었다. 강 주임의 딸은 중학교 2학년이었는데 피아노를 배우는 중이었다. 민우는 지난번 모임 때 그에게 피아노 얘기를 꺼냈다. 이번에 만나면 확답을 줄 수 있겠다. 생각이 여기에 이르자 다시 딸기가 떠올랐다. 딸기는 종종 바이올린 케이스를 들고 나타났다. 그 케이스가 열리는 것을, 또 딸기가 바이올린을 켜는 것을 본 적은 없었다. 그날 밤 꿈에서도 딸기는 한 손에 바이올린 케이스를 든 채 소녀치고는 너무나 진지하고 우울한 표정을 짓고 있었다. 그것이 다희를 닮은 딸기인지 아니면 딸기라는 별명을 가진 다희인지 민우는 종잡을 수가 없었다.

권율 박사는 거의 두 시간째 서재에 앉아 있었다. 하지만 책에 집중한 시간은 30분도 안 됐다. 빽빽한 활자와 도표와 그림이 그를 조롱하듯 그의 시선과 뇌수를 쏙쏙 빠져나갔다. 그는 책에서 눈을 떼고 의자의 등받이에 몸을 쭉 편 채 천천히 눈을 감았다 떴다 했다. 어김없이 머릿속이 빙빙 돌기 시작했다. 순간, 눈이 아주 작은, 그나마도 두툼한 지방에 휩싸인 어떤 남자의 얼굴이 떠올랐다. 이것 때문인가? 설마! 그럴 리가! '뇌의 유희'는 그보다 오래전부터 나타나기 시작했는걸. 그랬지, 아마?

빙빙 도는 것은 권율 박사의 머릿속이 아니라 벽을 에워싸고 있는 책장이었다. 곧 거기에 꽂힌 책들이 하나둘씩 제자리에서 일탈하여 무중력 상태인 양 방 안을 배회한다. 권율 박사는 다시 눈을 감았다가 떴다. 이제는 책에서 종잇장들이 떨어져 나와, 하늘을 나는 양탄자처럼 수평을 유지하며 권율 박사의 주의를 맴돌다가 날카로운 모서리로 그의 몸을 베기 시작한다. 축 늘어진 그의 살갗에 가느다란 붉은색 선이 그일 때마다 종잇장에서 글자가 뚝뚝 떨어져 나온다. 글자는 곧 해체되어 알파벳들로 바뀌어 버린다. 온 방에 알파벳들이 둥둥 떠다닌다. 권율 박사는 다시 눈을 감았다. 머릿속의 산만한 움직임이 멎었을 때 다시 눈을 떴다. 다행히도 책들은 아무 일도 없었다는 듯 천연덕스럽게 제자리를 지키고 있다. 권율 박사는 머리를 한 번 내저은 뒤 다시 책에 집중했다. 하지만 그를 몰입시키는 것은 책의 내용들이 아니라 그 형식들, 그 활자들이다. 그것들은 급기야 책장에 꽂힌 책들처럼 방종하게 굴기 시작한다. 새까만 활자와 총천연색의 그림들이 제각기 분해되어 그의 눈을 찔러 대다가, 급기야 눈알을 뚫고서 뇌 속으로 침입한다. 알파벳들, 선들, 점들, 면들이 천천히, 집요하게 그의 뇌수를 갉아 먹는다. 머리가 못 견디게 아파 오는 건 이 지점이다. 그는 자리에서 일어났다.

권율 박사는 시원하게 뚫린 창문을 바라보았다. 조금 전에 해체되어 그를 고문했던 것들이 다시 합쳐져서 원래의 형상을 찾았다. 대신 그의 앞에 나타난 것은 늙은이들의 얼굴이었다. 그들은 꼬챙이처럼 말랐건 하마처럼 비대해졌건 간에 하나같이 다 생기가 없었다. 푸석푸석하거나 축 처진 살, 꾸부정하고 위태로운 몸, 누렇게 변색된 흰자위와 윤기가 사라진 눈동자, 얼굴은 물론이고 목덜미나 팔다리로까지 번져 있는 거뭇거뭇한 반점들. 노화로 인한 의식의 퇴행, 가령 기억력 감퇴나 이기심과 탐욕의 증대 등은 거의 동일

하게 나타나는 증상이다. 어떻든 염치가 없어진다. 흔히 '염치도 없이!' 혹은 '에잇, 파렴치한 놈!'이라고 말하지만 사실 염치란 권태나 환멸처럼 극히 고급한 상태, 몇 단계의 정서적 발전 단계 중 상당히 상위에 속하는 것이다. 염치를 잃어버린 환자들을 보면서 권율 박사가 정성껏 상담과 치료에 임할 수 있었던 것은, 돌이켜 보건대, 의사로서의 소명 의식이나 남다른 이타심 탓이 아니었다. 그건 오로지 그들이 그 자신과는 완전히 다른 부류의 인간으로, 남으로 여겨졌기 때문이다. 언젠가 막 서른을 넘겼을 무렵, 한 '어르신'이 찾아와 부부 관계를 갖던 도중 마비가 되어 버렸다는 얘기를 하자 너무 웃기고도 민망하여 표정 관리를 하느라 곤혹스러웠던 것이 엊그제 같다. 그때만 해도, 또 이후로도 아주 오랫동안 이런 환자들은 그와는 다른 세계에 속한 자들이었다. 하지만 이제는 그들이 모두 그와 한 몸인 것처럼 여겨졌다. 그 '어르신'은 고작해야 50대였으니, 지금의 권율 박사보다도 훨씬 젊었던 것이다.

20여 년 전 대학 초년생이었던 아내를 만났을 때도 권율 박사는 나이에 관한 위화감을 별로 느끼지 않았다. 그랬기 때문에 아내가 그에게 처녀다운 대담성과 자신감을 갖고 청혼을 해 왔을 때, 그것이 별로 이상하게 생각되지 않았다. 스무 살이라는 나이 차이는 주위의 시선이 없었더라면 깡그리 잊혔을 성질의 것이었다. 하지만 시간은 10년 단위로 그의 몸과 마음에 강렬한 각인을 남겨 왔다. 60은 가히 절정이었다. 예전과 별반 다를 바 없는 생활의 연속이었지만, 아내를 볼 때마다 손끝과 발끝이 찌릿찌릿해지는 것이 여간 불쾌한 것이 아니었다. 속에서 뭔가가 치밀어 올라 괜히 가슴이 서

늘해졌고, 머릿속에서는 활자들이 뾰족한 끝이 몇 개나 되는 흉기
로 변해 그를 마구 찔러 댔다.

노크 소리가 들린 뒤 문이 열렸다.

"그만 잘래요?"

"아니, 좀 있다가. 들어와."

그제야 아내는 서재 안으로 발을 들여놓았고, 책상과 책장 사이
에 놓여 있는 조그만 안락의자에 앉았다.

"피곤해. 피곤한 날들의 연속이야."

"좀 쉬지 그래요?"

이 말에 그의 얼굴이 화석처럼 굳어 버렸다. 그는 의자의 등받이
가 거의 다 뒤로 젖혀질 만큼 몸을 쭉 폈다.

"내 말은요."

아내는 그를 쳐다보지도 않고 말을 이어 갔다. 아내의 옆모습이
보였다. 또렷한 이목구비와 부드럽고 뽀얀 뺨은 여전했다. 어깨 위
로 드리워진 검은 머리채에도 윤기가 흘렀다.

"아예 쉬라는 소리예요."

그는 순간 흠칫했다.

"하긴 쉴 나이가 아니잖아. 끝낼 나이지. 젊었을 땐 곧잘 쉬고 싶
더니, 이제는 쉰다는 말이 무서워."

"웬 잡생각이 그리 많아요?"

아내는 서재를 나가 버렸다. 사라지는 아내의 얼굴에는 '당신이
언제 젊었던 때가 있긴 했나요?'라는 말이 씌어 있는 것 같았다. 아

내 특유의 조용하고 차분한, 거의 무표정에 가까워 좀처럼 읽어 내기도 힘든 냉소와 함께 말이다. 물론 아내가 정말로 그런 생각을 갖고 있을 리 만무했다. 최소한 그렇다고 그는 믿었다. 하지만 최근 들어서는 자꾸만 밖으로 표현되지 않는 뭔가를 헤적이고 그걸로 꼬투리를 잡고 싶어졌다. 왜 이렇게 사물과 현상의 어두운 면을 기웃거리게 되는 것일까. 이런 물음 자체가 그를 슬프게 만들었다.

불을 끄고 침대에 나란히 누웠을 때도 권율 박사는 말이 하고 싶어졌다. 아니, 요즘 들어 그는 대체로 말이 많아졌다. 잠이 쉽게 들지도 않았다. 입을 다물고 있으면 온갖 생각들이 또 다시 날카로운 활자 무기로 변해서 그를 폭행할 것 같은 두려움에 휩싸이곤 했다. 그렇다 보니 권율 박사는 하릴없이 입을 뗐다. 하지만 입 밖으로 나오는 얘기는 늘 비본질적인 것들이었다. 아니, 어떤 것이 본질인지, 지금 무슨 말을 하고 있는 것인지 곧잘 실마리를 놓쳤다.

"세상에는 두 부류의 사람이 있는 것 같아. 늙어서 죽을 날을 세는 사람과 젊어서 살날을 세는 사람."

"젊은 사람들이 뭐하러 날을 세요?"

"그렇겠지. 젊을 땐 늙음과 죽음이 비유에 불과하니까."

아내는 이번에는 대꾸도 하지 않고 옆으로 돌아누웠다. 권율 박사는 똑바로 누운 채 천장을 올려다보며 웅얼댔다.

"민우 말이야, 아들이란 녀석이 왜 저 모양이야? 도무지 버르장머리가 없어. 아비 앞에서 건방지게 설쳐 대기나 하고. 아니 저놈은 지가 평생 저렇게 젊을 줄 아나?"

"아휴, 그러니까 그것도 잠시잖아요. 그냥 귀엽게 봐주면 되지, 별걸로 다 트집이에요."

"그런데 우리 다희 말이야……."

운을 떼운 뒤 권율 박사는 조금 기다렸다. 이 부분을 건드리지 않는 것은 부부 사이에 일종의 불문율이었지만 오늘따라 새삼스럽게 확인하고 싶은 것이 있었다.

"당신도…… 내 잘못이었다고 생각해?"

아내는 역시나 묵묵부답이었다. 권율 박사도 한참 동안 가만히 있다가 느닷없이 또 입을 열었다.

"맞아, 기억났어. 나는 두려웠던 거야."

"뭐가요?"

아내가 다시 입을 열었고, 권율 박사는 그것이 기뻤다.

"아이들이 한창 자라날 때 말이야, 문득 두려워졌어. 이 아이들이 자라는 만큼 나는 늙는구나, 라는 생각이 들었던 거야. 그래서 나는 시간을 멈추고 싶었어. 하지만 시간이 멈추면, 나의 아이들은 더 이상 성장하지 못해. 나는 그게 또 두려웠어."

"왜 자꾸 실없는 소리를 해요? 이제 그만 좀 하고 그냥 자요."

아내의 말투는 조용했다. 그 조용함이 무심함, 어쩌면 억눌린 짜증스러움에서 비롯되었을 거라는 느낌이 들었다. 권율 박사는 이제 그만 정말로 입을 다물어야겠다고 생각했다. 하지만 슬며시 다물어진 입술을 뚫고서 저도 모르게 말들이 흘러나왔다.

"그렇다면 우리 다희에겐 시간이 없겠군. 언젠가 그 어린 것이 이상한 걸 물었어. 아빠, 나이가 두 자리로 넘어가면 기분이 어때, 라고. 왜냐고 물었더니, 아홉 살짜리 언니가 내년이면 열 살이나 된다고 울음을 터뜨렸다는 거야."

"……."

"다희는 얼굴이 유난히 빨갛고 뺨에 딸기처럼 자잘한 점들이 톡톡 박혀 있었어, 그랬지, 아마?"

아내는 기어코 몸을 일으켰고, 권율 박사의 얼굴을 내려다보았다. 아무 말도 없었지만 이 대화를 그만두자고 애원하는 듯했다. 아내는 잠시 그러고 있다가 다시 자리에 누웠다. 권율 박사는 벽을 향해 몸을 돌린 아내의 어깨에 손을 얹었다. 아내가 못 이기는 척 다시 몸을 돌렸다.

"요즘 당신이 웃는 걸 잘 못 보겠어."

"원래 그랬잖아요."

아내는 이렇게 말한 뒤 한 손을 들어 그의 얼굴을 쓰다듬었다. 그의 핏기 없는 입술에 살포시 입을 맞추기도 했다.

"저는 여전히 선생님을 존경하고 사랑해요."

아내의 말이 너무 뜻밖이라, 또 '저'라는 말과 '선생님'이라는 호칭이 너무 생경하여 권율 박사는 아무 말도 하지 못했다. 다만, 그의 표정이 활자들의 기습을 당할 때처럼 공포와 불안을 담은 찰나의 순간을 포착한 채로 딱딱하게 굳어 버렸다. 불혹의 나이를 넘긴 아내의 얼굴이 청신한 스무 살 처녀의 얼굴로 변했다. 하지만 아내의 초롱초롱하고 맑은 눈 속에 비친 그의 얼굴은 아직은 수컷의 혈기를 간직한 마흔 살의 남자가 아니었다. 그것은 초로마저도 넘겨버린, 주름과 검버섯으로 가득 차 초라하고 빈한한 얼굴이었다. 순간, 전기 충격이라도 가해진 양 손끝이 찌릿찌릿해졌다. 활자들의 기습이 시작되기 직전, 그는 눈을 감아 버렸다.

권율 박사는 눈을 감았다 떴다 하며 불면의 괴로움을 견뎠다. 반면, 아내는 금방 고른 숨소리를 내기 시작했다. 이 점만은 결혼 초와 별로 다를 게 없었다. 늘 꼬마들처럼 하나, 둘, 셋이면 곧 꿈나라였다. 그는 이런 아내가 부러웠다. 40대 중반의 남자의 눈을 똑바로 응시하며 "선생님, 저 선생님한테 시집갈래요."라고 말하던 당돌한 처녀. 그 청신한 이미지에는 전혀 걸맞지 않게, 음침한 갈대 숲에서 눅눅한 악취가 풍겨 왔다. 아주 오래전, 양재천 근처에서의 일이었다.

🐈 연탄과 피아노

오랜 단칸방 생활을 청산하는 날, 강 주임 집은 아침부터 시끌벅적 활기에 차 있었다. 새 집은 반지하이기는 했지만 방이 두 칸이나 됐다. 자기들만의 방이 생긴다니, 강 주임의 세 딸들은 기뻐서 어쩔 줄 몰랐다.

"컴퓨터, 컴퓨터 조심해요, 아빠!"

"아이고, 알았다, 요것들아."

강 주임은 컴퓨터 본체를 갓난애 다루듯 조심스럽게 옮겼다. 직원 가로 사긴 했지만 강 주임 집에서 가장 값나가는 물건이었다.

"아빠, 이제 책상도 하나 더 사 줄 거예요?"

"그래, 그래."

"아빠, MP3는요?"

"반짝반짝 구두도 사 준다고 했잖아요, 리본 달린 걸로."

"에나멜 구두 말이야? 안 돼, 디지털 피아노가 먼저야! 이사 오면 사 준댔잖아요, 아빠?"

강 주임은 딸내미들이 소원을 얘기할 때마다 모두 이사 날로 미루어 왔다. 하다못해 점심 메뉴도 그랬다.

"아빠, 탕수육 시켜 줘요!"

"뭐야, 아빠가 이사 날엔 피자 사 준다고 약속했어."

"어, 치킨이었는데. 프라이드치킨이랑 양념치킨이랑 반반씩 섞어서 주문해 줘요, 아빠."

"저녁엔 빕스 가자. 우리는 언제 그런 데 가 봐?"

이 경쾌하고 발랄한 소녀들은 이제 막 40대로 들어선 강 주임의 가장 소중한 보물이자 또 애물단지였다. 큰딸은 중학교 2학년이었고 둘째 딸은 초등학교 6학년이었다. 터울을 좀 두고 낳은 막내마저도 내년이면 초등학교에 들어간다. 딸들이 커 갈수록 강 주임의 고민도 커졌다. 이런 그가 카페에 가입하게 된 것은 다분히 수수께끼였다. 어떻든 국가보안법에 저촉될 만한 반정부적 이념이 개입됐을 리는 만무하다.

강 주임은 오래전 고등학교를 자퇴했다. 말하자면 중졸이었다. 그때만 해도 그는 대체로 생각이 없었다. 아니, 어쩌면 정반대로 생각이 너무 많았는데, 그것은 늘 내 인생은 텄다, 나는 애당초 글러 먹은 놈이다, 라는 쪽으로 귀결되었다. 하지만 이런 식의 패배 의식과 대상 없는 불만이 그를 스타급 연쇄 살인범으로 만든 건 아니었다. 하다못해 무슨 조직 폭력배에 휘말리거나 소매치기 집단에 들어가지도 않았다. 기껏해야 술집에서 싸움을 벌이다 구치소에 끌려

가거나 홧김에 경찰서 책상을 부숴서 공무 집행 방해죄로 벌금을 내거나 망가진 코뼈를 세우고 찢어진 얼굴을 깁느라 쓸데없이 돈을 낭비한 것이 전부였다. 어쨌거나 젊은 날의 이런 방황도 아버지의 다소 일렀던 죽음과 더불어 스무 살 무렵에는 끝나 버렸다.

그는 일찌감치 노동 전선에 뛰어들었다. 80년대 후반 이미 사양 산업이 된 고무신 공장에서 막일을 한 것이 시작이었다. 공장이 문을 닫은 뒤에는 공사판을 전전했다. 그다음 운 좋게 지인의 도움을 얻어 시장 바닥에 발을 들여놓았다. 노점상도 아니고 그저 트럭의 짐을 내리거나 배달하는 막일이었다. 애초 꿈과는 달리 몇 년이 지나도록 가게는커녕 지속적인 일자리 하나 없는 뜨내기 노동자 신세를 면치 못했다. 그 와중에도 결혼을 했고 곧바로 첫딸이 태어났다. 요 녀석이 복덩어리였는지, 지푸라기라도 잡는 심정으로 면접을 보러 갔던 회사에 덜컥 채용이 되었다. 컴퓨터 부품을 납품하는 조그만 중소기업이었다. 이른바 3D 업종을 기피하는 경향이 막 시작되고 있던 터라, 신체 건강하고 성실한 20대 중반의 가장은 회사 측에서도 썩 괜찮게 여겨졌던 것이다.

주말이라도 물건이 도착할 때면 강 주임은 곧바로 회사로 나갔다. 그러면서도 물품 보관료를 아끼기 위해 노동자를 부려먹는다느니, 이거야말로 노동 착취의 표본이라느니, 저런 악독 자본가는 타도해야 된다느니 하는 불평을 늘어놓는 일은 없었다. 누군가가 나를 위해 세상을 뒤집어 주지 않는 한, 혹은 내가 완전히 다른 부모 밑에서 다시 태어나지 않는 한, 어차피 인생은 그게 그거였다. 그 사이에 강 주임은 서른 살을 넘겼고 또 그 사이에 둘째 딸이 태어났다. 이제 그는 어디서든 KC현의 강 주임으로 통했다.

지금 강 주임은 마흔 고개를 넘겼다. 그의 골반은 언뜻 봐도 눈에 확 뜨일 만큼 오른쪽으로 심하게 돌아가 있었다. 두 다리를 벌리고 선 채 두 팔을 왼쪽으로 들어 올려 컴퓨터 박스를 받아 오른쪽으로 내려놓는 작업을 15년간 반복해 온 결과였다. 그리고 정수리를 중심으로 머리카락들이 우수수 빠져 원형 탈모의 조짐마저 보였다. 허벅지를 뒤덮고 있던 무성한 털들은 그의 다리를 훑고 갔던 무수한 박스의 무게로 인해 닳거나 끊어지더니, 결국에는 흔적 기관처럼 새까만 털집만 남겼다. 여자처럼 뽀얗고 고왔던 손은 마디가 툭툭 불거졌으며 손톱에는 늘 새까만 때가 끼여 있었다. 코 안에서는 아스팔트처럼 새까맣고 고름처럼 눅눅한 먼지 덩어리들이 나왔다. 기침도 잦아졌다. 애들 키우랴, 식당 일 하랴, 저녁이면 녹초가 되어 있는 아내에게 안마를 받는 것도 이미 과거지사가 됐다. 가끔씩 딸들이 어깨를 주무르고 등을 밟아 주긴 했지만, 매일 밤 파스를 붙이는 생활에서 해방될 수는 없었다. 그런데도 강 주임은 점심시간이나 일이 좀 뜸해질 때면 순간순간 멍하니 넋을 놓는 일이 잦아졌다. 그가 우울증이라는 단어를 알았다면 아마 자신의 증상을 그렇게 불렀을 것이다.

그러던 어느 날이었다. 9시가 다 돼서 집에 와 보니 큰딸이 영어 숙제를 하고 있었다. 몸을 배배 꼬고 연신 하품을 해 댔지만 그래도 강 주임은 내심 뿌듯했다. 그는 딸의 교과서와 공책을 힐끔힐끔 훔쳐보았다. 딸은 텅 빈 괄호를 채우지 못해 고심 중이었다. 뭐가 그리 어렵냐고 물어도 퉁명스러운 표정만 지을 뿐, 대꾸도 안 했다.

"문제가 뭔데?"

강 주임은 큰딸 곁으로 바투 다가갔다.

'빈칸에 알맞은 단어를 넣어 다음의 뜻에 맞는 문장을 완성하시오.'라는 지시문 밑에 'I can't put up (___) him any more.'라는 영어 문장이 이어졌다. '나는 더 이상 그를 참을 수 없다.'라는 우리말 해석도 붙어 있었다. 부품 상자 위에 붙은 영어 알파벳을 외우는 데 이력이 난 강 주임은 이참에 딸내미 앞에서 영어 실력을 자랑해 보고 싶었다.

"이 캔트 푸트 우프 괄호 치고 힘, 애니 모레. 우리말과 맞춰 보면, 어떻게 돼? '이'는 나는, '캔트'는 더 이상, '푸트'는 참을, '우프'는 수, 괄호는 참을, '힘'은 수, '애니'는 없, '모레'는 다. 거 봐, 딱 맞잖아? 그런데 애들은 '없다'를 왜 두 덩어리로 떼 놨지? 하여간 답은 '참을'이라는 영어네."

"아빠!"

갑자기 큰딸은 소리를 버럭 질렀다. 가뜩이나 하기 싫은 숙제를 하느라 짜증이 쌓였던 참이었다.

"아빠, 영어랑 우리말은 순서가 다르단 말이에요! 아무것도 모르면서 왜 참견이세요!"

큰딸은 기어코 방에서 나가 버렸다. 날도 선선한데 반팔 하나만 입은 채로. 강 주임은 그만 딸을 붙잡을 수 있는 순간을 놓치고서 지금이라도 딸의 점퍼를 들고 따라 나갈까 하다가 그만뒀다. 딸내미에게 버르장머리 없다고 꾸짖을 배짱 같은 것은 애초부터 없었다. 세상의 모든 아버지들처럼 그는 자신이 딸에게 준 것이 아닌, 주고 싶었으나 주지 못한 것을 생각하며 스스로를 책망하고 슬퍼했다. 작년까지만 해도 큰딸의 숙제 정도는 시간과 힘만 있다면 얼마든지 도와줄 수 있었지만 중학교 교과서, 특히 영어는 강 주임에게는 너무도 어려운 암호문 덩어리였다.

큰딸의 핀잔은 두터운 앙금으로 남았다. '영어랑 우리말은 순서가 다르다.'라는 딸의 가르침도 그 못지않게 깊이 각인되었다. 강 주임은 회사에서 점심시간마다 딸이 버린 단어장을 보곤 했다. 잘 모르겠으면 권민우에게 물어봤다. 하지만 몇 달이 지나도록 성과가 별로 없었다. 강 주임은 너무 이상했다. 태어나서 처음으로 이렇게 열심히 공부를 해 봤단 말이다! 억울하기까지 했다. 자기 머리는 정말로 돌인가 보다 한탄을 하기도 하고, 남의 말을 배우는 것이 원래 어려운가 보다 체념을 하기도 했다. 우리말을 배우는 데도 몇 년이 걸렸지 않은가. 이런 결론을 내린 뒤 강 주임은 막 시작한 영어 공부를 접었다. 그래도 이젠 'I can't put up (___) him any more.'의 답이 'with'라는 것, 'can't'가 '더 이상'이 아니라 '~할 수 없다'라는 의미를 지닌다는 것 정도는 알았으니, 이만해도 일취월장이었다. 딸에 대한 사랑에서 출발한 강 주임의 지적 호기심은 여기서 멈추지 않았다.

큰딸이 날이면 날마다 졸라 대서 강 주임은 급기야 컴퓨터를 사들였다. 세 딸은 틈만 나면 컴퓨터 앞에 붙어 있었다. 뭘 하느냐고 물어보면 "아빠는 말해도 잘 몰라요!"라고 귀찮다는 듯 한마디 내뱉고는 자기 일에만 몰두했다. 어떤 때는 컴퓨터를 두고 서로 싸우기도 했다. 텔레비전 채널을 놓고 다투는 모양새와 비슷한 것을 보니 공부와는 무관한 게 틀림없었다.

한 번은 큰딸이 컴퓨터 앞에 앉아 있는 것을 유심히 봤다. 컴퓨터 화면에 하얀 창을 떠 있었고 뭔가 글자가 쓰이고 있었다. 강 주임이 조용히 다가가서 조심스럽게 물었다.

"연수야, 이거 말이다……."

"왜요, 아빠?"

그날따라 딸도 조근하고 부드럽게 굴었다. 강 주임은 용기를 내보았다.

"이게 말이다, 네가 손가락만 놀리면 저절로 이렇게 써지는 거냐?"

역시 공부를 하는 것이 아니었기 때문인지 딸은 지난번과는 달리 박장대소했다.

"아빠, 이거 네이트온이에요! 보세요, 저 사람이 썼으니까 이제 내가 쓰는 거예요. 이렇게 자판을 쳐서요."

말을 내뱉기가 무섭게 딸은 손가락을 재빨리 움직이면서 자기 앞의 판을 쳤다.

"저 사람이라니?"

"나랑 채팅하는 사람요."

이렇게 하여 강 주임은 딸 덕분에 독수리 타법이기는 하지만 자판을 치는 법을 배웠고, 한창 주가를 올리고 있던 모 사이트에도 가입했다.

"이게 아빠 미니 홈피예요."

컴퓨터 화면에는 곧 딸내미의 얼굴이 박혀 있는 네모난 창이 떴다. 딸내미는 끊임없이 오른손을 움직이며 여러 장의 사진들을 보여 주었다. 아주 오래전에 찍은 가족사진도 올라와 있었다.

"아니, 이게 어떻게 저기 가 있냐?"

"친구 집에서 스캔 받았어요."

"그래⋯⋯."

일단 이렇게 말을 한 뒤 강 주임은 '스캔'이라는 말의 의미를 추적하고자 애썼다. 아, 스캐너! 15년째 컴퓨터 부품을 취급해 오면서 어디에 쓰는 건지는 전혀 몰랐다니!

이후, 강 주임은 틈틈이 컴퓨터 앞에 앉았다. 그가 'PtRe' 카페를 발견한 것은 제법 뒤였다. 카페 이름이 영어로 되어 있는 것이 좋았다. 카페 소개 글도 마음에 들었다.

'혁명의 신화를 부활시키자!'

이것은 강 주임이 아직 어렸을 때, 그리고 젊었을 때 수시로 들어 온 말과 비슷했다. '혁명'이라는 단어, 사람들로 하여금 뭘 하자고 재촉하는 저 힘찬 어조, '~자'라는 어미, 뒤에 붙은 느낌표. 강 주임은 연일 데모가 끊이지 않던 어린 날, 젊은 날을 생각했다. 길거리의 최루탄 냄새 때문에 눈이 시려 오고 콧속이 간질간질해지더니 급기야 눈물 콧물이 사정없이 흘러나왔다. 사방팔방에서 울려 퍼지는 고함 소리, 비명 소리에 귀도 먹먹해졌다. 이런 장면이 떠오르자 강 주임은 갑자기 오싹해졌다. 하지만 금방 이마를 쳤다. 아차, 이젠 시대가 바뀌질 않았나. 안기부도 없어졌다. 국보법도 폐지

된다 어쩐다 하지 않나. 요즘 같은 세상에 이런 걸 본다고 잡아가진 않겠지. 이런 생각에 강 주임은 바로 카페에 가입했다.

보다시피 여기에 의식화 작업 같은 것은 전혀 없었다. 강 주임에게 필요한 것은 조금만, 아주 조금만 더 많은 돈이었다. 그리고 조금만, 아주 조금만 더 확실하게 보장되는 딸내미들의 미래였다. 지금까지 그의 질박한 어휘 사전 어딘가에 곰팡이와 습기와 먼지를 잔뜩 머금은 채 처박혀 있었을 '혁명'이라는 단어가 되살아났다. 이제 그는 혁명이라는 말, 아니, 혁명에 대한 꿈에 젖어 버렸다. 애증의 대상인 '컨테이너'는 그의 닉네임이 되었다. 오프라인에서는 몸을 파는 '노가다'에 불과한 그였지만 카페라는 사이버 공간에서는 뭔가 거대한 혁명을 기획하고 꿈꾸는 '혁명가'였다. 이 야릇하고 묘한 느낌에 젖어 강 주임은 거의 20년간 사 온 복권과 완전히 결별했다. 그러던 어느 날 카페에서 이메일로 초대장이 날아왔다. 강 주임은 기대와 흥분에 가득 차 첫 카페 모임에 나갔다.

모임의 장소는 번화가의 극히 평범한 주점이었다. 극소수의 회원만 모인 이 정기 모임에서 그는 뜻밖에 권민우를 발견했다. 군 복무를 대신하여 KC현에 와 있던 이 녀석을 강 주임은 각별히 아꼈다. 거칠게 생긴 얼굴과는 달리 집안도 좋은 명문대 학생이 어쩌다 노가다 판에서 생고생을 했는지는 통 모를 일이었지만, 여하튼 이만큼 착실한 녀석은 찾기 힘들었다. 권민우가 이 카페의 일원이라니, 그것도 곧잘 댓글을 달곤 하는 '니힐리스트'라니. 강 주임은 권민우를 보고서는 단박에 모든 것을 신뢰해 버렸다. 다른 회원들도 다 웬만큼은 믿음직스러워 보였다. 동시에 다들 그만큼 미심쩍은 구석이 있었는데, 이것이 또한 신비감을 불러일으켰다. 강 주임을 가장 매혹시킨 것은 막내딸 연주와 동갑내기인 딸기였다. 일곱 살밖에 안 된 것이 완전히 천재였다. 또 말투며 행동거지며 옷맵시며 아무리 봐도 여유 있는 집 딸인 게 분명했다. 혁명의 목표는 부자도 가난뱅이도 없는 사회, 다 함께 잘 먹고 잘 사는 사회를 만드는 것이라지 않은가. 혁명이 성공리에 치러진다면 딸기와 자기 딸내미들의 미래가 평등해질 거라는 생각이 강 주임을 흥분시켰다. 그는 딸기의 부모가 어떤 사람일까 궁금했다. 도무지 그림이 그려지지 않았다. 그들에 대한 강 주임 나름의 상상은, 응당, 보이지 않는 얼굴 '마스터'에 대한 막연한, 그렇기 때문에 더 무서운 경외감으로 이어졌다.

그래, 혁명만 일어난다면! 딸내미들이 '이사'라는 말에 목을 맸듯, 강 주임에게는 '혁명'이 '아멘'이 되어 버렸다. 최근에 직장 내에서의 입지가 마뜩지 않게 돼 감에 따라 '아멘'이 점점 힘을 잃어 가기는 했지만.

가구가 별로 없었기 때문에 이삿짐 정리는 금방 끝났다. 진수성찬처럼 차려진 자장면, 짬뽕, 탕수육도 금방 바닥나 버렸다.

"야, 오늘 고생했지? 남의 집 귀한 아들을 이렇게 부려 먹었으니 내 언제 술 한번 산다."

강 주임은 그 옆에 멍한 표정으로 서 있는 김철수에게도 웃음을 지어 보였다. 민우는 어제 저녁에 이사를 도와줄 수 없겠느냐는 강 주임의 전화를 받았다. 늘 그랬지만 철수에게는 민우가 따로 연락한 것이었다.

"안 사기만 해 봐요, 어디. 다신 오나 봐라. 아참, 엄마한테 피아노 얘기 물어봤어요."

"아, 그래, 뭐라고 하시던?"

"아빠, 그럼, 디지털 피아노 사 주는 거야?"

큰딸이 피아노라는 말을 듣고서 끼어들었다. 자장이 입가에 새까맣게 묻어 있었다.

"야, 연수 너 좋겠다. 디지털 피아노가 아니라 진짜 피아노가 올 거거든."

"아, 정말로요? 무슨 색이에요? 영창이에요, 삼익이에요?"

"그것보다는 좀 더 좋아."

"우아! 언제 줄 거예요, 언제?"

"언제냐고? 강 주임님, 편한 시간을 알려 주세요. 엄마한테 말해서 배달시킬게요."

"어, 그래. 돈은 착불로 하고."

"그렇게 번거롭게 할 필요가 어디 있어요? 주소나 적어 주세요."

"야, 너 죽고 싶냐? 내가 피아노 값도 못 주는 판에 배송료까지 떠맡길 놈으로 보여?"

강 주임이 너무 완강하게 나와, 민우는 그러라고 했다. 하지만 아무리 봐도 이 집에는 피아노를 놓을 공간이 없었다. 구태여 들여놓고자 한다면 도무지 정리될 것 같지 않은 각종 가재도구로 가득 찬 안방이 되어야 할 것이다. 하지만 물건들을 용케 옆으로 치우고 한쪽 벽에 피아노를 놓는다고 해도 방문을 절반 정도밖에 열 수 없을 것이다. 민우가 이런 생각을 하고 있을 때, 강 주임의 막내딸이 큰 소리로 말했다.

"아빠, 이상해요, 이상해!"

"또 왜?"

강 주임이 딸을 쳐다보았다.

"아빠, 이 집엔 화덕이 없어요. 겨울 되면 또 발이 얼겠네."

"야, 강연주, 넌 창피하지도 않냐. 요즘 세상에 연탄 때는 집이 어디 있어, 우리 집 말고. 정말 속상해 죽겠어!"

동생을 타박하는 큰딸의 표정이 시무룩했다.

"아니야, 손미도, 정욱이도, 은하도 다 연탄을 땠어."

둘째 딸이 대거리를 했다.

"걔들은 가난뱅이잖아! 요즘은 웬만큼만 살면 다 기름보일러나 가스보일러 쓴단 말이야. 겨울에도 집에서는 반팔 티 하나만 입고 다닌다더라."

큰딸은 혀를 끌끌 찼다.

"연희야, 이젠 우리 집도 연탄 대신 가스보일러를 쓸 거야."

강 주임이 둘째 딸의 머리를 쓰다듬으며 말했다.

"아빠, 그럼 이젠 착화탄 심부름 안 해도 돼요?"

둘째 딸이 아빠한테 물었다.

"당연하지. 연탄 갈 일도 없고, 연탄가스 냄새도 안 맡아도 돼."

강 주임의 얼굴에는 자랑스러움과 흐뭇함이 배어 나왔다.

"아, 아빠, 그럼, 연탄집게도 버렸어요?"

"손미 엄마가 아까 가져갔어."

지금껏 별말이 없던 강 주임의 아내가 한마디 했다. 그녀는 일을

44

도와준 사람들에게 제대로 감사를 표현할 여력도 없을 만큼 피곤
했다. 당장 식당에 나가 봐야 돼서 마음이 급하기도 했다. 사실 강
주임도 마찬가지였다. 이사 때문에 오전 근무는 뺐지만 오후에는
또 컨테이너를 받아야 했다.

강 주임은 민우와 철수를 집 밖으로 데리고 나왔다. 배웅을 하
는 김에 강 주임은 괜히 목소리를 죽여 가며 속삭이듯 말했다.

"메일 받았지, 다들?"

두 사람은 고개를 끄덕였다.

"월요일엔 일이 많아서 도저히 못 갈 것 같아. 뭐 네가 어련히 알
아서 얘기해 줄까마는."

"염려 붙들어 매고 그만 들어가세요."

나지막한 주택들이 닥지닥지 붙어 있었다. 쌀쌀한 저녁 바람에
도 아랑곳 않고 길 고양이들이 곳곳에서 음식물 쓰레기를 뒤지고
있었다.

"짐작은 했지만 정말 가난하네요."

"방이 두 칸이나 되는데, 뭘."

철수가 차분하고 조용한 목소리로 응수했다.

"형, 초등학교 3학년 때던가, 친한 친구가 하나 있었어요. 똘똘하
고 다부진 녀석이었죠. 그 아이는 반장이었고 나는 부반장이었어
요. 나는 걔를 종종 우리 집에 데려갔죠. 한 번은 일종의 답례 차원
에서 걔가 나를 자기 집에 데려갔어요. 걔 집은 우리 집에서 큰길
하나를 사이에 두고 있었으니까 한 동네나 다름없었죠. 그런데 길

을 건너자 걔는 말이 없어졌어요. 나를 쳐다보지도 않고 묵묵히 앞만 보고 걸으면서. 그렇게 집 앞까지 갔어요. 그런데 걔가 이러는 거예요. 여기가 우리 집이야, 되게 못 살지? 라고. 어떻게 얼렁뚱땅 아니라고 말하긴 했지만, 걔는 점점 더 우울해했어요. 아들이 집에 왔는데 반갑게 맞아 주는 엄마도 없었어요. 밥을 내오거나 손을 씻으라고 하는 사람도 없고. 말이 집이지, 달랑 방 한 칸에 가구라곤 조그만 비키니 옷장 두 개, 그런데 형은 그게 뭔지 아세요? 헝겊으로 된 직사각형 옷장이에요. 그거 말고는 조그만 서랍장과 선반이 전부였어요. 밥상 위엔 반찬이 그대로 놓여 있었어요. 냉장고도 없더라고요. 그날 이후, 걔와의 관계가 이상하게 소원해졌어요."

"그 아이는 민우를 증오했을 거야."

"그랬겠죠?"

"물론이지. 힘겹게 자신의 죄를 고백하고 감동의 눈물을 흘린 뒤 다음 날 고해성사를 받아 준 그 신부를 죽이는 것과 비슷해."

"그래요, 그런데…… 연수 말이에요, 강 주임님 큰딸, 불쾌해하진 않겠죠?"

이 말에 철수는 정면을 향하고 있던 얼굴을 민우 쪽으로 틀렸다.

"뭐? 피아노? 그렇다면 안 줄 건가? 어차피 그것도 자기만족이 잖아."

"하긴……. 형, 혹시 연탄 본 적 있어요?"

민우의 물음에 철수는 아무 대답도 하지 않았다. 얼굴이 또 다시 정면을 향하고 있었기 때문에 누리끼리한 얼굴을 장식하는 높은 콧대와 날카로운 콧날이 유난히도 도드라졌다.

"난 한 번도 본 적 없는데, 오늘도 못 봤네요, 헤헤."

상대방이 너무 차갑고 조용했기 때문에 민우는 멋쩍은 마음에 실실거렸다. 하지만 그 실실거림마저도 곧 잦아들었다. 제법 긴 침묵 뒤 다시 말을 꺼낸 쪽은 철수였다.

"웃기지만 말이야, 가난한 사람들이 가장 아끼는 게 무엇인 줄 알아?"

"뭐예요?"

"바로 가난이야. 한 여자 직공이 어느 운동권 대학생한테 자신의 가난을 도둑맞았다며 울분을 토로하는 소설이 있었지."

이 말 때문인지 민우는 갑자기 철수의 일과가 궁금해졌다.

"형은 뭘 하면서 하루를 보내요?"

"백수의 하루는 미스터리다. 하루 평균 열 시간에서 열두 시간이 잠에 바쳐지는 건 분명한 것 같아."

"형, 저어기 버스! 뛰어요!"

버스에서 내린 뒤 두 사람은 전철역으로 들어갔다. 백화점과 이어지는 곳인 데다 주말이라 사람이 여간 많지 않았다. 철수가 잠시 걸음을 멈추었다.

"이런 곳에서 갑자기 폭탄이 터지면 볼만하겠지?"

"예? 아, 예……."

"긴급 모임을 갖게 된 건 네 일에 제동이 걸린 탓일 테지?"

이렇게 말하며 철수는 막 도착한 전철 안으로 들어섰다. 민우는 고개를 끄덕이며 그 뒤를 따랐다.

"형, 우리 카페요…… 아니, 우리가 정말로 지금…….."

"우리가 정말 혁명가인가, 혹은 지금 이 시대가 정말 혁명의 시대가 될 수 있는가를 묻는 건가?"

철수의 말에서는 때 아닌 비장한 숭고미가 넘쳐났다. 온라인상에선 '몽상가'라는 닉네임을 달고 있는 철수이지만, 오프라인에서도 이런 정체성을 고수하는 것은 영 우스꽝스러웠다. 그래도 웃음이 나오지는 않았다. 이 괴물 같은 인물은 어떤 상황에서도 일관되고 고집스레 진지했기 때문이다. 민우는 그 진지한 표정에 놀라 잠시 그를 쳐다보다가 속으로 손사래를 쳤다. 이로써 반쯤은 피동적으로 이 일에 말려들면서부터 시시각각 자신을 괴롭혀 온 회의의 그림자를 지우려고 애썼다.

"혹시 형, 연애해 본 적 있어요?"

"이 나이에 설마 없었겠어?"

"누구예요, 대상이?"

"정말 상대가 누구였는지 궁금해서 묻는 건가? 꼭 무슨 혁명이나 이데올로기 같은 대답을 원하는 것 같은데?"

"에이, 그럴 리가요! 형, 우리 낮술이라도 한잔 할까요?"

"아냐, 됐어. 할 일이 있어."

"아, 역시, 백수의 하루는 미스터리! 형, 어쨌거나 고시 준비하는 거 맞죠?"

"어쨌거나는 또 뭐야? 왜, 내가 고시촌에 살아서?"

철수의 눈은 멍하고 초점이 없었다. 눈동자가 불안하게 부유하는 것도 보는 사람을 불편하게 만들었다.

"아니오, 꼭 그런 건 아니고……"

"여기서 내리지?"

"아, 예. 월요일에 봐요."

전철을 갈아타는 동안, 또 집으로 걸어가는 내내 민우는 김철수라는 인간에 대해, 그리고 미스터리에 휩싸인 백수의 하루에 대해 생각했다. 그 어떤 체제에도 소속되어 있지 않고 그 누구에게도 매여 있지 않은 그의 삶이 어딘가 멋스럽게 여겨졌다. 그가 뿜어내는 눅눅한 기운마저도 민우 자신은 영원히 갖지 못할, 그렇기 때문에 더 탐나는 뭔가였다.

나는 나를 책형에 처한다

철수는 군중 속에 파묻혀 있었다. 전철역에 다다라서도, 마을버스를 기다리면서도, 그 버스 안에 우두커니 서 있으면서도 줄곧. 철수는 이 군중의 얼굴이 무서웠다. 무수한 얼굴들을 보면 구성 성분은 다 지워지고 그 형체마저 완전히 일그러져, 가공하기 전의 고깃덩어리 같다는 느낌이 들었다. 하지만 이 상황에서도 이 얼굴 아닌 얼굴, 이 몸 아닌 몸이 사람의 얼굴이요, 사람의 몸이라고 말해 주는 뭔가는 기필코 있었다. 그 순간 그들의 얼굴은 하나같이 고통에 절어 있었다. 그때마다 철수의 우수는 더 커졌다. 마을버스 정거장에서 내려 집까지 걸어 올라가는 길에 포진해 있는 노점상들의 얼굴이 특히 그랬다. 비교적 가까운 곳에 아파트 단지가 있기는 했다. 하지만 그곳 주민들이 이용하는 것은 주로 대형 마트이지, 옹색한 이 노점들이 아니었다. 도대체 저들은 어떻게 생계를 유지하는 걸까. 이런 하릴없는 고민을 철수는 거의 15년째, 이 골목을 지날 때마다 하고 있었다. 그사이 이 동네도 그 나름의 변화를, 어쩌면 발전을 겪었지만, 철수의 거처가 변하지 않은 탓인지 그의 우수도 사라질 기미가 보이지 않았다.

골목이 거의 끝나는 지점, 관악산 비탈에 철수의 집이 서 있었다. 집 뒤는 곧바로 산이었다. 이곳은 시간이 좀 다른 속도로 흘렀다. 평지에 가을의 기운이 만연할 때면 이곳에는 벌써 겨울바람이 불었다. 그런데도 건물의 시멘트 벽은 가건물처럼 얇았다. 2층에는 주인도 살았지만, 1층에는 세입자들뿐이었다. 1층은 요즘 새로 짓는 원룸처럼 다섯 칸의 방이 서로 마주 보는 구조로 되어 있었는데 복도가 아주 좁았다. 한 사람이 방문을 열면, 맞은편 방의 거주자는 그의 문이 닫히기를 기다렸다가 문을 열어야 할 정도였다. 내벽이 얇은 탓에 방음도 전혀 안 됐다. 화장실은 1층을 통틀어 단 하나였다. 그나마도 복도를 끝까지 지나간 뒤 방향을 틀면 나오는, 건물의 외부나 다름없는 곳에 있었다. 변기 옆에는 수도와 조그만 물통, 바가지가 놓여 있었다. 푸세식과 수세식의 중간쯤 되는 화장실이어서, 변을 본 뒤에 물을 받아서 붓는 방식이었다. 이런 집이 철수의 나이만큼의 시간을 족히 버텨 온 것이다. 마당 한구석에는 조그만 연탄 창고가 있었다. 조만간 연탄과의 씨름을 시작해야 될 것이다. 귀찮아서 미루는 데도 한계가 있다. 손이 곱아 책장도 넘기기 힘들고, 이가 갈리고 몸이 움츠러들어 척추까지 시려 올 때는 어쨌거나 수가 없으니까. 철수는 옷깃을 여미고 몸을 움츠린 채 집 안으로 들어갔다. 사실 아직까지는 그렇게 추운 날씨도 아니었지만, 이런 행동은 해묵은 습관의 산물이거나, 아니면 조만간 닥쳐올 한파를 의식한 상상 임신 같은 것이었다.

철수는 이 집이, 또 이 방이 마음이 들었다. 익숙해졌기 때문이다. 방은 흡사 그의 몸에 찰싹 달라붙은 살 껍질 같았다. 그런데 이 살 껍질은 몹시 추웠다. 하필이면 복도의 맨 끝, 즉, 화장실 바로 옆에 붙어 있었고 또 한쪽 벽이 한데와 면해 있었기 때문이다. 그의 방에만 연탄 화덕이 따로 달려 있는 것도 이런 열악한 조건을 배려한 것이었다. 그래도 춥다는 것을 빼면 큰 장점이 있는 방이었다. 무척이나 넓었던 것이다. 방을 채우고 있는 것이라고는 책상과 5단짜리 책장 두 개, 컴퓨터 한 대, 그리고 옷장 역할을 하는 행거와 서랍장이 전부였다. 그의 컴퓨터는 펜티엄 초기 버전이었다. 당시만 해도 그의 전 재산을 털어서 산, 제법 괜찮은 놈이었지만, 이후 업그레이드 한 번 하지 않은 탓에 거의 타자기 수준이었다. 방바닥에는 콘센트 가까운 곳에 카세트가 하나 있었다. 벽 한쪽에는 조그만 냉장고도 붙어 있었다. 냉동 기능이 없는, 그야말로 냉장고였다. 방 한구석에는 전화기가 덩그러니 놓여 있고 그 옆에는 휴대용 가스버너가 있었다. 낡은 커피포트도, 전기밥솥도 있었다. 그러니까 현재 그가 소유하고 있는 재산 중 가장 값비싼 것은 동산과 부동산을 통틀어, 최근 '그녀'에게서 선물 받은 핸드폰이었다.

철수는 방으로 들어오자마자 커피포트에 전원을 연결했다. 그리고 물이 끓기를 기다리면서 방 안을 왔다 갔다 했다. 커피포트에서 수증기가 올라오자 머그컵에 인스턴트커피를 넣었다. 커피가 준비되자 그는 책상 앞에 앉았다. 그러고는 담배를 입에 물고 페트병 재떨이를 자기 앞으로 당겼다. 컴퓨터의 전원도 거의 동시에 눌렀다. 컴퓨터의 화면이 켜진 뒤에도 철수는 멍하니 담배만 피우고 있었다. 디스의 시대를 거쳐 레종의 시대로 넘어온 지가 언제인데, 그는 여전히 88을 고집했다. 그건 그가 올림픽이 있었던 88년, 즉 88이라는 숫자에 익숙했기 때문이다. 88년은 총체적인 기만과 현기증 나는 신기루의 시절이었다. 하필이면 그 무렵 그는 고등학교 2학년이었다. 야망으로 뭉쳐 있던 그 시절이 지난 뒤, 그는 모든 게 기만이요 신기루라는 것을 깨달았다. 하지만 그때는 이미 늦어 버렸다. 신기루가 곧 그의 삶이 된 뒤였으니까. 그가 '만년 고시생'의 딱지를 뗀 이후 번역하기 시작한 책들이야말로 성전(聖典)도 뭣도 아닌, 그냥 신기루일 따름이었다. 하지만 그럼에도, 아니, 그렇기 때문에 더더욱 그는 그것에 빠져 있었다.

석 장 정도의 번역이 덧붙여지고 3분의 1쯤 남은 커피가 거의 다 식었다. 철수는 방바닥으로 내려갔다. 벽에 몸을 기댄 몸이 자꾸만 아래로 가라앉았다. 거의 반쯤 눕다시피 한 자세에서 담배에 불을 붙였다. 또 다른 페트병 재떨이가 팔만 뻗으면 잡히는 곳에 있었다. 담배 한 대가 다 타들어 가도록 그는 미동도 없이 누워 있었다. 담뱃불을 끄기 위해서라도 몸을 일으켜야 될 때가 왔다. 그 참에 철수는 윗도리를 벗고 베개를 베고 바닥에 똑바로 누웠다. 라이터를 켜 배털에 불을 붙였다. 순간, 그의 바싹 여윈 배에서는 붉은 불꽃이 타올랐고 단백질 타는 냄새가 그의 코를 향해 모락모락 올라왔다. 그와 동시에 그는 잽싸게 왼손으로 털에 붙은 불을 끄고서 손바닥으로 배와 배 위의 털을 문질렀다. 이런 일이 몇 번에 걸쳐 반복되었다. 불을 붙일 곳이라고는 음모밖에 남지 않았을 때, 철수는 두 팔을 옆으로 벌리고 두 다리를 모은 자세로 다시 똑바로 누웠다. 베개는 한쪽으로 치워 버렸다. 그러고 있으면 저도 모르게 두 발이 포개졌고 몸이 조금씩 움츠러들었다. 방바닥의 냉기가 온몸으로 전해지면서 동상이라도 걸릴 것만 같아서였다.

철수는 자리에서 벌떡 일어나 벽에 대고 물구나무를 섰다. 3분 정도 버티다가 몸을 다시 바로 세웠다. 몸이 화끈화끈 달아올랐고 온몸의 피는 아직도 머리로 집중되어 있는 듯했다. 그는 방바닥 못지않게 싸늘한 벽에 몸을 갖다 붙였다. 그리고 누워 있을 때와 마찬가지로, 두 팔을 양쪽으로 벌리고 두 손목을 90도 정도로 구부려 아래로 내렸다. 두 다리는 최대한 꼭 모은 상태였고, 오른발 위에 왼발이 겹쳐지도록 했다. 이쯤 되면 못이라도 박아 줄까, 못 말일세! 척수 어디선가 벌레의 아우성이 들려왔다. 못질이 시작되지도 않았지만 똑같은 자세를 오랫동안 유지하다 보니 근육이 긴장되어 통증이 느껴졌다. 몸의 열은 어느새, 벽에서 전해 오는 냉기에 정복당하고 말았다. 조금만 더 버티면 몸이 이 자세 그대로 꽁꽁 언 시체가 되어 버릴 것만 같았다. 그는 차라리 그러기를 바랐다. 빌어먹을 전화가 절대로 걸려오지 않기를 말이다. 하지만 그의 악의와 냉소를 비웃기라도 하듯, 핸드폰이 음악을 뿜어냈다. 철수는 지금까지의 으름장은 저 멀리 내팽개치고 음원을 찾아 달려갔다. 점퍼 속이었다.

"어디야?"

그가 사는 세상 저편 어딘가에서 그녀가 말했다.

"집."

"벌써 왔어?"

"어."

"저녁은?"

"먹었어."

그는 거짓말을 했고, 그녀는 그것을 알았다.

"잠깐 밖에 나왔어. 그래서……."

아마도 그녀는 아파트 단지 어딘가 벤치 위에 앉아 있을 것이다. 제법 추울 텐데, 겉옷은 갖고 나왔을까. 간간히 행인들의 말소리와 발소리가 들렸다.

"언제쯤 잘 거야?"

"그냥 잠이 올 때쯤……."

그녀가 벤치에서 몸을 일으키고 천천히 걸음을 떼어 놓는 것 같은 느낌이 들었다. 그녀의 숨소리가 아주 약간이지만 가빠졌다.

"그만 들어가 볼게."

철수는 뭔가 하고 싶은 말이 있었지만 정작 입 밖으로 나온 건 전혀 엉뚱한 소리였다.

"그래…… 추워하지 말고……."

곧 전화가 끊겼다. 철수는 방 안을 배회했다. 방은 벽지가 벗겨져 거의 흙벽이나 다름없었다. 게다가 모양새는 비뚤어진 사각형, 그러니까 각이 어긋난 사다리꼴이었다. 산책하기 딱 좋은 형태였다. 정사각형이나 직사각형이었다면 너무 단조로웠을 것이다. 그런데 방 안에서 산책을 할 때면 늘 벌레 녀석이 기승을 부렸다. 녀석의 기를 꺾어 놓기 위해서라도 뭔가를 먹기는 해야 했다.

철수는 가스버너 위에 물을 올렸다. 신라면 박스 안에는 제법 다양한 종류의 라면이 들어 있었다. 허기가 많이 져서 면발이 굵은 너구리를 끓이기로 했다.

장윤희라는 이름의 여자. 그녀를 만난 지 1년이 다 되어 갔다. 우연찮게도 철수가 'PtRe' 카페에 가입한 시기와 같았다. 물론 그녀는 카페와는 아무런 상관이 없었다. 그저 시간이 지날수록 그녀와의 만남과 카페 활동이 모순된다는 생각이 들었다. 그녀를 만나 온 1년간 그에게는 많은 변화가 일어났지만 정작 카페 활동은 별다른 성과가 없었다. 어찌 보면 애초부터 이념, 혹은 이데올로기의 실현 가능성 따위는 염두에 두지 않았다. 사실 혁명의 기치를 내걸긴 했지만, 정작은 사회과학을 공부하는 모임에 지나지 않았다. 그러니까 이것도 88올림픽의 신기루 같다는 것이다.

이런 카페의 상황이 현격하게 달라진 건 반년 전쯤 권민우가 여기에 가입하면서부터였다. 권민우와 'PtRe' 카페 사이에 어떤 은밀한 관계가 있는지는 전혀 몰랐고, 관심도 없었다. 분명한 건 그의 가입과 더불어 일종의 유령 테러 집단과 같았던 카페가 실제 행동에 돌입했다는 점이었다. 이와는 무관하게 철수는 윤희와의 만남을 지속하고 있었다. 언제부터인가 철수와 윤희는 서로 말을 놓았다. 하지만 보다 중요한 것은 윤희를 만난 바로 그 순간이었다. 그것은 애초부터 그 자체로 하나의 '사건'이었다. 없던 것이 생겨났고 한 번 생겨난 그것은 끊임없이 재생되는 제 몸을 먹어 치우면서 비대해져 갔다. 욕망은 아무리 채워도 만족을 몰랐다. 악마와 같은 힘을 가졌으되 형체가 없기에 끊임없이 빙의할 대상을 찾아 방황하는 욕망의 가장 절실하고 그렇기에 절망적인 이름, 그것은 사랑이었다. 사랑, 아니, 열정은 그 자체로 곧 수난이기도 했다.

　1년 전, 지금처럼 초겨울을 앞둔 늦가을이었다. 철수는 그날 하루 종일 명동을 배회했다. 산책의 끝이 항상 명동 성당인 것은 순전히, 그곳에서라면 돈 한 푼 내지 않고 쉴 수 있기 때문이었다. 땅거미가 내릴 무렵, 그는 여느 때와 다름없이 '민들레 영토'를 등진 채 나지막하고 넓은 계단을 걷고 있었다. 그로부터 얼마 떨어진 곳에 한 여인이 천천히, 그리고 조용히 계단을 밟고 있었다. 리본으로 묶은 긴 머리카락은 어깨까지 드리워 있었다. 카키색 트렌치코트가 가을바람에 조금씩 날릴 때마다 검정 스타킹을 신은 가느다란 종아리, 옴폭 들어간 발목이 보였다. 뾰족한 하이힐은 아다지오의 속도로 계단을 사뿐히 두드렸다. 철수가 대성당의 문 앞에 이르렀을 때 그녀는 이미 시야에서 사라지고 없었다.

　철수는 성당 안으로 들어가 입구 근처에 자리를 잡았다. 미사가 중간쯤 진행되고 벌써 몇 번째인지 사람들이 모두 자리에서 일어나 찬송가를 불렀다. 그 참에 철수도 자리에서 일어났다. 성당 밖으로 나가기 위해 몸을 돌리는 순간, 카키색 트렌치코트와 긴 머리카락이 보였다. 머리 위에 가볍게 얹힌 하얀 미사포도 보였다. 대체로 그녀의 실루엣은 몽롱하고 흐릿했다. 그쪽이 다소 컴컴했기 때문인지도, 또 오랜 산책 끝에 철수의 눈이 많이 피로했기 때문인지도 모르겠다. 철수는 다시 자리에 앉았다. 그리고 미지의 여인이 그려 내는 정적인 뒤태를 계속 바라보았다.

얼마 뒤 성찬식이 시작되었다. 신자들은 하나둘씩 일어나 중앙 제대 쪽으로 향했다. 그녀도 자리에서 일어나 조용히 자리를 빠져나갔다. 철수는 줄곧 제자리를 지켰다. 주랑을 하나씩 지나 앞으로 나가는 그녀의 모습이 보였지만 여전히 희뿌옜다. 잠시 뒤, 그녀가 그의 곁을 스쳐 지나갔다. 그는 고개를 번쩍 들었다. 날카로운 콧날과 얇은 입술, 그리고 뽀얗고 가는 목이 그의 얼굴 위에 떠 있었다. 내리깐 눈을 덮고 있는 긴 속눈썹이 전체적으로 침침한 성당의 조명 탓인지 유난히도 검어 보였다. 이번에도 그녀의 눈을 정면에서 보지 못한 것이 못내 아쉬웠다. 미사가 끝난 뒤, 그녀는 고개를 약간 아래로 떨어뜨린 채 걸어 나갔다. 또다시, 그녀의 내리깐 눈을 덮은 길고 짙은 속눈썹, 오뚝한 콧날, 얇은 입술이 보였다. 윗입술은 살짝 들려 있었다. 그는 황급히 일어나 밖으로 나갔다.

명동 성당 밖은 신도들로 가득 찼다. 철수는 미지의 여인의 뒤태를 쫓았다. 평생 지금처럼 저 여인의 흔적을 짚어 가면서 불안과 그리움의 한숨을 내뱉게 될 것만 같은 예감이 들었다. '몽상가'라는 닉네임을 썼지만 사실 그는 자신이 허무주의자라고 믿었고(물론 그게 그거다!) 그에게 있어 예감은 일종의 의지와 같은 것이었다. 이후, 철수는 매주 그 시각 그녀를 만나기 위해 일부러 그 일대를 배회했다. 목적에 집착하게 되자 애면글면, 초조하고 불안해졌다. 고시에 매여 있던 시절을 연상시키는 이 집착이 몹시 마음에 들지 않왔다. 그래도 그는 이 산책 아닌 산책을 멈추지 않았다.

어느새 12월이었다. 그들 사이에는 변함없는 동선들이 이어졌다. 철수는 여전히 그녀의 뒤태를 바라보며 그 흔적들을 줍고 있었다. 순간, 그녀가 비틀거리는가 싶더니 균형을 잃고 옆으로 기울어졌다. 철수는 저도 모르게 그녀의 팔을 붙잡았다. 반쯤 벗겨진 하이힐을 제대로 신고 자세를 바로 잡은 그녀의 발밑으로 돌멩이가 하나가 뒹굴었다. 그는 가볍게 목례를 하고 뒤돌아섰다. 그때 그녀가 주저하듯 조심스럽게 말을 걸어왔다.

"저어, 저어기……."

그는 그 자리에 붙박인 듯 멈추어 섰다. 고개를 돌리지 않으면 안 되리라. 그의 눈 바로 앞에, 목까지 올라오는 짙은 와인색 스웨터에 검은색 코트를 입은 여인이 서 있다. 찬 공기 중으로 흩어지는 그녀의 입김마저 전해져 올 정도로 가까운 거리다. 뭔가 말을 하지 않으면 안 돼, 지금 입을 열어! 벌레가 성마르게 철수를 닦달했다. 찬바람이 불어왔다. 차라도 한잔 할까요, 어디 따뜻한 곳으로 갈까요, 너무 춥군요, 혹시 담배 피우세요……. 그의 머릿속에서 몇 개의 문장들이 생성되었다가 흩어졌다. 결국 먼저 운을 뗀 것은 그녀였다.

"잠깐 마주 보고 싶군요."

철수에게는 이 말이 자기가 나열해 본 여러 말 중 '너무 춥군요.' 처럼 들렸다. 아마도 철수 자신이 이가 갈릴 만큼 추위에 떨고 있었기 때문이리라. 다 해진 목도리, 인조털이 다 빠져 가죽만 남은 점퍼, 낡은 코듀로이 바지, 사시사철 신고 다녀 원래의 색깔을 전혀 알아볼 수 없게 된 운동화. 장갑은 처음부터 있지도 않았다. 그들로부터 조금 떨어진 곳, '민들레 영토' 앞에서는 모닥불이 타올랐다. 그녀는 왼쪽으로 방향을 꺾었다. 그곳에는 반들반들 윤이 나는 커다란 중형차 한 대가 서 있었다.

"안 탈 건가요?"

조금 어둡긴 했지만 그녀의 얼굴에 옅은 미소가 번지는 것이 보였다. 그는 차문을 열고 안으로 들어갔다. 운전을 하는 동안 그는 간간히 그녀를 바라보았다. 또다시, 길고 짙은 속눈썹, 높고 날카로운 콧날, 얇은 입술 등 그녀의 옆모습뿐이었다. 그 윗입술은 이번에도 살포시 들려 있었다.

성당에서 그다지 멀지 않은 조용한 카페에 자리를 잡은 뒤 그녀는 코트를 벗었다. 그는 점퍼를 벗을 생각도 하지 않고 고개를 푹숙인 채 앉아 있었다. 커피 두 잔이 나왔을 때도 여전히 눈을 들지 못했다.

"커피 안 마셔요?"

그제야 비로소 그는 고개를 들었다. 그녀의 얼굴을 밝은 형광등 불빛 아래서 정면으로 바라보게 된 건 꼭 기적과 같았다. 눈가와 입술 언저리에 그어진 가느다란 선들이 지나치게 날카로워 보이는, 또렷한 이목구비를 부드럽게 만들어 주었다. 이것이 철수의 긴장을 조금씩 풀어 주었다.

"세례명이 뭐예요?"

"그냥 산책 삼아 들러 보곤 합니다."

"아니, 왜요?"

잠깐 깔깔대며 웃은 뒤, 그녀는 그의 이름과 나이를 물었다. 김철수라는 이름에는 "국어책이네요!"라며 깔깔 웃었고 서른일곱이라는 나이에는 "그렇게 젊었어요?"라며 놀라움을 드러냈다. 그다음에는 무슨 일을 하냐고 물었다. 그는 백수라고 말했다. 이번에는 그녀도 뭐라고 응수를 하지 못해 마냥 미소만 지었다. 약간은 바보 같은, 또 약간은 소녀 같은 미소였다. 이것이 또 한 번 그의 긴장을 풀어 주었다. 그는 자기 이야기를 늘어놓았다. 지금 번역하고 있는 책과 활동 중인 카페에 대해서도 이야기했다. 그녀는 조용하긴 하지만 주의 깊은 표정으로 그의 이야기를 들었다. 그사이에 커피를 한 잔씩 더 부탁했다. 헤어질 때 그들은 어느덧 친구가 되어 있었다. 밖으로 나왔을 때는 이미 캄캄한 밤이었다.

"댁이 어디세요?"

이렇게 묻는 그녀의 걸음이 조금 빨라졌다. 찬바람에 그녀의 뺨과 코끝이 빨갛게 상기되어 있었다.

"아, 괜찮습니다. 전철이 아직……."

"일단 타세요. 추워서 벌벌 떨고 있잖아요!"

그녀는 거의 다그치듯 단호하게 말했다. 그는 차 안으로 들어갔다.

"우리 아들도 추위를 많이 타요. 남자가 여자보다 추위를 덜 타는 게 아니더라고요."

그녀가 시동을 걸면서 말했다.

"아들이 있었군요."

지금까지는 전혀 인지하지 못했던 중대한 사실을 깨달은 기분이었다. 그 깨달음이 너무 큰 것이었기 때문에 오히려 철수는 무덤덤해지려고 애썼다.

"딸도 있었어요. 지금은 없지만."

"예, 아드님은……?"

"학생이죠."

이렇게 말한 뒤 그녀는 그의 얼굴을 한 번 쳐다보고는 덧붙였다.

"철수 씨보다 열세 살 어리군요."

시간이 제법 늦었기 때문에 길은 그다지 막히지 않았다. 철수의 만류에도 불구하고 그녀는 꼭 집 앞까지 바래다주겠다고 고집을 부렸다. 차는 비탈길을 올라갔다. 철수는 정확히 어디에서 차를 세워 달라고 할까 고민했다. 누추한 동네를, 움막 같은 집을 보여 주기는 정말 싫었다. 그 순간, 벌레가 철수의 배꼽 주변을 스멀스멀 기어 다니기 시작했다. 옹졸한 자식, 자네한테 가난은 훈장이자 벼슬이 아니었던가! 프롤레타리아 혁명 어쩌고 떠들던 건 죄다 허세였나? 유한마담과 커피 한잔 마시고 값비싼 차 한번 탄 걸로도 이렇게 주눅이 들다니 형편없는 자식이었군. 이번만은 그는 자기 속의 벌레에게 대들지 못했다. 대신, 겉으로는 나름대로 단호한 말이 튀어나왔다.

"여기서 세워 주세요."

"집이 어디예요?"

"조금만 걸어가면 돼요."

"이렇게 추운데……."

"됐다니까요!"

갑자기 철수가 버럭 소리를 질렀다. 그녀가 차를 세웠다. 짜증은 갑자기 불안으로 바뀌었다. 철수의 안에 든 또 다른 철수는 손바닥으로 입을 가린 채 웃음소리가 새어 나가지 않도록 쿡쿡거리고 있었다. 그녀는 말이 없었다. 가로등 불빛을 받은 그녀의 얼굴이 슬프고 음울해 보였다. 눈과 입술, 볼에 그어진 자잘한 선들은 인공적인 손질을 거친 양 싹 지워졌다. 그러자 밀랍 인형처럼 말끔하고 섬뜩한 얼굴이 나왔다. 그 얼굴이 그에게 말을 건네 왔다.

"연락처 좀 주시겠어요?"

이렇게 말하면서 그녀는 메모지와 볼펜을 건넸다. 철수는 주저했다. 단두대로 초대를 받은 기분이었다. 허허, 이봐, 아직은 저 초대장을 거부할 수 있다네. 바로 지금 이 순간 말일세. 아니, 권태에 찌든 부유한 유부녀와 하찮은 사랑놀음을 벌이다가 자네의 정신을 매장시킬 작정인가? 철수의 안에 도사린 늙어 빠진 벌레는 철수의 내장을 요리조리 찔러 댔다. 그럼에도 철수는 전화번호를 적어 주었고, 말없이 몸을 돌렸다.

일주일간 철수는 그녀를 다시 만날 날만을 기다렸다. 희망이라는 괴물이 조용히 고개를 쳐들었다. 그것은 분식점의 희멀건 라면 국물 위에 기적처럼 동동 떠 있는 맛깔스러운 계란과 푸른 파를 볼 때 느끼는 잔잔한 기쁨을 선사했다. 철수의 몸속 벌레는 때가 늦어도 한참 늦은, 어쩌면 시대착오적이기까지 한 사랑앓이를 비웃어 댔다. 그러면 그럴수록 철수는 더더욱 몽상 속으로 침잠했다. 얼굴을 정면에서 보고 나면 와장창 깨질 것만 같았던 달콤한 몽상이, 정작 응시의 순간을 맞이한 뒤로 더 큰 마력을 지니게 됐다. 하지만 몽상의 심연은 그것을 들여다볼수록 더 깊어져만 갔고, 급기야 그 심연이 철수를 집어삼킬 지경에 이르렀다. 한 시절에는 야망, 한 시절에는 이념, 그리고 지금 그것은 여자, 여자였다. 철수는 그것을 갖고 싶었다. 가질 수 없을 것 같아 마음이 아파 왔다. 이것이 또한 중력의 법칙처럼 명석판명한 것, 사랑의 법칙이었다.

다음 주, 철수는 미사가 시작되기 전부터 성당에 와 있었다. 그때 앉았던 그 자리. 그곳에서 얼마 떨어지지 않은 곳에 그녀가 앉아 있었다. 미사가 막 시작될 무렵, 그들은 성당을 빠져나왔다. 함께 저녁을 먹었고 차를 마셨고 노닥거렸다. 그렇게 그들은 연인이 되어 갔다. 한 달쯤 뒤, 그들은 쌀쌀하면서도 청명한 오후를 함께 보냈다. 저녁 식사를 끝낸 뒤 주차장에 세워진 차에 앉아 그녀가 말했다.

"오늘은 좀 더 오래 같이 있을 수 있어요."

그녀의 말이 떨어지기가 무섭게 철수의 머릿속에서는 벌레가 떠드는 소리가 들려왔다. 이봐, 저 여자 지금 외박을 하겠다는 건가? 오호라, 이거 축하주라도 한잔 해야 할 날이군, 자네가 드디어 총각딱지를 떼는 거 아닌가. 하지만 저런 아줌마를 자네 같은 초심자가 어떻게 만족시킬 텐가? 뭐 다 좋으니 일주일째 속옷을 안 갈아입었다는 구질구질한 얘기는 제발 참아 주게, 쪽 팔리지 않은가, 이 사람아. 벌레가 또 떠들기 시작했다. 이번에는 귓속에서였다. 그것은 오랫동안 밥을 먹지 않고 담배와 커피로 연명하면서 작업을 한 뒤면 어김없이 그를 찾아와 그의 귀를 아리도록, 쓰리도록 때리는 이명이었다. 한편, 어디선가 왠지 자못 비장하고 결연한 목소리가 함께 들려왔다. 두려움과 떨림은 의지가 정복해야 될 대상에 불과하다, 라고. 하지만 입을 연 철수는 더듬거리며 엉뚱한 말을 했다.

"나는, 나는…… 윤희 씨, 그러니까 나는…… 그러니까 이건 옳지 못한 일인 것 같습니다."

젠장, 옳지 못하다니. 그는 이 표현이 무척이나 마음에 들지 않았다. 너는 그녀를 사랑하고 있다, 사랑은 옳고 그름이라는 윤리적 범주가 아니다, 심지어 앎과 모름이라는 인식론적 범주도 아니다, 원한다면 너는 그녀를 안을 수 있다. 벌레는 윙윙거리는 이명이 아닌 제법 엄숙한 목소리로 이렇게 말하다가 점점 잦아들어 갔다.

"옳지 못하다……. 그럼 철수 씨의 그 눈빛은 뭐예요?"

이렇게 말하는 윤희의 눈빛엔 기대와 불안과 흥분과 환희와 우수가 마구 뒤섞여 있었다.

그들이 들어간 곳은 시내의 한 호텔이었다. 겉옷을 벗은 뒤 그녀는 따뜻한 녹차 두 잔을 준비했다. 상냥한 어머니 같기도 하고 온순한 아내 같기도 하고 또 애교 많은 애인 같기도 했다.

"무슨 얘기든 해 볼래요?"

"글쎄요. 아무래도 난 윤희 씨한테……. 아니, 윤희 씨는 그러니까……."

"내 얘기는 말고 다른 얘기를 아무거나 해 봐요."

"다른 얘기요? 그럼, 아, 예, 대학 시절에 한 학형이 있었어요. 아끼는 후배였죠. 어느 날 밤, 늦은 시각에 동아리 방에 그 후배와 나만 있게 됐습니다. 나를 좋아한다고 고백하더군요. 너무 당황해서 제대로 대꾸도 못 해 줬어요. 그 상황을 어떻게 수습했는지 기억도 잘 안 나지만, 어떻든 그 뒤로 우리 관계가 엉망이 됐어요. 후배와, 아니 동지와 그런, 그러니까, 말 그대로 그런 일을 한다는 것은 옳지 못하다는……."

"또 그 옳지 못하다, 타령인가요? 그럼 난 철수 씨한테 뭘까요? 학형이나 동지는 아닐 테고……."

"윤희 씨요? 윤희 씨는…… 윤희 씨는 그냥 윤희 씨죠."

철수는 그녀를 품에 안았다. 너무 떨렸기 때문에 아무 말도 할 수가 없었다. 하지만 그는 자신이 이 여자를 죽도록 사랑한다는 것을, 이것은 순간의 사랑이면서 동시에 영원한 사랑임을 느끼고 있었고, 이 여자도 그러리라고 믿었다.

호텔을 나왔을 때 그들을 맞이한 것은 도시의 휘황찬란한 불빛들이었다. 철수의 눈에는 자연의 어둠과 인공의 빛이 만들어 내는 괴상한 조화가 여느 때와는 달리 아름답게만 보였다. 을씨년스럽지도, 삭막하지도 않았다.

트림을 거하게 한 뒤, 철수는 냄비와 수저를 한쪽으로 밀어 놓고 방 한가운데 모로 누웠다.

밀회를 끝내고 집에 돌아오면, 방 안이 유난히 휑해 보였다. 윤희는 몇 번씩이나 그의 방에 와 보고 싶어 했다. 하지만 철수는 그것만은 용납할 수가 없었다. 윤희가 이런 곳에를 오다니. 잠깐, '이런'이라고? 어떤? 그러니까 자네도 이 방이 제대로 된 사람이 살 만한 방이 아니라는 것엔 동의하는 거로군, 그럴 테지. 특히나 장윤희처럼 손에 물 한 번 안 묻히고 살아온 여자에겐 자네 방이 무슨 돼지우리나 쓰레기통 같을 거야. 어라, 어쩌면 자네를 동정해서 대뜸 아파트라도 사 줄지 모르잖나? 늙어 빠진 벌레가 또다시 꿈틀거렸다. 나는 자네가 장윤희처럼 역겨운 부르주아와 시쳇말로 갈 데까지 다 갔다는 게 놀라울 따름일세. 지금쯤은 환멸을 느낄 법도 하건만 어째 점점 더 빠져드니, 원. 그러니까 이제 그만 인정하게나. 자네가 원했던 건 바로 저런 인생이었던 걸세! 사법고시에 합격해서 부와 명예를 누리고 예쁘고 교양 있는 마누라를 얻어 토끼 같은 새끼들을 키우는 것 말이야. 자네는 지금까지 자네가 억수로 순수한 인간인 줄 알았지? 자네도 별수 없는 놈이야. 자네의 몽상이라는 건 빈한하고 누추한 삶을 치장하기 위한 허울 좋은 핑계에 불과했어. 이제라도 타협하게나. 저 여자한테서 단물을 다 빼 먹고, 그런 다음에는 그럴듯한 직장이라도 하나 얻어서 젊고 참한 여자와 결혼하라고. 고시는 힘들겠지만 이제라도 다시 학원 일을 시작하게. 한 시절에는 자네도 꽤나 잘나가는 논술 강사가 아니었나? 그나저나, 저 여자는 어떤 맛이던가? 요즘 세상에 40대면 청춘이지. 히히, 히히.

철수는 그의 배 속 어딘가에 시끄럽게 떠들어 대는 벌레가 미웠다. 너무 미워서 죽도록 패 주고 싶었다. 철수는 배를 마구 때렸다. 조금 전에 먹은 라면이 배 속의 쓰린 통증은 없애 주었지만, 대신 내장이 꼬이는 통증이 찾아왔다. 그런데도 생각은 자꾸 넘쳐나기만 했다. 철수는 벽 쪽으로 다가갔다. 다시 물구나무서기를 시도했다. 머리가 방바닥에 처박히는 순간, 피가 밑으로 쏠렸다. 얼굴이 벌겋게 달아오르고 정신이 몽롱해지자 벌레도 잠잠해지는 듯했다. 대신, 그의 과거가 주마등처럼 뇌리를 스치고 지나갔다.

1990년 2월 말, 그 시절만 해도 어딘가 비장한 희망이 꿈틀대고 있었다. 철수는 전깃불도 들어오지 않는 덕유산 산골에서 태어났고, 읍까지 통학을 하면서 고등학교를 마쳤다. 사설 학원에 다닌 적도 없었고 과외 교습을 받았을 리 만무했다. 거의 공짜나 다름없는 교과서, 학교 선생님들이 준 참고서나 문제집, 그리고 연일 계속되던 수업이 전부였다. 책가방을 들고 학교와 산골의 집을 오가면서 그는 엄청난 양의 정보들을 암기하기 위해 노력했다. 집이든, 학교든 엉덩이를 붙일 곳만 있으면 수학 문제를 풀었고, 버스를 타거나 산길을 걸을 때면 영어 단어장을 손에 들고 다녔다. 그는 이른바 주입식 교육이 좋았다. 그것에 익숙했던 탓이다. 그는 스스로를 백지 상태의 인간이라고 생각했고, 그 백지에 각종 정보들이 새겨지는 것이 좋았다. 이대로만 가면 영원히 성장할 것 같았다. 합격 발표가 있던 날, 그는 백지 채우기 작업이 이제야 비로소 새로운 국면을 맞이한 것이라 믿어 의심치 않았다. 무엇보다도 이 지긋지긋한 산골을 떠날 수 있어 기뻤다.

하지만 동시에 철수에게는 저주받은 기대가 쏟아졌다. "김 씨네는 이제 팔자 폈구만." "그 집 아들이 진짜로 붙었다 카더라." "아이고, 어떻게 법대를 한 번 만에 그렇게 철썩 붙었는고." 철수의 입학 소식은 조그만 산골에 금세 빨리 퍼졌다. 그해 겨울, 사람들은 둘 이상만 모이면 철수 이야기를 했다. 철수의 부모는 어딜 가든 주목을 받았다. 하루아침에 개천에서 용을 만들어 낸 귀하신 몸이 된 것이다. 주위의 시선을 한 몸에 받게 되어, 그들의 몸에도 알게 모르게 힘이 들어갔다. 전에 없던 여유도 부렸다. "너무 열심히 하지는 마라, 그러다가 몸 망친대이." 아비가 말했다. "니가 판검사가 되면……." 어미가 이런 말을 꺼내기가 무섭게 아비는 어미를 다그쳤다. "아한테 그런 소리 하지 마라, 지가 어련히 알아서 잘할까 봐." 이렇게 말하는 아비에게는 물론, 어미보다 더 큰 자부심과 욕심이 있었다. 기대, 그렇다, 저주받은 기대였다.

그럼에도, 아니, 그렇기에 그는 물론 사법고시를 준비했다. 그것은 상대성 이론과 불확정성의 원리에 근거한 확률 게임 같았다. 1차까지 붙었다가 2차에서 떨어지고, 다음에도 똑같은 일이 반복되고, 그다음에는 어이없게도 1차부터 떨어졌다. 사이클이 반복될 때마다 철수의 생활공간이 조금씩 바뀌었다. 학원과 도서관이 아니라 비디오방과 만화방으로.

부모님의 기대는 그것이 매번 충족되지 못하자 그야말로 저주로 바뀌어 갔다. 집안의 미래를 책임질 기대주였던 철수가 이제는 집안의 수치가 되었다. "김 씨네 아들 또 떨어졌다 카더라." "운이 안 따라 주나 보네." "운은 무슨, 실력이 없는 거지." "이 사람 참, 무슨 말을 그리 하노. 요즘은 고시도 있는 집에서 잘 먹고 잘 자란 애들이 붙는 세상이라 안 카나." 이런 말들도 잠시였다. 철수는 사람들의 의식의 지평에서 아예 벗어나 버렸다. "그게 그리 한 번 만에 잘되나, 너무 마음 상하지 마라." 부모의 말도 조금씩 바뀌어 갔다. "고시 아니면 사람 구실 못 하나, 어데. 그만큼 공부했으면 취직자리도 안 많겠나. 그래도 밥벌이는 해야 결혼도 하제." 하지만 철수는 사법고시 공부를 사실상 중단한 뒤에도 딱히 취업을 준비하지는 않았다. 과외나 번역 아르바이트로도 생계는 어떻게 유지되었다. 간혹 명절 때 부모의 손에 쥐어 줄 돈도 어떻게 마련할 수 있었고 1년에 한두 번쯤 옷가지 정도를 사 줄 형편은 됐다.

그렇게 속절없이 시간이 흘러 철수는 서른을 훌쩍 넘겼다. 어쨌거나 그의 삶은 고등교육을 받은 대한민국의 30대 남성에게 영 걸맞지 않는 것이었다. 집은 월세 자취방이었고, 아내는커녕 만나는 여자도 없었고, 자가용은커녕 운전 면허증도 없었다. 대신 늙어 빠진 벌레가 출현했다. 이 녀석은 거의 15년째 지속되어 온, 아메바처럼 흐느적거리는 삶의 유일한 동반자였다. 고독과 더불어 나는 외롭지 않네, 라는 노래 가사처럼 철수는 벌레가 있어 그래도 버틸 만했다. 녀석은 대체로 의뭉스럽고 뻔뻔스러웠다. 하지만 이 녀석마저도 피를 머금은 고깃덩어리의 몰골을 한, 그런 주제에 고통에 전 얼굴이 될 때가 있었다. 그 얼굴이 곧 철수 자신의 얼굴이라는 것, 이모든 것이 유아적인 위악이자 그것과 결합된 자기 연민의 복합체라는 것이 그는 싫었다.

철수는 방바닥에 드러누웠다. 벽만큼이나, 어쩌면 벽보다 더 싸늘했다. 그는 팔을 좌우로 쭉 뻗었다. 하지만 두 다리는 꼭 붙였다. 두 발도 모아서 포갰다. 가을, 야밤의 싸늘한 공기가 방 안으로 고스란히 전해졌고, 방바닥은 그 찬 공기들의 결정체만을 모아 놓은 듯했다. 냉기가 그를 괴롭힐수록 그의 몸은 점점 더 움츠러들었다. 그리하여 온몸의 근육과 뼈가 아파 오면 객기를 부리듯 몸을 한 번

쭉 폈다. 하지만 다시금 살인적인 냉기가 그의 몸 구석구석을 꿰뚫었고, 그의 몸은 다시 채찍질과 책형의 고통에 허덕이는 양 오그라들었다. 이대로 몇 시간을 견디다가 그냥 죽어 버리고 싶었다. 정말 그렇게 죽어 가는 듯도 싶었다.

하지만 눈을 뜨게 되는 순간이 어김없이 찾아왔다. 그것은 그가 아직 죽지 않았다는 것을, 따라서 이 스산하고 황량한 방의 추위와 고독을 견뎌야 된다는 것을 각인시켜 주었다. 철수는 손을 뻗어 담배를 찾았다. 담배가 반쯤 타들어 갈 때쯤 커피 물을 올렸다. 그리고 책상으로 기어 올라가 내일 PC방에 가서 카페에 올릴 글을 쓰기 시작했다. 그것은 유럽을 떠도는 유령으로 시작해서 대러시아 제국을, 척박한 시베리아를 갈아엎는 망치와 낫으로 끝나고 있었다.

아케이드의 잔해

월요일 늦은 아침, 민우는 집을 나섰다. 별로 신뢰하지는 않았으나 엄마한테 칸트 밥을 좀 챙겨 주라고 부탁했다. 말 그대로 부탁이었다. 식물들도 사생활이 있는데, 버젓이 살아 있는 여자인 엄마인들 사생활이 없을까. 그것은 물론 존중받아야 마땅하다. 사생활은 민우 자신에게도 있잖은가. 오늘이 바로 그 사생활과 오랜만에 만나는 날이기도 하다. 약속 장소에 도착했을 때는 11시 10분 전이었다.

"민우 아저씨!"

민우 아저씨? 아저씨? 생전 처음 듣는 호칭이다. 민우는 주위를 두리번거렸다. '베니건스' 옆 돌계단에서 딸기가 폴짝폴짝 뛰어 내려왔다. 늘 정각에 나타나던 녀석이 웬일이야. 게다가 제 몸에 비해 턱없이 큰 바이올린 가방 대신, 여느 꼬마들처럼 조그만 배낭을 메고 있었다. 잠시 숨을 돌린 뒤에야 딸기는 배낭을 벗었다. 귀가 커다랗고 긴 토끼 모양의 배낭이었다. 딸기는 토끼 배를 갈라, 예쁘게 포장하여 리본까지 묶은 반듯한 선물 상자를 꺼냈다.

"민우 아저씨, 아저씨, 이거요! 딸기가 민우 아저씨한테 주는 선물이에요."

민우는 흠칫했지만 선물 상자를 받아 가방 안에 넣었다.

"이게 정말 그거……냐?"

민우는 머릿속에선 '폭탄'이란 청각 영상이 떠올랐지만, 발설할 수는 없었다. 딸기의 표정이 너무도 천진난만하고 해맑았기 때문이다.

"예, 알람시계예요. 보통 알람시계처럼 맞추면 돼요. 하지만 옛날 시계처럼 태엽을 감아요, 태엽을. 자명종이니까 스위치 누르기는 필수! 히히, 그런데 스위치가 머리 위에 난 혹이란 말씀! 그런데 민우 아저씨, 이 녀석, 정말 무섭게 생겼걸랑요. 호랑이에요, 시베리아산 호랑이! 늦게 일어나면, 일어나, 일어나, 안 일어날 거야, 그럼 깨물어 버릴 거야, 라고 소리쳐요. 그러니까 늦으면 절대 안 돼요. 정말로 콱 깨물어 버릴지도 모르니까, 이렇게요, 콱!"

그러고는 두 팔을 살짝 벌려 위로 뻗은 뒤 입을 벌리고 이를 드러내면서 깨무는 시늉을 하기도 했다. 아무리 봐도 어린애였다. 얼음같이 차갑고 무표정한 얼굴을 하고서 처음으로 "니힐리스트 님입니까?"라고 묻던 미래의 혁명가와 호랑이 흉내를 내는 꼬마 사이에는 거대한 늪이 존재하는 듯했다.

"아저씨 궁금한 거 많죠? 시계를 어디다 둬야 되나, 몇 시에 맞춰야 되나, 그때 아저씨는 뭘 하고 있어야 되나, 이런 거요. 하지만 말 안 해 줄래요!"

"뭐?"

"거짓말이에요! 나중에 말해 줄 거예요, 히히."

딸기는 이렇게 말하고는 민우의 손가락을 잡은 채 제자리에서 빙빙 돌았다. 다시 자기 자리에 멈추어 섰을 때는 숨을 약간 헐떡이며 옹알댔다.

"선물을 줬으니까 구경도 시켜 주고 맛있는 것도 사 줘요."

쌍꺼풀이 또렷하게 진, 딸기의 커다랗고 동그란 눈이 참 영특해 보였다. 딸기 씨처럼 박힌 주근깨는 화룡점정 같은 것이었다. 민우는 귀엽게 보채는 딸기의 손에 이끌려 코엑스 안으로 들어갔다.

"딸기야, 너 오늘도 혼자 왔어?"

"내년이면 학교에 들어가는걸요. 나는 내가 원하는 곳이면 어디든 혼자 갈 수 있어요."

"어딜 그렇게 가고 싶어?"

"런던, 벨페스트, 베를린……."

"혼자 가면 무섭지 않을까? 길을 잃는다거나……."

"유령이 조금 무섭긴 해요."

"유령? 죽은 사람이 뭐가 무섭냐? 산 사람이 무섭지. 하여간 애들이란."

"아뇨! 아저씨 바보예요? 아저씨와 동지들이 생뚱맞게 연구하는 그 유령 말이에요. 난 그 유령이 정말로 유령이 아닐까 싶어요. 그래서 무서운 거예요."

민우는 또다시 놀랐다. 그의 허벅지 근처에 동동 떠 있는 저 천진난만한 얼굴, 저 얼굴 밑에서 도대체 무슨 생각들이 꿈틀거리고 있는 것일까. 민우는 자기 곁에서 정말 탁구공처럼 통통 튀듯 걷고 있는 딸기를 내려다보았다. 이건 대체 뭐야. 이렇게 잔망스러운 꼬맹이가 폭탄을 운반하는 테러리스트라니, 원. 유령이 무섭다고? 쳇, 네가 유령이다, 요 녀석아!

캐릭터 상품을 파는 팬시점이 눈에 들어왔다. 딸기가 거의 고함을 지르다시피 외쳤다.

"민우 아저씨, 토토로 먼지 사 줘요!"

"토토로면 토토로지, 먼지는 또 뭐야?"

"아저씨는 먼지도 모르세요? 토토로 아이들은 먼지에서 태어나요. 먼지는 새끼 토토로를 말하는 거예요."

"아저씨, 이거요!"

딸기가 민우의 손을 놓고 어디론가 뛰어갔다. 그러고는 연한 회색빛의 조그맣고 동그란 봉제 인형 하나를 들어 올렸다. 머리 위에는 귀 모양으로 조그만 삼각형이 두 개 박혀 있고 배는 좀 더 연한 색으로 둥그렇게 그려져 있었다.

"그냥 열쇠고리잖아."

"이게 먼지예요, 새끼 토토로요. 사 줘요, 아저씨! 뭐야, 여기는 고양이 버스도 없네, 쳇."

"그건 또 뭐야?"

민우는 무성의하게 응수했지만 딸기는 신이 나서 계속 옹알댔다.

"지네처럼 발이 많이, 많이 달렸고, 체셔 고양이처럼 입을 커다랗게 벌리고 이빨 잔뜩 드러내 놓고 웃는 고양이 버스요. 아저씨는 그것도 몰라요?"

"아, 몰라! 그냥 먼지나 사!"

민우는 어이없게도 그 자리에서 만 원에 가까운 돈을 지불해야
했다. 더 어이없는 건 젊은 여점원의 말이었다.

"어쩜, 아빠를 쏙 빼닮았네. 야, 너 왜 이리 귀엽냐? 너무 이기적
인 거 아냐? 꼭 딸기같이 생겨 갖곤."

물건을 건네면서 여점원은 한마디 더 덧붙였다.

"자! 아빠한테 고맙습니다, 라고 말해야 해, 알았지?"

"예! 아빠, 고맙습니다!"

딸기는 희죽거리며 옹알대더니, 토끼의 배를 갈라 먼지를, 아니
먼지 인형을 안쪽 깊숙이 넣었다. 걸음을 떼면서도 자꾸만 뒤를 돌
아보는 것이 영 아쉬운 모양이었다. 하지만 팬시점을 나오기가 무섭
게 딸기의 미련은 순식간에 사라진 듯했다. 놀라울 정도의 망각 능
력이었다. 딸기는 자기 눈앞에 보이는 모든 물건에 손을 한 번씩 대
봤고 하다못해 목걸이나 귀고리도 그냥 지나치지 않았다. 영화관을
보자 이번에는 발길이 그리로 향해 버렸다. 민우는 또 딸기의 손을
잡아끌었다.

"딸기 너 배 안 고프냐?"

"아, 맞다! 갑자기 생각났어요! 나 배고파요!"

"너는 배고픈 것도 생각을 해야 되냐? 뭐 먹을까?"

"햄버거요!"

"그럼, 우리 빨리 밥 먹으러 가자."

딸기는 '메가박스'는 어느새 잊고 밥을 향해 걸었다. 그동안에도

많은 것들이 딸기의 시선을 붙들어 두었다. '반디 앤 루니스' 앞에 이르렀을 때는 아예 밥 생각을 잊은 듯, 커다랗고 노란 반디 인형 옆에 찰싹 달라붙어 인형을 만지작거렸다.

"아저씨, 사진 찍어 줘요!"

딸기는 또다시 토끼 배를 가르고 그 속을 뒤적였다. 딸기의 배낭 속에선 어른의 손바닥만 한 디지털카메라가 나왔다.

"인형 옆에 서 보렴. 그래, 그렇게…… 자, 하나, 둘, 셋."

민우는 셔터를 눌렀다. 딸기는 조르르 달려와 사진을 보여 달라고 했다. 마음에 들지 않는지 다시 찍어 달라고 했다. 민우는 딸기가 자세를 취하기를 기다렸다가 다시 셔터를 눌렀다. 이번에도 딸기의 마음에 들지 않았다. 모든 일이 또다시 반복되었고, 그제야 딸기는 만족했다. 민우는 짜증이 났다. 제아무리 영악하고 똑똑해도 아이란 도대체가 성가신 동물이다. 풍경화 속 구성물로 감상할 때야 아름답지, 그 풍경화 속에 들어가 그것과 더불어 시간을 견뎌야 된다면 지옥이 따로 없다. 도대체 이제 곧 그가 치러야 할 '거사'와 이 꼬마와 놀아 주는 것 사이에 무슨 관계가 있단 말인가. 덩달아 애 아빠 취급받은 게 또 화가 났다. 아니, 삼촌도 아니고 아빠라니, 젠장. 딱히 동안 열풍 때문은 아니지만, 민우도 자기가 아버지를 닮아 노안인 것이 정말 싫었다. 민우는 툴툴거리며 딸기의 손에 붙들린 채 계속 걸었다.

"아저씨, 저건 무엇일까요? 곰돌이 푸일까요, 아닐까요? 아저씨, 대답해 봐요, 네?"

"저건 그냥 곰 인형이야."

"아저씨 바보네, 정말. 저건 테디 보머 아저씨가 건물 안에 몰래 두고 다니던 곰 인형이에요."

"그래, 나는 아저씨라서 그런 건 몰라."

"아저씨, 아저씨라고 불러서 삐졌죠? 에이, 삐졌구나. 다 큰 어른 이 뭐 그런 걸로 다 삐지고 그래요? 아저씨, 화 풀어요, 네? 안 그러 면 이제부터 진짜 아빠라고 부를 거예요!"

이렇게 말하며 딸기는 민우의 허벅지에 얼굴을 비벼 대기까지 했 다. 민우는 너무 당혹스러워, 딸기를 밀어내지도 못했다.

'버거킹' 안은 사람으로 북적댔다. 줄도 제법 길었다. 민우는 딸 기 손을 꼭 잡은 채 햄버거를 주문했다. 잠시라도 한눈을 팔면, 폴 짝거리며 어디론가 사라져 버릴 것만 같았다. 자리에 마주 앉자 그 래도 좀 마음이 편해졌다. 먹을 것을 보자 딸기는 먹는 일에만 몰 두했다. 덕택에 아무 말도 하지 않아서 좋았다. 특히, 질문을 던지 지 않아서 좋았다. 딸기는 3분의 1쯤 남은 햄버거를 한 손에 든 채 다른 한 손으로는 감자튀김을 주워 먹고 있었다. 딸기의 동그란 입 속에서 노니는 음식물이 살짝 정체를 드러내는가 싶더니 괴상한 말 들이 와르르 쏟아졌다.

"지배 계급으로 하여금 공산주의 혁명 앞에 벌벌 떨게 하라. 프 롤레타리아가 잃을 것이라곤 족쇄뿐이요, 얻을 것은 세계이다."

이렇게 중얼거리는 딸기를 민우는 넋을 놓고 바라보았다. 딸기는 빨대로 콜라를 한 모금 빨아 먹은 뒤 트림을 했다. 조그만 녀석이 트림 소리는 왜 이리 큰 거야. 겸사겸사 기름과 케첩이 잔뜩 묻은 조막만 한 손으로 코끝까지 아작아작 긁었다. 이어 딸기는 햄버거를 두 손으로 꼭 쥐고서 입을 커다랗게 벌려 거국적으로 베어 먹었다. 음식물을 씹는 동안에는 계속 주문을 걸듯 뭐라고 중얼댔다. 한 3분은 족히 씹었을 법한 음식물을 집어삼킨 뒤 딸기는 민우를 쳐다보면서 화사하고 해맑게 웃었다. 그 웃음이 가시기도 전에 또 엽기적인 말이 튀어나왔다.

"만국의 노동자들이여, 단결하라! 단결하라! 단결하라!"

정말 이거야말로 체셔 고양이의 사라지는 웃음이었다. 웃지 않는 고양이라면 모를까, 고양이 없이 고양이 웃음만 동동 떠 있다니. 하지만 그 웃음마저 곧 사라졌고, 딸기는 진지하고 우울한 표정을 지었다. 꼬마 딸기는 어느새 마스터의 헤르메스로 바뀌어 있었던 것이다.

"그럼, 이만!"

그렇게 딸기는 훌쩍 떠났다.

딸기가, 딸기의 등을 덮은 토끼가 완전히 사라지자, 민우는 출구까지 인도해 줄 실 한 오라기 없이 홀로 미로 속에 갇힌 기분이었다. 실 대신에 폭탄인가? 젠장, 여긴 몇 번을 와 봐도 헷갈린다니까. 토끼 굴이 따로 없군. 민우는 걸음을 떼다가 속으로 투덜거렸다. 가만 보니 정말 미로 속에 갇힌 것이었다. 고래 배 속처럼 모든 게 뒤엉킨 이 원형의 아케이드야말로 진정한 미로다. 애매하고 모호한 욕망의 대상들만 잔뜩 모아 놓은 이 공간에는 자연의 빛 한 줄기 들지 않는다. 그래, 이걸 파괴하란 건가. 어쭙잖은 자명종으로? 젠장!

순간, 민우의 얼굴이 일그러졌다. 액세서리 가게 곁을 걷고 있을 때였다. 갑자기 모든 신경이 아랫배로, 아니 그보다 더 아래로 집중되었다. 극도의 극기심을 발휘하여 재빨리 걸음을 옮긴 덕분에 그는 정말 아슬아슬한 순간에 변기 위에 앉을 수 있었다. 한차례의 폭풍이 지나가자, 머리가 제대로 돌아가기 시작했다. 꽁치 통조림에 몰두한 뒤로 대장이 예민해진 탓인지 이상하게도 설사가 잦았다. 젠장! 그래, 이것도 젠장, 이다. 서울의 이 부실한 아케이드를 파괴하자, 라고? 쳇, 당장 화장실이 급하단 말이다! 유령이고 나발이고, 이 구린내 나는 똥이 제일 정직한 거다! 민우의 머릿속에서는 이런 생각들이 꿈틀댔고, 아랫도리는 한 번 터진 설사의 뒷감당을 하느라 바빴다. 항문이 어찌나 화끈거리는지 한동안은 걸음을 옮기는 것도 불편할 정도였다.

강의실 문이 조용히 열렸다. 수업 도중에 저렇게 태연하게 강의실로 들어올 수 있는 사람은 민우밖에 없었다. 민우는 창문과 멀리 떨어진 곳, 즉 문에서 제일 가까운 열의 뒷자리로 가서 앉았다. 자기 등 뒤 어딘가에 민우가 앉아 있다고 생각하니 '해피' 님, 즉 안정현은 괜히 달떴다. 수업이 끝나자 그녀는 책을 정리하고 가방을 챙겼다. 하지만 그녀의 무의식적인 기대와는 달리, 민우가 먼저 그녀 곁으로 다가와 말을 거는 일은 일어나지 않았다. 극히 짧은 순간이었지만 정현은 골이 났다. 그대로 가방을 메고 의자에서 일어나 문을 향해 걸어갔다. 하지만 등 뒤로 민우의 발자국 소리가 들리자 정현은 기어코 고개를 돌리고야 말았다.

"안녕하세요?"

어쨌거나 먼저 인사를 건넨 쪽은 민우였다. 이 사실이 무척 큰
의미를 가진 것처럼 인식되는 짧은 순간, 정현은 발랄해졌다.

"왜 이렇게 수업을 많이 빼먹어요?"

"일이 좀 있어서요……."

정현은 민우와 함께 강의실 밖으로 나왔다. 바깥이 아직 어둡지
않았지만 홀에는 형광등이 환하게 켜져 있었다. 밝은 색상의 가구
들이며 비교적 잘 정화된 공기가 상당히 유쾌한 공간이었다.

"정현 씨도 가시나요?"

"씨는 또 뭐예요? 아줌마 아저씨도 아니고. 그냥 정현이라고 불
러요. 모임이라면 나도 지금 가요."

둘은 함께 밖으로 나갔다. 한 옷가게의 거울에 정현과 민우의 모
습이 비쳤다. 제법 잘 어울리는 한 쌍이었다. 키가 훌쩍 큰 정현의
입장에서 민우처럼 키가 큰 남자는 찾기가 힘들었다. 또 까무잡잡
한 얼굴에 또렷한 이목구비, 굵은 얼굴선이 도드라지는 민우의 얼
굴이 정현은 꽤 마음에 들었다. 간혹 선명하게 잡히는 이마 위의 굵
은 주름도 왠지 남자다워 보였다. 한마디로, 요즘 어디서나 흔히 볼
수 있는, 계집애처럼 보들보들하고 매끈한 피부에 곱상하게 생긴 또
래 남학생들과는 전혀 달랐다. 정현으로 말하자면, 대체로 어딜 가
나 그녀의 미모와 세련된 옷차림에 찬사를 보냈고 우아한 몸가짐을
칭찬해 주었다. 게다가 명문대 경영학과 학생이라니. 딱히 그 때문
은 아니었지만 정현은 민우가 자기에게 무관심한 것이 이상했다. 정
현의 스무 해 남짓한 인생에서 처음 있는 일이었으니까. 말하자면,
세계는 그녀를 중심으로 돌고 있었던 것이다.

월요일 오후라 카페는 상당히 한산했다. 창가의 넓은 테이블에 자리를 잡자 웨이터가 다가왔다.

"조금 있다가 시킬게요."

메뉴판과 물 두 잔을 내려놓는 그 짧은 시간 동안 젊은 웨이터의 시선이 몇 번이나 정현의 예쁜 얼굴과 늘씬한 다리에 꽂혔다. 그는 정현에게 상냥한 미소를 보내며 돌아섰지만 아주 잠깐 어이없다는 표정을 지으며 민우의 얼굴을 힐끔 쳐다보았다.

"왜 이 카페를 골랐어요?"

"여긴 제가 고른 게 아니라……."

"아뇨, 여기 이 카페 말고요, 인터넷 카페 말이에요."

"그냥 어쩌다가……."

민우가 말꼬리를 흐리는 틈에 '몽상가' 님, 즉 김철수가 나타났다. 민우는 반색을 표하며 김철수를 자기 옆에 앉혔다. 이 아저씨를 왜 이리 좋아하는 거야. 철수와 민우는 둘 다 얼굴빛은 검은 편이지만 그럼에도 현격한 대조를 이루었다. 젊은 남자와 조로한 아저씨, 싱싱한 물푸레나무와 칙칙한 바퀴벌레, 단정함과 칠칠치 못함, 말쑥함과 나사 풀려 있음, 방향과 악취 등. 이 '몽상가'는 영판 이런 카페를 위해서 생겨난 인간인 것 같았다. 그녀는 바로 그가 이 카페의 숨겨진 주동자일 거라고 생각했다. 그가 이렇게 버젓이 활동을 하는 것은 오히려 자신이 숨겨져 있음을 감추기 위한 것이며, 딸기 뒤에 숨어 있다는 '마스터'는 아예 없는 존재일 것이다. 어쨌거나 정현은 김철수란 인간이 싫었다. 중년인지 노년인지 하여튼 이 인간에게서는 아무래도 해묵은 노숙자 냄새가 났다. 땀 냄새와 지린내와 구린내와 하수구 냄새와 한여름 음식 쓰레기 썩는 냄새를 뒤섞어 놓은 것 같은 악취 말이다. 한데 이 악취는 딱히 후각이 아니라 얄궂게도 시각을 자극하는 것이어서 그가 나타나기만 하면 눈살이 절로 찌푸려졌다. 그래도 예의상 안부는 물어 주었다.

"몽상가 님은 어떻게 지내셨어요?"

"바빴습니다."

철수의 어조는 조용하고 진지했다. 아이고, 저 폼 잡는 꼬락서니 하곤. 딸기가 나타난 것은 그때였다. 5시 정각. 요 괴상한 꼬마 계집애는 시간을 어기는 일이 절대로 없었다. 요물 같은 것이 또 언제나 정현 옆자리에 앉았다.

"컨테이너 님은 오지 않을 겁니다."

자리에 앉자마자 딸기가 내뱉은 첫마디였다. 민우는 딸기의 말이 떨어지자, 아니 딸기가 나타났을 때부터 침울한 기색을 보였다. 웨이터가 다가왔다. 커피 두 잔, 레몬 차 한 잔, 끝으로 우유 한 잔을 주문했다. 우유는 딸기의 것이었다.

"이미 짐작하셨겠지만 일은 계획대로 진행될 겁니다."

"그것은 전달됐습니까?"

김철수가 나지막하게 물었다. 순간, 아주 조용히 그의 눈이 번득였다. 하지만 정현의 눈에 그 광채는 커다란 늙다리 바퀴벌레의 짙은 갈색 등을 덮고 있는 징그러운 광택보다 나을 게 없었다.

"예."

딸기는 짧게 대답했다. 잠시 침묵이 흘렀다. 왠지 초조해하던 민우가 입을 열었다.

"날짜는 그러니까……?"

"말씀드린 대로 11월 7일입니다."

딸기의 대답에 다들 숙연한 표정을 지었다. 아무리 봐도 요사스러운 계집애였다. 정말, 재수 없군. 혹시 누구를 내세워 진짜로 뭘 하려는 걸까? 설마 민우를? 하지만 대체 뭘? 이들이 정말로 제대로 된 '집단'이라면, 자기 같은 '불순분자' 앞에서 이런 얘기를 태연스럽게 할 리가 없다. 필경 이건 애초부터가 심심풀이 장난에 불과할 거다. 정현은 다시 웃음이 끓어오르는 걸 참아야 했다. 하지만 결국 웃음이 터져 나왔다. 지금까지 정현에게는 시선도 주지 않던 딸기가 엄숙하게 말했다.

"해피 님, 웃는 것까진 좋지만 발설은 안 됩니다."

낭랑하고 투명한 어린 계집애의 목소리였지만, 그 어조는 관록이 쌓인 전문 취조관 같았다.

"예."

얼떨결에 이렇게 대답한 정현의 표정은 완전히 굳어 있었다. 민우가 두려움과 조바심을 내비치면서 자꾸만 딸기를 힐끔힐끔 보는 것도 마음에 걸렸다. 아니, 딸기는 그 자체로도 충분히 정현을 당혹스럽게 했다. 어른처럼 구는 어린애라고 하기에는 진짜 어른 같고, 어린애의 탈을 쓴 어른이라고 하기에는 진짜 어린애였다. 정현은 레몬 차 대신 찬물을 한 모금 마셨다. 머릿속이 좀 맑아지는 듯도 했다.

핵심 멤버 세 사람 사이에서 지루한 대화가 오갔다. 정현은 사람들의 말을 귀담아 들었지만 이 역시 오랫동안 학습된 습관일 뿐이었다. 주로 말을 하는 쪽은 김철수였다. 하지만 그의 말은 구체적인 청자를 상정한 살아 있는 말이라기보다는 카페 게시판에 올리는 글처럼 문어적이었다. 가령, 철수는 마르크스의 이론이 레닌에 의해 어떻게 변형됐고 어떻게 실제 혁명에까지 이르게 됐는가를 장황하게 이야기했다.

"문제는 노동자가 아니라 농민이었습니다. 한 뙈기의 땅이라도 자신의 사유 재산을 갖고 있는 자들을 의식화시키는 것은 대단히 어렵기 때문입니다. 하지만 노동자는 물론이거니와 심지어 소작농 정도만 돼도 손쉬운 일입니다. 소소한 봉기만 시작돼도 당장 합류했을 테니까요. 망이 망소이의 난, 만적의 난처럼 말입니다. 왕후장상의 씨가 따로 있느냐, 라는 물음은 그 실현 여부와는 별개로 역사를 계급 발전의 측면에서 이해했다는 점에서 주목할 만합니다."

"왕후장상의 씨가 따로 있느냐……."

딸기는 이 말을 받아서 천천히 되풀이했다. 딸기의 표정은 사뭇 진지했지만, 이때만은 신기하고 낯선 표현을 열심히 되뇌는 일곱 살짜리 소녀로 보였다. 갑자기 딸기가 귀엽게 여겨져서 정현은 젊은 이모처럼 웃으며 말했다.

"왕후장상의 씨는 따로 있지……요."

반말은 곧장 수정됐다. 정현의 말에 흥분한 것은 뜻밖에도 민우였다.

"정말로 그렇게 생각하시나요?"

"당연하죠."

정현의 말에 이번에는 역시나 김철수가 나섰다.

"사회적으로 그렇게 형성되는 것이 아니라요?"

정현은 발끈했다.

"인간의 제반 조건이 사회적 메커니즘에 종속되는 것도 당연한 일이죠. 하지만 지금은 신분 사회도 아니잖아요. 러시아만 해도 애초 혁명가들이 꿈꾼 것은 지상 낙원의 건설이었지만, 대부분의 가담자들은 그야말로 뭣도 모르는 작자들이었어요. 막상 혁명이 일어나자 이들은 잔인한 복수극을 벌이기 시작했죠. 이런 상황에서 필요한 건 정치이지, 혁명이 아니에요. 레닌이 역사에 남았다면, 그건 혁명가로서가 아니라 정치가로서일 테죠. 진정한 혁명가라면 체 게바라처럼 됐을 테지만, 그 역시도 혁명에, 혁명이라는 관념에 중독됐기 때문이 아닐까 싶네요."

정현은 이렇게 열을 올린 것이 후회스러웠다. 어쨌거나 이미 역사적 실험마저 종료된 사회주의 혁명을 강의실 바깥에서 논하는 것은 대단히 시대착오적인 일인 것이다. 그것은 이미 화석이 된 기록물, 암기와 해석과 평가를 요하는 역사적 사실에 불과하다. 물론 카페 자체도 하릴없이 머리나 좀 굴리고 식혀 보는 짓거리에 다름 아니다. 대학가에서도 이런 종류의 모임은 없어진 지가 언제인데, 온라인상에서의 'PtRe'이라니. 이젠 혁명마저도 가상공간에서 일어나는 사이버 시뮬레이션 게임 같은 것인가? 정현은 실소를 금치 못했다.

정현의 제법 길었던 말에 응수를 한 건 이번에도 김철수였다.

"그럼, 현재 우리의 사회에 아무런 문제도 없다고 생각하십니까?"

"문제가 없다면 그것도 말이 안 되지만 부분적 차원에서 충분히 개선될 수 있어요. 그런 식으로 개선될 수 없는 것은 혁명으로도 절대 변화되지 않아요."

"가령, 극단적인 양극화 문제 같은 것도요?"

"예. 가난한 사람들 붙잡고 물어보세요, 하나에서 열까지 전부 부자가 되고 싶어 해요. 또 조기 유학, 기러기 아빠, 이런 게 왜 생기겠어요. 자기는 명문대 나와서 온갖 기득권을 다 누리면서 학벌 타파를 외치면 누가 그 진정성을 믿어 주죠? 반대로 학벌이 보잘것 없으면서 이런 주장을 하면 그건 울분 섞인 하소연이겠죠. 이데올로기나 이념 따위는 고질적인, 어쩌면 불가피한 불평등에 배알이 꼴려 한판 뒤집고 싶은 욕망을 정당화시키는 것에 지나지 않아요. 저는 이런 것보다는 차라리 이기적 유전자의 법칙이 훨씬 더 정직하다고 생각해요."

정현은 이제 완전히 입을 다물었다. 아무도 그녀에게 '그럼 당신은 왜 이 카페에 가입했느냐?'라는 식의 질문은 던지지 않았다. 이러나저러나 그녀는 상관없었다. 앞으로는 이렇게 한심스럽고 미치광이 같은 모임에는 발을 끊으리라고 다짐했다. 정현 나름대로 오늘은 제법 흥분했던 것이다. 가장 큰 이유는 민우의 무관심이었다. 대체로 민우는 마음을 콩밭에 갖다 둔 사람 같았다. 다들 자리에서 일어날 때도 민우 혼자 꼼짝도 않고 있었다. 딸기가 민우를 불렀다.

"니힐리스트 님?"

민우는 한 템포 정도를 쉬었다가 입을 열었다.

"혹시 말입니다…… 그러니까 여기에…… 뭔가 개인적인 요인이 개입된 건 아닙니까?"

"절대 아닙니다!"

딸기는 무척 단호하고 다부진 목소리로 말했다. 민우가 여전히 자리를 뜰 생각을 하지 않아서인지 한마디 더 덧붙였다.

"만약 그렇다면, 그건 아주 비열한 일입니다. 절대적으로 순수해야 합니다."

그제야 민우는 자리에서 일어났다. 정현도 일어섰다. 딸기는 카운터로 향하고, 세 사람은 카페 밖으로 나왔다. 잠시 뒤 딸기가 나왔다. 저 어린 것이 회계까지 본다니, 기가 차는군. 조그만 딸기 위로 '데 자미'라는 간판이 걸려 있었다. '친구들'이라고? 그래, 너희들은 동지 놀이, 친구 놀이 하면서 즐겁게 살아라. 정현은 속으로 피식 웃었다.

딸기가 별말이 없는 걸로 봐서 저녁 식사는 하지 않는 모양이었다. 민우는 철수에게 매달렸다.

"형, 저녁이나 같이 먹어요."

"약속이 있어."

"개인적인 일이 개입되어 있군요, 하하."

민우는 웃음을 터뜨렸지만 김철수는 웃지도 않고 일동에게 인사를 한 뒤 걸음을 재촉했다. 딸기도 고개만 까딱하고는 곧 사라졌다. 정현은 이때다 싶어 민우에게 말을 건넸다.

"바로 집으로 갈 거예요?"

민우는 계속 고민 중이었다. 엄마한테 저녁을 먹고 들어간다고 말해 놓고 지금 들어가기도 좀 그랬다. 어쨌거나 요즘 엄마한테는 사생활이 있잖은가.

"정현 씨, 별일 없으면 저녁 같이 먹을래요?"

민우의 제안에 정현은 웃음으로 화답했다.

정녕, 휴학한 대학생은 룸펜 프롤레타리아적인 데가 있었다. 다만, 형용 모순인데, 호주머니에 돈깨나 든 룸펜 프롤레타리아. 이것은 천민자본주의의 부르주아 계급이 양산해 낸 무슨 제3의 새로운 계급 같았다. 이날, 민우는 정현과 꽤 오랜 시간을 보냈다. 저녁 식사 후, 함께 술도 마셨다. 민우는 처음으로 정현이 자기를 좋아하고 있다는 것을 알아챘다. 더 정확히는 그 사실에 조금이나마 의미를 부여하게 되었다. 정현은 아무렇지도 않은 말, 아무렇지도 않은 일에도 줄곧 바보처럼 웃어 댔다. 여느 때의 그녀답지 않은, 이른바 재색을 겸비한 여대생답지 않게 쪼다 같고 병신 같은 웃음이었다. 너 같은 애들이 나중엔 우리 엄마처럼 될 테지. 나 같은 놈들이 결국 너 같은 여자를 인생의 필수 부품으로 가지려고 아등바등 살 테지. 건전한 사회인으로서 열심히 돈 벌고 거기에 무슨 양념처럼 종교 생활, 봉사 활동을 하고 주식 동향과 부동산 법안에 귀를 쫑긋 세우고 그 와중에 콘서트를 보러 가고 간간히 대형 서점에 나가 신간도 한 번씩 들춰 주고 모피도 두어 벌 맞춰 주고……. 이런 풍경을 바라보는 것이 민우의 일상이었다. 그 자신이야말로 이런 풍경의 충실한 구성원이라는 것, 그것이 더 욕지기나는 일이었다. 민우는 또 맥주를 들이켰다.

"카페 활동 계속할 거예요?"

"이번 일만 끝나면 손 떼 버릴 겁니다."

"그럼, 저한테는 언제 말을 놓을 거예요?"

"지금 놓지 뭐."

연애 공식 중 몇 번 매뉴얼이 눌려졌을까. 어떻든 민우는 상당히 취해 있었다. 호프 집을 나와 칵테일 바로 옮겨 온 뒤였다. 민우는 제법 오랫동안 정현을 뜯어보았다. 확실히 환한 대낮, 길거리에서도 눈에 확 들어올 만큼 탁월한 미모였다. 희뿌연 불빛, 걸쭉한 음악, 알코올의 영향까지 곁들어져 정현은 점점 더 농염해 보였다. 그 미모를 어찌나 뜯어봤던지, 어느 순간부터는 해부학적인 말들이 눈앞에서 둥둥 떠다녔다. 음문, 음핵, 자궁, 자궁경부, 나팔관, 난자, 난소, 유방, 유륜, 유두, 그리고 질, 클리토리스……. 급기야 섹스, 오르가슴, 펠라티오라는 단어까지 머릿속을 헤집었다. 민우는 간만에 포르노를 보고 싶어졌다.

사랑? 이건 혁명만큼이나 케케묵은 신화다. 사랑이나 혁명 따윈 믿지 않는 민우였지만, 그것에 대한 냉소와 위악은 더 싫었다. 그랬기 때문에, 단정하게 앉아 있는 정현의 모습에서 꼭 적외선 촬영을 한 양 자꾸만 나체가, 그것도 특정 부위가 점점 더 확대되어 보이자 민우는 스스로가 경멸스러워졌다. 아, 그만! 이제 그만 일어나자. 이렇게 너저분한 토끼 굴은 그 어떤 포르노그래피 속에도 없단 말이다! 어라, 칸트는? 아무래도 엄마가 칸트에게 밥을 제대로 줬을 것 같지 않았다. 민우는 연신 엉덩이를 달싹거렸다.

칵테일 바를 나왔을 때는 11시였다. 걸음을 떼기도 전에 또 정현의 핸드폰이 울렸다.

"응, 엄마. 아니야, 나왔어. 이제 전철 타. 아냐, 뭣 하러. 알았어…… 데리러 나온다는 걸 말렸어요. 내가 아직도 고등학생인 줄 아나 봐요."

정현은 또 웃었다. 예의 그 쪼다 같고 병신 같은 웃음. 오랫동안 학습된 인공적인 미소보다는 차라리 이 웃음이 더 사람다워 보였다.

"내일은 수업 빠지지 말아요."

"일어나는 거 봐서."

"내일 봐요!"

정현은 이렇게 말하면서 등을 돌렸다. 민우는 잠깐 동안 그녀의 뒷모습을 바라보았다. 군중 속으로 휩쓸려 들어가는 안정현, 그녀는 강남의 밤거리를 채우는 저 수많은 익명의 여자애들과 조금도 다르지 않았다. 그저 좀 많이 늘씬하고 좀 많이 세련됐을 뿐이었다.

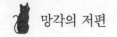

권민우가 학원 강의실에 멍하니 앉아 있을 때, 권율 박사는 진료
실에서 넋을 놓고 있었다.

"최지욱 님, 최지욱 님! 들어가세요."

간호사의 목소리가 들려왔다. 권율 박사는 놓았던 넋을 다시 잡
았다. 한 남자가 들어왔다. 언뜻 봐도 이곳을 찾는 환자치고는 꽤
나 젊은 축에 속했다. 권율 박사는 진료 카드를 훑어보았다. 1964년
생, 한국 나이로 마흔네 살. 확실히 젊기는 했다. 그러고 보니 아내
와 동갑이기도 했다.

"앉으시죠."

환자가 의자에 앉는 짧은 시간 동안 권율 박사는 그의 얼굴을 가
까이에서 정면으로 볼 수 있었다. 이 얼굴은……. 권율 박사는 왠
지 당혹스러웠다. 눈이 너무 작기 때문일까. 세상에, 저 눈으로 어
떻게 세상을 제대로 볼 수 있을까. 그 작은 눈마저도 두툼한 지방으

로 덮여 있었다.

"그래, 어디가 불편하십니까?"

"글쎄요, 몇 번 기절을 했습니다. 그러니까 졸도요. 시쳇말로 풍을 맞았다고나 할까요. 처음엔 그저 눈 밑이나 입술 옆의 살갗이 파르르 떨리는 정도였는데, 어느 순간 이놈의 신경 줄이 통째로 진동을 했다고나 할까, 거 뭐랄까, 하여간 양질 전화인 셈이죠."

환자는 이런 식으로 제법 많은 말을 했지만 가만 들어 보면 동일한 내용을 수다스럽게 변주하는 것에 지나지 않았다. 권율 박사는 좀 자세히 이야기해 달라고 부탁했지만 최지욱은 정작 필요한 부분에서는 말을 아꼈다. 마침내 권율 박사가 검사를 받아 보라고 권고했을 때는 말을 딴 데로 돌렸다.

"검사라는 게 딱히 무슨 필요가 있겠습니까. 우리네 몸도 그렇고, 우리네 인생도 그렇고. 안 그렇습니까, 선생?"

"그야 그렇지만,"

"뭘 그야 그렇소? 선생처럼 아쉬운 게 없는 양반한테나 그렇겠지."

권율 박사는 순간 흠칫했다. 최근 정신이 곧잘 혼미해지곤 했던 터라, 필경 상대방의 말을 잘못 알아들은 것이라고 생각했다. 이젠 정말 진료조차 제대로 못 할 지경이 됐나. 권율 박사는 스스로를 추스르려고 노력했다. 하지만 최지욱은 앞서 했던 말을 또 변주했다.

"존경받는 노의사 뒤에 뭐가 감추어졌는지 세상은 전혀 모르죠, 하하."

권율 박사는 눈앞이 침침해져 왔다. 물건도 거의 없는 조그만 방

이건만, 모든 것이 제자리에서 일탈하여 제멋대로 허공을 부유하기 시작했다.

"사실 건강이라면 제가 아니라 선생이 더 문제인 것 같군요. 요즘 세상에 60은 중년은커녕 청장년이라지만, 뭐 그것도 사람 나름이죠."

"저 그만……."

권율 박사가 간신히 말을 꺼냈다. 하지만 최지욱은 지금까지의 비아냥거리는 어조를 버리고 차분한 저음으로 그의 말을 가로막았다.

"제 얼굴이 기억나십니까?"

권율 박사는 진료 카드를 다시 한 번 훑어보았다. 왜 아까는 이 기록을 보지 못했을까. 최지욱이 그에게서 진료를 받은 건 벌써 세 번째였고, 모든 처방은 권율 박사 자신의 필체로 기록되어 있었다. 뿐더러 불과 며칠 전만 해도 눈이 무척이나 작은 저 얼굴을 상기하지 않았던가.

"환자가 많다 보니……."

"환자로서가 아니라 그냥 제 얼굴이 선생에게 익숙하지 않느냐는 말이죠."

익숙? 너무 익숙했기 때문에 오히려 당혹스러웠던 건가. 권율 박사는 아무 말도 못하고 뭉그적거렸다.

"역시 그렇군요."

최지욱은 고개를 숙였다. 권율 박사는 이제 곧 그가 나가리라고 생각했지만 그는 다시 고개를 들고 말을 꺼냈다.

"최소영. 선생한테는 이미 잊힌 이름인가요?"

권율 박사는 더욱더 당혹스러웠다. 통 기억나지 않는 이름이었던 것이다. 그제야 권율 박사는 이 짧은 해프닝이 오해의 소산이라는 확신이 생겼다. 부유하던 물건들이 제자리를 찾았다.

"저런, 착각을 하신 모양이군요."

"그런가요? 역시 그랬군요."

이 말을 남기고 최지욱은 진료실을 나가 버렸다. 권율 박사는 잠깐 멍하게 있었다. 하지만 순차적으로 들어온 환자들이 권율 박사의 정신을 제자리로 돌려놓았다. 구태여 진료실을 지킬 의무도 없으면서 이러고 있는 것도 걸핏하면 빠져나가 버리는 정신을 잠시라도 붙들어 놓기 위해서였다. 하지만 혼자 남겨지자 생각은 하나로 집중되었다. 전에 왔던 사람을 기억하지 못하거나, 정반대로, 완전히 처음 온 사람을 전에 봤다고 착각하는 일은 허다하다. 하지만 그걸 문제 삼는 사람은 드물다. 최지욱, 그는 누구인가. 퇴근 준비를 하는 동안에도 이 물음이 줄곧 그의 뇌리를 떠나지 않았다.

권율 박사는 당장 집으로 전화를 걸었다. 아무도 받지 않았다. 그는 잠시 당혹스러워했다. 애도 다 컸는데 아내가 24시간 집에 붙어 있으란 법은 없지. 더군다나 오늘처럼 화창한 날엔 경복궁 같은 데서 산책을 하고 있을 수도 있겠군. 연애 시절부터 고궁을 좋아했으니까. 그는 곧 핸드폰으로 전화를 걸었다. 역시나 아내는 바깥에 있었다. 권율 박사는 정말로 궁금해서라기보다는 수화기를 든 시간을 채우기 위해서 "어디야?"라고 물었다. "경복궁에 왔어요. 단풍이 예쁘네요." 아내의 말이었다. 권율 박사는 자신의 생각이 들어맞았다며 딱히 기뻐하지도 않았다. 아내의 행방에 무관심해서가 아니라 불과 몇 초전에 생각했던 것도 다 잊어버렸기 때문이다. 여느 때와 다름없이 그는 다소 맹한 목소리로 회식이 있다고 아내에게 말했다. 아내는 늘 그랬듯 "예."라고 대답했다. 하지만 여느 때와는 달리 "술은 드시지 마세요."라는 말을 덧붙였다. 건조한 소설에 붙은, 그 못지않게 건조한 에필로그 같은 말이었다. 하지만 권율 박사의 머릿속은 텅 비었고, 그 빈 공간에 아내를 위한 자리는 없었다.

권율 박사는 아내에게 회식이 있을 거라고 거짓말을 했지만 뭘위해 시간을 벌고자 했는지 스스로도 몰랐다. 다만 머릿속에 어떤 장소 하나가 떠올랐다. 지금도 '그곳'이 그 자리에 있는지는 알 수 없는 일이었다. 운전석에 앉을 때만 해도 권율 박사는 여하간 '그곳'에 가 볼 작정이었다. 또다시 정신이 혼미해졌다. 권율 박사는 이참에 그냥 땅속으로 푹 꺼지고 싶었다. 다만, 그 전에 최지욱이라는 자가 불쑥 내던진 '최소영'이라는 이름의 정체만은 확실히 알고 싶어졌다. 최소영, 그녀는 또 누구인가.

권율 박사는 시동을 걸었다. 병원을 빠져나간 차는 괜히 마로니에 공원을 한 바퀴 돌더니 전혀 엉뚱한 방향으로 굴러갔다. 동시에, 거대한 원형질의 기억 덩어리가 꿈틀거렸는데 스틸 컷 같은 이미지만 떠오를 뿐, 형체는 좀처럼 뚜렷하게 갖추어지지 않았다. 아주 작은 눈, 저 눈으로도 어떤 불편 없이 세상을 다 볼 수 있다니 저건 조물주의 신비야. 기억의 원형질 속에는 이런 문장도 들어 있었다.

"눈이 아주 작은 40대 중반의 남자라……."

권율 박사는 혼잣말로 이렇게 웅얼거렸다.

"와인을 마신 지 오래되기도 했군."

앞의 말과 전혀 맥락이 닿지 않는 말들이 권율 박사의 머릿속을 헤집고 다녔다. 꼭 길고 가느다란 연가시가 내장이 아니라 뇌수로 잠입한 기분이었다. 40대, 남자, 눈이 작다, 아주 많이 작다……. 그래, 눈이 작아도 너무 작은 말라깽이 여자가 있었어. 여자라고 하기에는 너무 어렸지. 제법 닮은 건 분명해. 아니야, 닮아도 저렇게 닮을 수가 있나? 아니, 그렇다 쳐도, 최지욱이라는 놈이 그 여자와 무슨 상관이야. 혹시, 기둥서방이라도 되는 건가? 그래서 어쩌라고? 그 여자 몸에 애라도 만든 건가? 애가 애를 낳겠군. 아뿔싸! 여기서 권율 박사는 급브레이크를 밟았다.

한순간에 거의 40년의 시간이 권율 박사를 확 덮쳤다. 그는 정신을 똑바로 차리려고 애쓰면서 차를 길가에 댔다. 권율 박사가 그렇게 정차한 시간은 길어야 3분이었다. 그동안, 순식간에 어긋나 버린 시간의 돌쩌귀가 제자리를 찾았다. 기억의 덩어리들이 형체를 갖추게 되자, 권율 박사는 차라리 마음이 편해졌다. 그것이 조만간 더 큰 불안을 안겨 줄지라도 애매한 것이 해소된다는 건 좋은 일이었다. 그는 다시 차를 몰기 시작했다.

권율 박사의 기억 밖에서는 그 여자도 시간의 테러를 당했을 것이다. 지금쯤은 예순을 넘겼을 것이다. 눈이 너무도 작았고 그 작은 눈마저도 눈두덩의 두터운 지방으로 덮여 있었던 여자. 가랑이 사이에 다보록하게 나 있는 새카만 거웃이 신기해 보일 만큼 어린애였던 여자. 그녀는 걸핏하면 웃음을 터뜨렸고 그때마다 작은 두 눈이 뽀얀 살 속에 파묻혔다. 또한 그때마다 두 볼은 돌복숭아라도 집어넣은 듯 동그랗게 부풀어 올랐다. 아마 그래서인지, 스물을 전후한 나이에도 그녀는 중학생처럼 보였다. 몸 역시도 성숙한 여자의 볼륨을 갖추기는커녕 이제 막 2차 성징이 나타난 소녀처럼 어설펐다. 가슴은 계란 프라이의 터지지 않은 노른자처럼 탱탱하면서도 작았고, 허리와 윗배, 아랫배는 딱히 구분이 되지 않았으며, 엉덩이도 이렇다 할 곡선을 보여 주지 않았다.

그녀의 성격은 이런 외모에 아주 부합하는 것이었다. 바보같이 착하고 순진무구했으며, 자신의 처지와 신세를 한탄하는 법조차 배우지 못했을 만큼 처량하고 박복했으며, 고독이라는 단어조차 모를 만큼 외로웠다. 어쩌면 이 모든 것이 발달 장애의 흔적인지도, 아니면 그것과 연관된 불운한 유년 시절의 흔적인지도 몰랐다. 자식 많은 집에 막내딸로 태어난 그녀는 일찌감치 식모로 보내졌다. 이후 조그만 봉제 공장을 전전한가 그녀가 다다른 곳은 허름한 유곽이었다. 권율 박사가 그녀를 만난 건 바로 그때였다. 그는 갓 스물이었고, 그녀는 열여덟이었다. 그의 눈에 그녀는 학대와 굴욕의 애처로운 덩어리였는데, 이것이 권율 박사에게 묘한 동질감을 불러일으켰다.

의과 대학에 입학을 하기는 했지만 첩첩산중이라는 말이 실감날 만큼 힘든 나날의 연속이었다. '공부는 나만 하는 게 아니다.'라는 것을 깨닫는 순간, 모든 것이 더 힘들어졌다. 낮에는 아르바이트를 하고 밤에는 죽도록 공부를 해도 하루 종일 공부만 하는 애들을 따라갈 수 없었다. 대학을 졸업한 뒤에도 자본이 없으면 제대로 된 병원을 열 수 없다는 건 불 보듯 뻔했다. 이런 고민들이 대학 초년생이었던 권율 박사를 옥죄던 무렵, 무심코 찾았던 누추한 유곽에서 그 못지않게 누추한 그녀를 만나 사랑에 빠져 버렸던 것이다. 그들이 젊었던 만큼이나 그 사랑은 순수했다. 즉 바보 같았다. 당장 대학만 졸업하면, 아니, 군대 문제만 해결되면 그녀와 가정을 꾸리겠다는 야망에 불타올랐다. 하지만 그 낭만적인 야망은 그들을 강타한 현실의 폭력 앞에서 어이없게 무너졌다. 아이나 다름없었던 여자가 갑자기 아이를 가진 것이었다. 젊은 권율은 당황했다. 당시 그의 처지에서 결혼을 하고 아이를 낳는다는 것은 도무지 불가능하게 여겨졌다. 그래서 미안한 마음이 들기 시작했다. 미안함과 죄스러움이 커지자 화가 났고, 그러자 화살은 점점 상대방 쪽으로 돌아갔다. 가만 보면 내 잘못만도 아니지 않은가. 권율은 돈을 건네며 그녀를 병원으로 보냈다. 그 이후에도 그들의 관계는 얼마간 지속되었지만 그렇게 길지는 않았다. 실상 그들의 이별 과정은 그들의 열애 과정에 비해 턱없이 희뿌옇게만 남아 있었다. 아니, 깡그리 잊혔다는 편이 나을 것이다.

　권율 박사는 이제 와서 이렇게 개괄적인 줄거리나마 정리해 볼 수 있는 것이 오히려 놀라웠다. 이후, 권율 박사는 흡사 그녀를 버림으로써 새 생명을 얻은 양, 어린 시절의 야망을 다시 키워 갔고 졸업 및 취업에 모두 성공했다. 주위에서 그는 입지전적 인물의 전형으로 통했다. 물론, 뒤에서는 그의 이른바 천한 출신을, 나아가 단시간에 급조된 교양을 비웃는 이들도 있었다. 어떻든 이 모든 것, 소위 입신출세가 기억의 실타래를 풀어 놓고 보니 꼭 그 시점부터 시작된 것만 같았다. 기억은 한 번 시동이 걸리자 비록 선별적이긴 하지만 완전히 망각되었던 사실마저도 불러냈다. 가령, 권율 박사의 눈앞으로 오래된 사진 한 장이 어른거렸다. 그것은 짙은 안개와 하얀 눈보라가 뒤범벅이 된 허공에서 부유했다. 눈이 작고 못생긴 여자와 그녀를 꼭 빼닮은 얼굴의 사내아이가 보였다. 하지만 둘 다 휘몰아치는 눈보라 속으로 사라져 버렸다.

"조카, 그래, 조카라고 했어. 아들이 아니라 조카…… 분명히 그랬어. 편지도 왔었지, 아마……."

권율 박사는 혼잣말로 웅얼거렸다. 편지와 사진은 그저 낡은 메모지나 아무짝에도 쓸모없는 명함처럼 쓰레기통에 버려져 자신의 초라한 운명을 원망하지도 않고 각종 쓰레기와 뒤섞여 버렸다. 그날 저녁, 권율 박사는 쓰레기통을 통째로 아파트 단지 내의 커다란 쓰레기 폐기장에 갖다 버렸다. 자신이 왜 이런 짓을 하는지 구태여 스스로에게 설명하려고 애쓰지도 않고서 역시나 덤덤하게, 응당 해야 하는 일을 하는 것처럼.

"그래, 어쩔 수 없었어."

권율 박사는 혼잣말로 웅얼거렸다. 그리고 속으로 생각했다. 어쨌거나 창녀가 아니었던가. 다른 건 몰라도 이 생각만은 죄스러운 것으로 여겨졌기에 차마 혀끝에 올릴 수 없었다.

어떻든 이렇게 재구성된 시나리오에 따르면 기억 속의 그 여자는 물론 최지욱이 던진 그 이름, 즉 최소영이어야 했다. 하지만 아무래도 이름이 제대로 떠올라 주지를 않았다. 하다못해 한창 열애를 할 때 그 여자 앞에서 이름을 부르던 어떤 순간이나, 설사 이별 이후라도 한 번쯤은 마음속으로 그 이름을 상기해 본 어떤 정황이 있어야 할 것 아닌가. 도대체가 이름이라는 것은 하찮은 것이지만, 그 하찮은 것이 이렇게까지 떠올라 주지 않는 것은 모욕이었다.

'그곳'에는 아직도 '그' 집이 있을까. 권율 박사의 궁금증은 거기서 시작됐지만 그가 다다른 곳은 양재천 근처였다. 오붓한 2차선 도로 곁에는 이미 어스름이 소복이 내려앉았다. 땅거미 아래로 줄지어 서 있는 와인 바가 유난히 호젓해 보였다. 그 맞은편으로는 거뭇거뭇한 숲이 보였다. 아마 저 근처였으리라, 아내가 오래전 사랑 고백을, 또 청혼을 했던 곳이. 아내는 그 순간을 특히 소중하게 여겼기에 결혼을 한 뒤에도 간혹 이곳을 찾았다. 와인 바가 생긴 뒤로는 와인이 마시고 싶다는 핑계를 대기도 했다. 권율 박사는 전에는 아내와 함께 들렀던 와인 바 안으로 들어갔다. 창가에 자리를 잡고 앉자, 웨이터가 다가와 메뉴판을 내밀었다.

"뭘로 하시겠습니까?"

"뭐가 좋을까?"

권율 박사는 습관적인 질문을 던지고는 메뉴판에 시선을 꽂았다. cabernet sauvignon, bordeaux superieur, haut medoc, merlot reserva……. 권율 박사의 눈앞으로 라틴 알파벳의 조합이 활개를 쳤고 그의 귀로 웨이터의 낯선 발음들이 들려왔다. 권율 박사는 귀를 열어 둔 채 딴 생각에 몰두하다가 마지막 말만을 들을 수 있었다. 어차피 뭘 시키든 상관없지 않은가.

"그래, 그게 좋겠군. 치즈도 한 접시 주고."

웨이터가 사라지자 권율 박사는 창밖을 봤다. 아말감 효과 때문에 창유리는 바깥 풍경이 아니라 권율 박사 자신을 비춰 주었다. 카키색 바바리를 입은 초로의 남자. 무표정이 지나쳐 어딘가 얼이 빠진 멍텅구리 같은 얼굴이었다. 서울의 달동네에서 벗어나기 위해 발버둥 쳐 온, 각박하고 그렇기에 천박한 얼굴도 보였다. 그러니까 마누라를 잘 만난 것은 사실이었다. 하지만 보다 더 본질적인 것은 바로 문화, 더 정확히 문화 자본이었다. 제자였던 장윤희가 아내가 되면서 권율 박사의 내면에 자리 잡고 있던 지적 속물주의가 깨어났다. 종교도 그중 하나여서 결혼을 앞두고 권율 박사는 세례를 받았다. 최소한 한 달에 한 번은 가족과 함께 값비싼 공연을 보러 다니기도 하고 여기 앉아 와인 잔을 기울이는 일도 잦아졌다. 그사이 눅눅한 영화관, 소주와 막걸리는 점점 권율 박사로부터 멀어졌다. 눈이 아주 작았던 여자에 대한 기억처럼 말이다.

웨이터가 와인을 갖고 왔다. 하얀 타월을 받친 채 시음을 하게 해 주었다.

"괜찮으십니까?"

"그래, 좋군."

의례적인 대화가 오가는 가운데 웨이터는 첫 잔을 채워 주었다. 권율 박사는 곧 혼자 남겨졌다. 검은 유리창 위로 또다시 초라한 노인의 모습이 보였다. 꼭 사람과 마주하여 상대방의 눈동자에 어리는 자신의 모습을 응시하는 자폐증 환자 같았다. 시선을 탁자 위로 돌렸다. 세월이 제법 흘렀건만 장미꽃 화병은 여전했다. 권율 박사는 장미 한 송이를 화병에서 꺼냈다. 와인 잔마저 내려놓고서 장미

꽃잎을 하나씩 천천히 뜯어내기 시작했다. 어릴 때는 다 타 버린 연탄을 발로 뭉개곤 했지. 머릿속에선 연탄이 하얀 재가 됐고, 눈앞에선 멀쩡했던 장미 한 송이가 시체가 됐다.

"선생님!"

어디선가 이제 막 인턴 과정에 입학한 한 여학생이 나타났다.

"왜 애꿎은 장미를 망치고 계세요?"

권율 박사는 멋쩍고 난감했다. 대체로, 학교 바깥, 심지어 강의실이나 실습실 바깥에서 학생을 만나는 것은 몹시 불편한 일이었다. 당연히 이름이 기억이 안 나 첫마디를 떼기가 더 힘들었다.

"어, 어쩐 일이야, 이런 데를 혼자 왔나?"

"그러시는 선생님은요?"

여학생은 웃으면서 말했다. 선생님의 어색함을 덜어 주고 싶었는지 자기 쪽에서 말을 더 이어 갔다.

"요즘은 카페 같은 곳에서도 혼자 시간을 보내는 사람들 많아요. 소위 나홀로족, 혹은 코쿤족 말이에요. 모르셨죠?"

여학생의 웃음은 여전히 해맑았다.

"코쿤이란 고치, 번데기 말인가?"

"맞아요, 선생님."

여기서 여학생은 또다시 경쾌하고 밝게 웃었다. 아무래도 번데기 속에 박혀 고독을 즐길 타입은 아닌 듯싶었다. 하지만 권율 박사는 곧, 첫 순간부터 사람을 유형화하는 자신의 고약한 버릇을 탓했다. 자기 아내도 25년 전에는 이렇지 않았던가. 아니, 정녕 아내가 한없이 맑기만 한 존재였던가. 대체 무엇이 아내를 지금처럼 무심하고

냉담한 여자로 만들었을까. 다회의 죽음이 문제는 아니었다. 그 이후에 아이를 사산했기 때문일까. 그래 본들 벌써 10년도 더 전의 일이 아닌가. 도대체가 결절 지점을 찾을 수가 없었다. 인생사의 모든 일이 성장이나 늙음처럼 눈에 띄지 않게 시나브로 진행되다가 어느 순간에 눈에 확 띄게 되는 것인가 보다. 그래, 계단식이야.

권율 박사는 여학생이 무슨 말이든 더 해 주기를 기다렸다. 하지만 여학생도 할 말이 바닥났는지 마냥 웃을 뿐이었다. 입가에 점점 불편하고 어색한 기색이 드리워졌다. 권율 박사는 윗사람으로서 뭐든 말을 해 줘야 된다는 생각에 막연히 입을 열었다.

"그렇게 계속 서 있어서야 되나. 여기 어디 마땅한 자리가······?"

말을 해 놓고도 권율 박사는 순간 멈칫했다. 아무래도 이게 추파로 보이지 않을까 하는 노파심이 일었다. 이젠 나이가 있지 않은가. 하지만 그의 노파심은 공연한 것이었다. 정말로 나이가 있었던 것이다.

"아니에요, 선생님. 실은 저 약속이 있었어요."

"아, 그래, 그럼······."

"예, 선생님, 그만 가 볼게요."

그러고서 여학생은 권율 박사의 자리로부터 멀찌감치 떨어진 탁자로 가서 앉았다. 권율 박사가 와인 잔 옆에 소복이 쌓인 장미 꽃잎을 차분히 갈기갈기 찢고 있을 때, 한 청년이 여학생 쪽으로 다가갔다. 두 젊은이는 화병을 중심으로 몸을 서로를 향해 바싹 기울였다. 때로는 그들이 내뱉는 특정 단어나 감탄사 같은 것이, 또 깔깔거림이 들려왔다. 권율 박사에게는 한결같이 무의미한 것들이었다.

유리창에 비친, 한창 연애의 향연을 벌이고 있는 젊은 연인들을 보자니 괜히 우울해졌다. 때와 장소에 맞지 않게 아내에게 미안한 마음도 들었지만 금세 생각이 바뀌었다. 아니, 뭐가 문제인가. 아내보다 나이가 많은 건 내 잘못이 아니다. 아내도 언젠가는 내 나이가 된다. 하지만 그때가 되면 나는 더 늙어 있겠지. 어차피 세월이 흘러가면 나이 차이 따위는 지워질 거라고 생각한 건 오만이었던가. 정보량이 거의 제로에 가까운 집들이 뇌수를 완전히 점령해 버리자 짜증이 북받쳐 올랐다. 그러자 또다시 '최소영'이란 이름과 눈이 턱없이 작았던 여자가 떠올랐다. 하지만 그 이름과 그 기억은 도무지 연결이 되지를 않았다. 더군다나 그 기억 자체가 유효 기간이 지나도 너무 많이 지난 것이어서 옛사랑 어쩌고 타령을 하기에도 좀처럼 흥이 나지 않았다. 구태여 말하자면, 그리운 건 자신의 젊은 시절이었지, 그 한 페이지를 장식했던 과거의 여자는 아니었다. 아니, 이도 저도 아니다. 에잇, 다 최지욱이라는 놈 때문이다! 그놈 때문에 괜히 이 청승을 떨고 있지 않은가 말이다. 그러고 보니 혼자서 홀짝홀짝 와인 한 병을 거의 다 비워 버렸다.

그렇다, 와인이 문제였다. 요의가 찾아온 것이다. 권율 박사는 이참에 계산서를 챙겨 들고 자리에서 일어났다. 계산을 하면서 대리운전자에게 전화를 건 뒤 화장실로 갔다. 가방끈을 한쪽 어깨에 걸친 채 바지춤을 풀었다. 분명히 오줌이 무척 마려웠는데 웬일인지 재빨리 오줌이 흘러나와 주지 않았다. 변기가 하나밖에 없어 옆 사람을 의식하지 않아도 되는 것이 그나마 다행이었다. 권율 박사는 심호흡을 하고 마음을 편히 가지려고 애썼다. 그러자 오줌 줄기가 겸손하게 흘러나오기 시작했다. 하지만 그것도 잠시였다. 방광 속에는 아직도 배출을 기다리는 오줌이 잔뜩 고여 있는데, 꼭 수문을 닫아 버린 양, 멎어 버린 것이다. 권율 박사는 다시 참선을 하는 기분으로 기다렸다. 그 노력이 헛되지 않아 두 번째로 오줌이 나왔다. 잠시 뒤 바지춤을 여몄지만 찜찜한 기분은 계속 남았다. 아무래도 방광 입구나 요도 어딘가에 아직도 오줌이 고여 있는 것만 같았다.

얼마 전에 비뇨기과에서 검사까지 받아 봤지만 별다른 이상은 발견되지 않았다. 그 자신도 의사지만, 이럴 때가 제일 황망했다. 구태여 병명을 붙이자면 전립선염 내지는 요도염쯤 되겠지만 대체로 이 '염'이라는 것이 염치없는 진단이었다. 위염이나 장염도 그렇지 않은가. 이런 경우에는 대개 약물보다는 문제가 되는 생활 습관이나 성격의 한 단면을 바꾸려는 환자 자신의 노력이 가장 확실한 치유법이다. 권율 박사는 이런 종류의 불편을 고약한 변비와 더불어, 노화의 가장 짜증 나는 증상으로 이해했다. 바깥에서 오랜 시간을 보내기가 힘든 이유 중 하나도 배설 장애 때문이었다.

아니나 다를까, 차에 앉고 나서 얼마 지나지 않아 다시 오줌이 마렵기 시작했다. 다행히 10시가 넘은 시각이라 길이 막히지는 않았다. 운전을 하느라 신경을 긴장시키지 않아도 됐다. 그럼에도 소변을 참기 위해서는 인내력을 발휘해야 했다. 그리하여 집에 도착했을 때 권율 박사는 맨 먼저 부리나케 화장실로 달려갔다.

"많이 마셨어요?"

화장실에서 나오는 권율 박사를 보며 아내가 물었다. 그는 뭔가 거북하고 부끄러웠다. 아내한테도 배설처럼 생리적인 부분은 얘기하기가 민망했다.

"경복궁 있죠, 단풍이 아주 좋더라고요."

그제야 아내가 오늘 경복궁에 갔다는 사실이 상기됐다.

"그래, 조만간 한번 같이 가지. 민우는?"

"저기 나오네요."

민우도 역시 자기 방에서 곧장 화장실로 직진했다. 닫힌 문 너머로 먹은 것을 게워 내는 소리가 몇 번에 걸쳐 들려왔다. 다시 거실로 나왔을 때는 얼굴이 샛노랬다.

"아버지 오늘 한잔 하셨나 봐요?"

"응. 너는 두어 잔 한 모양이구나."

권율 박사가 소파에 앉으면서 말했다. 웬일인지 민우도 제 방으로 들어갈 생각을 않고 맞은편으로 와서 앉았다. 권율 박사는 잠깐 고개를 옆으로 돌렸다. 유리로 된 거실의 한쪽 벽면에 가족의 모습이 고스란히 그려졌다. 아들놈은 제 어미를 닮았더라면 피부색이 좀 하얬을 것을, 아비를 닮아 구릿빛을 띤 탓에 수염만 안 깎으면 서른은 족히 넘어 보였다. 하긴 저런 스타일의 사내를 좋아하는 여자들도 드물게 있지. 이런 생각을 하면서 유리 벽에 비친 아내의 얼굴을 바라보았다. 아내는 얼굴에 피로한 기색이 역력했지만 뭔지 모를 여유와 기품이 배어 나왔다. 그래 봐야 저 어린것도 나이 앞에선 별수 없구나, 늙었어. 생각이 권율 박사에게는 그나마 위안이 됐다.

"엄마, 찬물 좀!"

아내는 곧 찬물 두 잔을 쟁반에 담아 왔다. 가족이 전부 이 시각에 거실에 모여 있는 건 상당히 드문 일이었다.

🐈 베로니카 혹은 베로니크

　권율 박사가 와인 바로 향할 무렵, 윤희는 철수와 함께 춘천의 호숫가를 거닐고 있었다. 호숫가 산책로에 간간히 자전거나 도보로 산책하는 사람이 보였다. 경복궁은 아니었지만 늦가을의 단풍이 아름다운 건 사실이었다. 최근 들어 본의 아니게 남편에게 거짓말을 해야 되는 일이 생겼다. 하지만 양심의 가책 같은 건 조금도 없었다. 심지어 불편한 껄끄러움이랄까, 아니면 잔머리를 굴리는 번거로움이랄까, 그런 것도 없었다. 오히려 모든 것이 너무 자연스러워 놀라울 지경이었다. 말을 둘러대야 될 때는 눈앞에 보이는 어떤 구체적 대상을 보면 곧 적당한 것이 연상되었고 그런 식으로 말이 흘러나왔다. 아무래도 천성이 시인인가 보다, 라는 생각마저 들었다. 그 와중에도 규칙적으로 셔터가 눌러졌다. 호수 위에 둥둥 떠 있는 오리 한 쌍이 사진 속의 박제가 된 순간, 철수가 옆에서 말을 걸어왔다.

"저거 진짜 오리인가? 춘천에 왔으니까 닭갈비는 꼭 먹어야겠지, 윤희야?"

"괜찮겠어?"

"응, 이상하게 네 차를 타면 멀미를 안 해."

철수가 웃었다. 어두운 묘혈 속에 갇힌 사람처럼 음습했던 얼굴이 환해졌다. 윤희는 철수가 웃을 때면 저도 모르게 웃음이 나왔다.

"촌놈 티 내는 거야? 아직도 멀미나 하게."

윤희가 웃으면서 핀잔을 주었다. 철수는 또 웃었다.

"이젠 멀미약도 없어진대. 멀미하는 사람이 거의 없다나. 대개의 경우 멀미는 차에 대한 심리적인 알레르기 반응이라는데. 내가 보기엔 위장이 안 좋아서 그래. 밥을 잘 안 챙겨 먹으니까."

윤희는 밥 타령을 했고, 철수는 담배를 꺼내 불을 붙였다.

"또 피워? 아까 피웠잖아."

"딱 한 대만 더 피운다. 그래도 너 만나고 많이 줄었어, 헤헤."

철수의 이번 웃음에는 미안함이 담겨 있었다. 윤희는 자못 못마땅하다는 표정을 지었다가 또다시 잔소리를 늘어놓았다.

"담배를 못 끊겠으면 라면이라도 끊어. 내가 반찬을 좀 챙겨 줄까? 밥솥도 있다면서? 쌀만 있으면 밥은 할 수 있잖아? 그것도 귀찮아? 대체 뭘 하느라 그렇게 바빠?"

이렇게 조잘대면서도 윤희는 우울해졌다.

윤희는 최근 들어 혼란에 휩싸일 때가 많아졌다. 열정은 그렇게 낭만적인 흐름을 타고 저어기 어딘가 천상에서 일순간 머물다가 사라질 줄 알았다. 아니, 그러길 바랐다. 하지만 시간이 갈수록 윤희는 이 남자를 옆에서 돌봐 주고 싶은 마음이 커졌다. 한데 그런 산문적인 일상을 공유하기 위해서는 결혼을 해야 했다. 한데 그녀는 이미 결혼을 한 몸이었다. 한데 다시 한 번 결혼하기 위해서는 이혼을 해야 했다. 이혼? 이건 윤희의 어휘 사전에는 없는 말이었다. 그렇기에 부조리하게만 여겨졌다.

대학교 초년 시절, 권율 박사를 처음 보았을 때 윤희는 열병에 걸려 버렸다. 그 순간, 사랑은 육화된 관념과 비슷해서 그 관념을 위해서라면 목숨이라도 내놓았을 것이다. 물론 윤희는 목숨을 내놓는 대신 결혼을 선택했다. 갓 스무 살이었고 만난 지 1년도 채 안 됐을 때였다. 부모님은 사윗감의 나이보다는 오히려 성장 환경을 염려했다. 입지전적 인물, 소위 자수성가한 인물은 은근히 꼬인 게 많아 원만한 가정생활을 꾸려 가기 힘들다는 것이었다. 하지만 딸의 열정과 고집에 비하면 그건 본질적인 대목은 아니었다. 이후, 그녀는 20년이 넘도록 권율 박사의 아내로 살아왔다. 남편은 오히려 학업을 계속하라고 독려했지만 윤희는 촉망받는 의학 박사의 아내의 길을 가는 데 일말의 페미니즘적인 주저도 없었다. 애초부터 의학에 열의가 있었던 것도 아니었다. 그 무렵, 그녀는 오직 사랑에 빠진 젊은, 아니, 어린 여자였을 뿐이다. 그녀의 열정은 임계점을 모르고 불타올랐다. 하지만 왠지 남편은 거리끼는 것이 많았다. 아내 앞에서 알몸을 보여 준 적도 없었다. 샤워를 한 뒤에는 욕실에서 옷을 다 갖추어 입고 나왔고 양치질을 하지 않으면 아내에게 키스도 하지 않으려 했다. 윤희에게는 이런 것이 일종의 결벽증처럼 여겨졌다. 처음에는 어떻게든 바꿔 보려고 노력했지만 번번이 좌절되자 윤희도 체념했다. 그러자 둘 사이에는 허물없는 친근감 대신 존경과 예의가 자리를 잡아 갔고 말다툼을 하는 일도 거의 없었다. 다희의 죽음도 부부 관계에 어떤 기점이 되지는 못했다.

철수와의 관계인들 별수 있으랴. 이 역시 해묵은 결혼 생활을 지배해 온 관성의 법칙을 깨뜨리지는 않았다. 적어도 처음에는 그랬다. 하지만 일탈이 1년 넘게 지속되자 서서히 이중생활이 자각되었다. 하나의 장윤희는 의학 박사의 너무 젊으면서도 조신한 아내였고, 또 다른 장윤희는 백수 노총각의 나이 많은 애인이었다. 전자는 세상사를 초월했거나 적어도 그것에 무관심한 척하는 법을 터득한, 그럼에도 어쩔 수 없이 까칠까칠해질 때가 있는 중년 여인이었다. 후자는 한창 말을 배우는 데 재미를 붙인 계집애처럼 수다스럽고 요란한, 그리고 사랑에 빠진 나머지 나이를 초월해 버린 여자였다. 차라리 이 두 명의 장윤희가 전혀 다른 두 인물, 가령 베로니카와 베로니크였으면 좋았을 뻔했다. 그런 유의 이중생활이 훨씬 더 참을 만했을 것이다.

호숫가를 빠져나와, 윤희와 철수는 시내의 한 닭갈비 전문점으로 들어갔다. 여주인이 고춧가루 양념이 잔뜩 묻은 고무장갑을 낀 채 뒷문 뒤에서 나왔다.

"닭갈비 드실 거죠? 여기 아무 데나 앉으세요. 금방 올려 드릴게요."

여주인은 재빨리 뒷문으로 나가 고무장갑을 벗고 음식물이 담긴 두툼한 프라이팬을 갖고 왔다. 뼈를 발라낸 걸로 할지, 그냥 뼈가 있는 걸로 할지 묻지 않았고, 사리 값도 따로 받지 않는 모양이었다. 프라이팬을 버너 위에 얹어 놓고서 여주인은 쏜살같이 사라졌다.

"이 집 아무래도 수상쩍지 않아? 아무래도 손님도 너무 없고, 아줌마가 장사할 생각도 별로 없어 보여."

"듣고 보니 그렇기도 하네."

철수는 별걸 갖고 다 시비라는 듯 피식 웃었다.

"너는 매사에 너무 무관심해."

"내가?"

"도대체 어디다가 넋을 빼놓고 있는 걸까? 트로츠키 따위가 그렇게까지 관심을 끌 만한 사람인가?"

"몰두하다 보면 나름대로 재미있어."

철수는 또다시 피식 웃었다. 윤희 같은 여자 앞에서 이런 말을 하게 될 줄은 꿈에도 몰랐다는 생각이 언뜻 머릿속을 스쳤다.

"순서가 틀렸잖아. 재미있으니까 몰두하는 거겠지. 주걱 어디 있어?"

하지만 여주인이 가져가 버렸는지 주걱도 보이지 않았다. 윤희는 큰 소리로 여주인을 불렀다. 아줌마는 이번에도 고춧가루 양념이 잔뜩 묻은 고무장갑을 끼고 나타났다.

"조그만 기다려요. 금방 다시 올 테니까."

그렇게 사라진 여주인은 한참 뒤에야 다시 나타났다.

"우리 집 닭갈비는 양념 맛이 좀 달라요. 전에 멕시코에서 음식점을 했거든요."

주걱으로 음식물을 휘젓는 동안 여주인은 계속 멕시코에 체류했던 얘기를 늘어놓았다.

"어때요?"

"독특하네요."

윤희의 말에 여주인은 뿌듯한 기색을 감추지 않았다. 하지만 식사를 끝내고 밖으로 나왔을 때 윤희는 또 투덜댔다.

"멕시코 양념 좋아하네. 저 아줌마 아까 뭐랬지, 유카탄 반도에 있었다고? 청양 고추가 백번 낫겠다. 내가 만들면 훨씬 더 맛있을 텐데."

"글쎄, 안 먹어 봤으니 알 수가 있나."

철수는 또다시 피식 웃으면서 윤희의 볼을 꼬집었다. 윤희는 뭐가 그리 부끄러운지 볼에 홍조를 띠고 배시시 웃었다.

하지만 톨게이트를 통과할 때부터 윤희는 마음이 무거워졌다. 철수는 원래도 말이 별로 없는 편이지만, 서울 시내로 들어서자 표정조차 딱딱하게 굳어 버렸다.

"어디 적당한 전철역에 세워 줘."

"왜? 아직 시간 있어."

"괜찮아. 오늘은 혼자 갈게."

"왜 그러느냐니까?"

철수는 묵묵부답이었다. 윤희는 신경질이 났다.

"사람들이 볼까 봐 그래?"

이 말에 철수는 가타부타 대꾸도 못하고 윤희를 쳐다볼 뿐이었

114

다. 정말 뜻밖이라는 표정이었다. 윤희는 자신의 얼굴로 쏟아지는 철수의 시선을 느끼면서도 고개를 돌리지 않았다.

"내가 부끄러운 게 아니라면, 그냥 가만히 있어!"

"그게 무슨 소리야?"

"그런 게 아니면 뭐야? 데려다 주겠다는 데 왜 싫다는 거야!"

윤희가 급기야 언성을 높였다. 철수는 입을 다물었다.

윤희는 비탈길 꼭대기에서 차를 세웠다. 철수는 차에서 내린 뒤에도 걸음을 떼지도 않고 등을 돌린 채 그 자리에 가만히 서 있었다. 윤희가 손을 뻗어 차 창문을 두드리자 그제야 철수는 차에서 몸을 떼고 윤희를 바라보았다. 윤희는 창문을 내렸다.

"밤새지 말고 일찍 자. 담배도 조금만 피워."

철수는 피식 웃으면서 돌아섰다. 윤희는 곧 출발했다. 그의 뒷모습을 보고 싶지 않아서였다. 하지만 시선은 계속 백미러에 비치는, 점점 더 멀어져 가는 그의 뒤태에 머물러 있었다. 신림동 비탈길을 내려가는 5분 남짓한 시간 동안, 윤희가 생각한 것은 오로지 하나, 바로 저 남자였다. 저 남자를 죽도록 사랑한다는 것. 그리고 단 한 번이라도 좋으니 저 남자와 함께 아침을 맞이하고 싶다는 것. 그렇다, 사랑이라는 육체는 사랑이라는 관념보다 더 염치없는 대식가였다.

윤희는 아파트 단지 앞 주차장에 차를 세웠다. 시멘트 바닥에 발을 내딛은 순간, 윤희의 눈에 들어온 것은 붉은 십자가였다. 잠시 주위를 둘러보았다. 빽빽하게 들어선 아파트 단지 사이로 십자가들이 군데군데 핏빛을 발하고 있었다. 밤바람이 찼다. 시계를 보니 아직 9시도 되지 않았다. 윤희는 코트 깃을 세우고 앞으로 조금 걸어 가 벤치에 앉았다. 저도 모르게 핸드폰을 만지작거렸다. 머릿속에 서는 지금 막 헤어진 남자의 얼굴과 몸이 아른거리고, 눈앞에서는 핏빛 십자가들이 하늘을 찔러 댔다. 그것들은 한결같이 고통과 슬 픔에 절어 버린 한 인간의 축 늘어진 몸으로 보였다. 물론 그 인간 은 위대한 예수 그리스도가 아니라, 빈한하고 애처로운 한 남자였 다. 그의 과제는 세계나 인류가 아니라 자기 자신을 구원하는 것이 다. 또한 그는 이웃을 제 몸같이 사랑하기에 앞서 제 몸을 제 몸 그 자체로 사랑해야 한다. 이제는 윤희의 눈앞에 보이는 것도 핏빛 십 자가들이 아니라 몹시 싸늘하고 휑한 방 안에서 책형의 자세를 취 하고 있을 철수였다. 이 환시 속에서 윤희는 아직 한 번도 들어가 보지 못한 철수의 음습한 자취방 앞, 어둠이 내린 산기슭에 망부석 처럼 서 있었다. 그리고 또 다른 윤희는 넓고 깨끗한 아파트에 곱게 단장한 인형처럼 앉아 있었다.

남편은 현관으로 들어서기가 무섭게 화장실로 달려갔다. 제법 급했던 모양인데, 그 와중에도 점잔을 떨며 진중하게 걸음을 옮기 는 모습이 영 꼴사나웠다. 화장실에서 나온 남편의 모습은 더 미웠 다. 무엇보다도 남편의 눈 밑에 두툼한 굴곡을 이루고 있는 주름 덩 어리, 그 근처에 드리워진 시커먼 그림자가 딱 쳐다보기도 싫었다. 저 양반 얼굴이 원래 저렇게 못생겼던가. 귀는 또 왜 저 모양이야. 나이가 들더니 귓불까지도 처져 버렸네. 윤희는 저도 모르게 남편 에게서 얼굴을 돌렸다. 술 취한 부자를 위해 찬물 두 잔을 쟁반에 담아 왔을 때도 윤희는 남편에게서 멀찍이 떨어진 곳에, 남편의 얼굴이 제대로 보이지 않는 곳에 앉았다. 하지만 어쩌다 무심코 고개를 들 때마다 남편의 축 늘어진 귀가 시야에 들어왔고 그때마다 눈살이 찌푸려졌다.

부자는 찬물을 다 들이킨 뒤에도 무의미한 말다툼만 하고 있었다. 때문에 윤희는 부자가 통째로 미워졌다. 대체 왜 잘 생각도 안 하는 거야, 이것들은. 술을 마시려면 곧장 뻗을 만큼 마시고 올 일이지, 하필이면 어중간하게 마시고 와서는 집에서 술주정이나 하고.

"아버지, 머리카락 좀 어떻게 하세요."

"또 염색 얘기냐?"

권율 박사는 생각에 잠기기라도 한 듯 고개를 숙였다. 덕택에 하얗고 성긴 눈 더미 한가운데에 덩그러니 파인 누리끼리한 공터가 드러났다. 불빛을 받아 광택까지 났다. 민우는 미간을 찌푸렸다.

"하긴 염색을 하면 뭐해, 뚫려도 이렇게 훤히 뚫렸는걸. 운하는 정말 필요 없겠어요."

"그래, 운하가 무슨 필요가 있냐. 강바닥을 파헤쳐서 무슨 영화를 누리겠다고."

"사람 말귀를 왜 이리 못 알아들어요! 운하가 아니라 아버지 머리가 문제라고요!"

민우가 이를 갈면서 소리쳤다. 아무리 봐도 별일 아니었지만 아버지가 정말 치매인지 아니면 그런 척하는 건지 여하간 자꾸 바보같이 구니까 더 화가 났다.

"그나저나 그 양반은 안 되겠더라. 그런 양반은 돼도 골치야. 너무 각박하게 살아서 그런지 얼굴에 복이 없어."

"그러는 아버지는요? 아버지는 정말 천격이에요. 천한 티가 줄줄 흐른다고요."

민우가 고개를 빳빳이 쳐들고 말했다. 그 태도와 어조에 권율 박사는 경악했다. 아들 녀석이 최근 들어 부쩍 망나니같이 군다는 생각은 해 왔지만, 열네 살도 아니고 스물네 살이나 된 녀석이, 더군다나 군대까지 다녀온 녀석이 이렇게까지 노골적으로 제 아비를 무시할 수는 없는 노릇이었다. 물론, 마음속으로야 평생 그럴 수 있겠지만 인간에 대한, 아비에 대한 최소한의 예의가 있지 않은가. 이쯤 되자 권율 박사도 간만에 정신이 번쩍 들었다.

"아니, 네놈은 요즘 이 아비한테 뭐가 그리 불만이냐, 어?"

"뭐, 새삼스러울 것도 없잖아요? 매사에 잘난 척하고 거드름이나 피우고 훈계나 늘어놓고 딱 질색이에요!"

"말버릇은 또 그게 뭐냐? 배웠다는 녀석이, 그것도 대한민국 최고의……"

"그놈의 최고, 최고, 그 말 좀 그만하세요! 듣기도 싫어요! 왜 아버지의 콤플렉스를 나한테다 퍼붓는 거예요? 정말 아버지처럼 살기 싫어요! 예, 아버지한테 거짓말하고 농학부에다 원서 넣은 건 정말 잘한 일이었어요. 졸업하면 대학원 갈 테니까 그리 아세요!"

"그래, 말 잘 했다. 꽃벌이나 말벌인지, 그런 연구는 절대 도와줄 수 없어."

"흥, 전공 바꾼다고 했잖아요? 곤충학에서 완전히 손 떼는 건 아니지만, 생물학과로 가서 습지 생태 연구할 거예요."

"뭐? 습지 뭐라고?"

"아버지는 아들이 뭘 좋아하는지 한 번이라도 진지하게 생각해 봤어요? 생태학 공부하겠다는 말은 전에도 한 것 같은데요? 습지 생태 연구할 거라고요! 우렁이 같은 거 모르세요?"

"아니, 대체 네놈 머릿속엔 뭐가 사는 거냐? 한창 벌 타령이더니 이젠 우렁이 농법이라도 연구할 셈이냐?"

"에잇, 짜증 나! 우렁이 농법이 아니라 그냥 우렁이요, 우렁이!"

"나한테서 어떻게 이런 우렁이 같은 놈이 나왔는지 도대체 알다가 모를……."

권율 박사의 말이 채 다 끝나기도 전에 살짝 열려 있던 문을 제 몸으로 밀고 칸트가 거실로 나왔다. 민우는 아버지의 말을 무시하는 티를 내기 위해서라도 더 큰 소리로 칸트를 불렀다.

"칸트, 이리 와, 칸트!"

숫제 간드러지는 목소리였다. 칸트는 딱히 민우가 불러서가 아니라 제일 넓고 푹신한 넓적다리를 차지하기 위해 민우의 몸 위로 올라갔다. 민우는 칸트의 푸르스름한 잿빛 털을 쓰다듬었다. 형광등 빛을 받아서인지, 바라보는 각도 때문인지 칸트의 털이 유난히도 더 푸르게 보였다.

"어쩌자고 그 고양이 놈을 데리고 나오는 거냐, 어?"

"아니, 제 발로 기어 나오는 걸 어떻게 막아요?"

민우의 목소리에서는 짜증이 잔뜩 배어 나왔다. 권율 박사의 얼굴도 붉으락푸르락했다. 그동안 계속 딴생각에 잠겨 있던 윤희가 드디어 한마디 했다.

"오늘 다들 왜 이래요? 민우 너는 엄마가 몇 번을 말했어? 아버지한테 이렇게 막말을 하는 아들놈이 세상에 어디 있어? 그리고 나이가 몇 살인데, 네 진로를 아버지가 대신 걱정해 줘야겠니? 감지덕지해도 뭣할 판에 그 버르장머리 없는 말대꾸는 대체 뭐야? 얼른 고양이 데리고 방으로 들어가!"

그다지 길지도 않은 윤희의 말이 끝나기도 전에 권율 박사는 고개를 푹 수그린 채 꾸벅꾸벅 졸기 시작했다. 평소와 다르게 언성이 높아진 엄마의 말에 당황한 민우는 칸트를 품에 안은 채 엉거주춤 일어서던 참이었다. 윤희는 또 윤희대로 지금 자기가 부자의 하찮은 말다툼에 왜 이리 흥분했나 싶었다. 하지만 그 이유를 꼬집어 말할 수 없었기에, 그러고 싶지 않았기에 더더욱 성질이 났다.

"왜 그러고 서 있어? 얼른 들어가지 못해! 하여간 하는 짓이 하나부터 열까지 제 아비를 닮아 갖곤!"

이건 거의 절규였다. 권율 박사는 살포시 밀려들던 졸음이 확 달아나 버렸다. 꼭 아내가 최근 들어 폭삭 늙어 버린, 남편을 탓하고 있다는 생각이 들었다.

"아니, 당신 무슨 일 있었어? 별일도 아닌데 괜히 애를……."

"당신도 그만 좀 하세요! 애한테 그런 얘기를 하려면 멀쩡한 정신으로 할 것이지, 술 냄새 풀풀 풍기고 꾸벅꾸벅 졸면서 이게 뭐하는 짓이에요, 정말!"

아, 내가 왜 이러지! 윤희는 솟구쳐 오르는 정체불명의 짜증을 속으로 삼키려고 노력했다. 하지만 남편의 뭉그러진 웃음이 더 부아를 질렀다. 정말이지, 이 양반은 도대체 언제 이렇게 늙어 버린 거야. 지은 죄도 없이 괜히 찌그러지는 모양새도 참 딱해 보였다.

"그래, 그래. 당신이라고 매일 순한 양 같을 순 없지. 나도 요즘 내 몸이 통 내 몸 같지가 않아. 멀쩡하게 있다가도 졸음이 쏟아져서."

하지만 윤희는 남편의 말을 가로챘다.

"됐어, 됐으니까, 그만 들어가 자요. 넌 왜 아직도 여기 서 있어? 너도 치매냐?"

윤희가 하얗게 질린 얼굴을 하고서 민우를 쏘아봤다. 엄마의 흥분에 처음에는 어리둥절했던 민우였지만, 이제는 호기심에서라도 가만있을 수가 없었다.

"엄마, 엄마 오늘 왜 이래요?"

"네가 언제부터 엄마한테 그렇게 관심이 많았어?"

"아니, 엄마, 그게 아니라……."

"그게 아니면 뭐? 언제 엄마가 너한테 오늘 뭘 했냐고 꼬치꼬치 캐물은 적 있어? 방문은 꼭꼭 걸어 잠가 놓고 안에서 혼자 뭘 하냐고 물은 적 있냐고?"

민우는 아무 말도 하지 않고 고개를 숙였다. 옆으로 힐끔 보니 아버지는 또 졸고 있었다. 이번에는 심지어 입가로 침마저 고이기 시작했다. 민우는 엄마와의 대면이 괴로워, 또 아버지한테 소리를 질렀다.

"잠은 방에 들어가서 자요!"

"어? 어, 그래. 또 졸았구나."

권율 박사는 입을 여는 순간 입술 옆으로 흘러내린 점액질의 침을 손으로 닦았다. 그의 얼굴에는 어색하고 민망한 웃음이 번졌다.

"아버지는 그때도 그렇게 좋았죠? 다희가 죽은 것도 다 아버지 때문이에요!"

민우의 입에서 이런 말이 불쑥 튀어나왔다. 왜인지는 자기도 몰랐다. 어느 순간부터 연도를 드릴 때도 다희 생각을 별로 안 했으면서 말이다. 하지만 막상 이렇게 내뱉고 나니 가정불화의 원인이 모두 다희의 죽음에 있는 것처럼 여겨졌다.

"다들 정신이 나갔어!"

윤희는 안방으로 들어가 버렸다.

"그만 자라."

권율 박사도 민우에게 이 말을 남기고는 욕실로 들어갔다. 혼자 남겨진 민우는 잠깐 멍하니 있다가 품에 안은 칸트의 귀를 살짝 꼬집으며 제 방으로 들어갔다. 칸트는 아프다는 표시를 하기 위해 앞발을 치켜들고 민우의 뺨을 할퀴었다. 하지만 발톱을 다 깎아 놓았기 때문에 솜방망이질이나 다름 없었다.

남편이 습관대로 양치질과 세안을 한 뒤 침대로 올라왔다. 윤희는 조그만 아이 하나는 거뜬히 들어갈 만한 공간을 사이에 두고 남편 옆에 누웠다. 아주 잠깐이었지만, 허공중에 구취가 떠도는 것이 아닌가 싶었다. 치약 냄새와 뒤섞인 구취는 헛구역질이 날 정도로 역겨웠다. 그때 남편의 말소리가 들려왔다. 열대야가 연일 지속되던 지난여름 집안을 비행하며 윙윙거리던 모기 소리처럼 짜증 나는 것이었다.

"멀쩡하게 있을 땐 졸음이 쏟아지고, 막상 자려고 누우면 말똥

말똥해지고, 너무 늙어서 그런가?"

"그럼 평생 안 늙을 줄 알았어요? 어서 자요."

이렇게 말하면서 윤희는 문 쪽으로 돌아누웠다. 그리고 곧 곯아떨어졌다. 베로니카든 베로니크든, 이유 없는 짜증이든 타는 목마름이든 모두 잠 속에 묻혀 버렸다.

하지만 권율 박사는 혼잣말로 계속 뭐라고 웅얼거렸다. 몇 번이나 몸을 뒤척이기도 했다. 심지어 한 번은 자리에서 일어나 화장실을 다녀오기도 했다. 잔뇨감 때문이었지만, 역시나 아까처럼 요의는 쉽사리 해소되질 않았다. 그 와중에 권율 박사는 또 다른 욕망을 느꼈다. 식욕이었다. 눈꺼풀이 시야를 이미 다 덮었건만 눈앞으로 허름한 포장마차, 떡볶이, 순대, 물에 잔뜩 불어 버린 '오뎅', 파와 깨소금이 들어간 간장, 다 식어 버린 튀김, 플라스틱 종지에 담긴 오뎅 국물 등이 떠올랐다. 도서관에서 하루 종일 공부를 하든, 밤샘을 하며 병실을 지키든 늦가을과 겨울에 이보다 더 맛깔스러운 식단은 없었다. 이런, 오늘은 저녁도 못 먹었군. 권율 박사는 멀찍이 떨어진 채 곤히 자고 있는 아내의 뒤통수를 바라보았다. 눈이 턱없이 작은 최지욱이라는 사내, 그 못지않게 눈이 작았던, 그나마도 포동포동한 살 속에 파묻혀 있던 소녀 같은 여자가 떠올랐다. 한데 이와는 무관하게 속이 쓰려 왔다. 라면이라도 끓여 먹을까. 이런 생각에 권율 박사는 몸을 일으켰다. 하지만 그건 환각이었고 실제의 권율 박사는 확 쏟아지는 잠 속으로 휘말려 들어갔다.

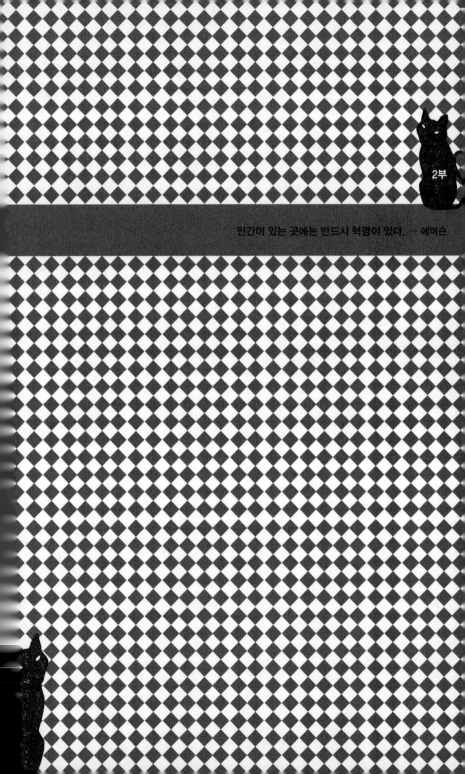

2부

인간이 있는 곳에는 반드시 혁명이 있다. ― 에머슨

금요일, 민우는 아침 일찍 눈을 떴다. 신속하게 샤워를 하고 밥을 먹고 옷을 입었다. 그간 듣는 둥 마는 둥 해 온 수업이 오늘 아침에는 갑자기 대단히 중요하게 여겨져 괜히 부지런을 떨어 댄 것이다. 사실 민우는 딸기에게서 호랑이 자명종을 넘겨받은 뒤 줄곧 신경이 곤두서 있었다. 이 장난감 자명종으로 뭘 하란 말인가. 설마 청와대라도, 국회의사당이라도 폭파시키란 말인가. 그 정도 건물을 안전하게 폭파하려면 최소한 몇 군데쯤엔 폭탄을 설치해야 할 텐데……

"혁명 좋아하고 있네. 야, 칸트, 네 생각은 어때?"

책가방을 챙기며 민우가 칸트에게 물었다. 하지만 칸트는 민우한테서 아예 눈을 돌려 버렸다. 한쪽 벽에 걸린 야생화와 곤충을 감상하는 듯도 싶었다.

"왜? 밀잠자리랑 꼬마꽃벌 보러 가고 싶냐? 이제는 그런 거 안

해. 대신 오늘 저녁엔 엄마 몰래 꽁치 사다 줄게. 이 오빠가 꽁치 깡통을 모조리 갖다 버려서 서운했지? 그래도 맛있는 거 사다 주면 행복해해야 돼, 알았지?"

민우는 칸트의 코를 톡톡 친 뒤 '그곳'의 약도를 출력한 종이를 가방 안에 넣었다. 거실로 나오니 엄마가 카메라를 만지작대고 있었다.

"우리 엄마는 요즘 카메라 연구 중?"

"그냥 놀리면 아깝잖아."

"그럼 엄마가 나 대신 생태 연구나 좀 해 주시든가."

"이 엄마는 요즘 풍경 연구 중이시다. 사실 이제야 말인데, 너한테는 우렁이보단 꽃벌이 더 잘 어울려."

"어, 그게 무슨 소리예요? 아, 습지 생태! 그냥 해 본 소리였는데. 선배 하나가 우렁이를 잔뜩 잡아다가 실험 중이거든요. 우포늪의 중금속 오염 실태를 조사한다나. 다녀올게요."

민우가 몸을 돌리는 순간, 뒤에서 찰칵 소리가 들렸다.

아침이라 바람이 제법 찼지만 구름 한 점 없는 청명한 날씨였다. 은행나무의 낙엽들이 아파트 단지의 포도(鋪道)를 노랗게 장식했다. 무수한 아파트들이 직선과 입방체의 매력을 마음껏 뽐내며 위로, 옆으로 쭉쭉 뻗어 있었고 그 틈새로 승용차들이 하나둘씩 빠져나와 아스팔트 대로로 나갔다. 전철역과 버스정류장 쪽으로 열심히 걸음을 옮기는 사람들도 보였다. 대체 다들 어디서 와서 어디로 가는 걸까? 그러는 나는? 나는 뭘 바라고 만 23년을 이렇게 살아온 걸까? 유치한 물음에 민우는 괜히 웃음이 나왔다. 유쾌한 감상에 젖기 딱 좋은 서늘한 늦가을의 절정이었다.

하지만 전철역 바깥으로 나간 순간 기분이 사뭇 달라졌다. 학원 건물로 들어서 엘리베이터를 탔을 때는 더 그랬다. 제기랄, 고작 미국 말이나 배우자고 이 고생이냐? 강의실 안으로 들어갔을 때는 모든 것이 다 미워졌다. 밝은 색상의 책상과 의자, 블라인드, 하얀 보드판, 수업을 듣는 사람들 모두.

"오빠, 오늘은 지각 안 했네요."

민우가 들어온 걸 보고서 앞자리에 앉아 있던 정현이 말을 걸어왔다.

"어, 일찍 일어났어."

강사가 들어왔다. 정현은 얼른 자기 자리로 갔다.

회화 수업이라서 농땡이를 치기도 고달팠다. 수강생들의 개성이 듬뿍 들어간 독특한 영어가 여기저기서 산발적으로 흘러나왔다. 영락없이 지휘가 엉망인 관현악단이었다. 너무 시끄러워 잠도 잘 수 없었다. 그 와중에 민우의 머릿속에서는 호랑이 자명종이 난데없이 소란을 떨었다. '어홍' 호랑이 울음소리를 흉내 낸 요란한 기계음에 이어 '일어나, 일어나, 안 일어날 거야? 그럼 깨물어 버릴 거야!'라는 협박이 이어졌다. 아무리 장난감이라지만 고양이도 아닌 호랑이가 체통도 없이 '깨물어 버릴 거야!'라니. 그래, 거부하면 허리를 깨물어 몸뚱어리를 반 토막 낼 텐가? 흥! 장난기 가득한 딸기의 얼굴도 떠올라서 민우는 속으로 코웃음을 쳤다. 그때 강의실 가득 웃음이 퍼졌다. 이번에도 늙수그레한 직장인 아저씨 때문이었다.

"아이 씽크 잇츠 벼어리, 벼어리 롱. 앤드 쏘, 그러니까, 그러니까, 그러니까, 그러면 안 된다고! 데이 마스트 낫! 유 머스트 벼어리, 벼어리, 벼어리 낫!"

적당한 영어 단어가 생각나지 않을 때마다 한국어를 섞는 것은 이 아저씨의 버릇이었다. 하지만 수강생들이 웃음을 터뜨린 것은 아저씨가 애용하는 'very', 즉 '벼어리'라는 발음 때문이었다. 아저씨의 불성실한 영어에 분홍 립스틱 아줌마가 또 분통을 터뜨렸다. 그녀는 늘 뽀얗게 분칠한 얼굴에 분홍 립스틱을 짙게 바르고 다녔다. 눈가에 문신을 한 것으로는 성이 안 차 속눈썹도 늘 마스카라로 시커멓게 칠했다.

"헤이, 미스터 박, 유 캔 낫 유즈 코리안 랭귀지 인 클래스!"

분홍 립스틱 아줌마는 단어 하나하나에 강세를 찍으며 또박또박 말했다. 하지만 강사는 그녀의 말에는 가벼운 미소만 던지고 곧 쇠고기 뼛조각 문제를 다루는 신문 기사로 넘어갔다. 어쨌거나 '벼어리' 아저씨의 말이 여러모로 제일 옳다. 나쁜 놈들! 돈 좀 벌자고 자기들도 안 먹는 나쁜 소를 남의 나라에 팔아 처먹다니. 아니, 더 본질적으로는 고기 좀 먹겠다고 같은 동물을 무자비하게 학대하는 인간이라는 종이 문제다. 아예 고기를 먹지 말아야 된다니까. 생각이야 그랬지만, 민우와 정현의 점심 메뉴는 햄 조각과 베이컨이 잔뜩 들어간 미국식 샌드위치였다.

정현은 괜히 달떴고 민우는 괜히 시무룩했다.

"오페라 좋아해요?"

"별로."

"그럼 이참에 좀 좋아해 봐요. 주말에 예술의 전당에서 「돈 조반
니」 하는데 보러 가지 않을래요? 영국 로열 오페라 하우스에서 왔
어요, 평도 좋고요."

정현의 말이 민우에게는 '벼어리' 아저씨와 '분홍 립스틱' 아줌마
의 엉터리 영어 싸움처럼 허망하게 들렸다.

"어때요, 안 갈래요? S석은 표가 좀 남아 있던데."

"어, 나는……."

"왜요, 약속 있어요?"

"어, 뭐 그런 거."

"뭔데요?"

민우는 거절할 적당한 구실이 생각났다.

"강 주임님이 좀 도와 달래."

"아, 컨테이너 님. 지난주엔 이사도 도와줬잖아요?"

"어. 이번엔 회사 일이야. 와서 짐 받는 것 좀 도와 달라고. 얼마
전에 직원이 하나 나간 데다가 다른 애 하나도 훈련소 가는 바람에
일손이 달리나 봐. 아마 철수 형도 갈걸."

쳇, 그 시커먼 몽상가라니. 정현은 기분이 팍 상해 버렸다. 민우
의 거절은 실망이 아니라 당혹감을 불러일으켰다. 남자에게 데이트
를 신청한 건 평생 처음인데, 퇴짜를 맞다니. 오기가 나서라도 포기
할 수가 없었다.

"아니면 좀 더 있다가 발레 보러 가요. 세종문화회관에서 페테르
부르크 발레단을 초청했어요. 「호두까기 인형」요. 크리스마스 때마

다 보긴 했지만, 애들이 하는 건 아직 못 봤으니까."

"발레는 더 싫은데, 아니 싫다기보다는……. 그건 그때 가서 보자."

민우는 정현이 빨리 식사를 끝내기를 기다렸다. 오후의 일을 생각해 커다란 샌드위치 하나를 후다닥 먹어 치운 뒤였다. 정현은 샌드위치를 조금 남긴 채로 그냥 일어섰다.

"커피 사 들고 옥상에 올라가요."

"아니, 난 가 볼 데가 있어."

"어디요? 오후 수업은요?"

"네가 내 몫까지 열심히 들어 줘!"

정현으로부터 해방될 순간이 오자 민우는 갑자기 기운이 났다. 그의 시무룩함은 정현한테로 옮아가 버렸다. 정현은 불만을 감추지 않고 집요하게 물었다.

"대체 어딜 가는데요?"

"애들은 몰라도 된다. 잘 가!"

민우는 정현의 어깨까지 한 번 두드려 주고는 재빨리 돌아섰다. 이어 몹시 급한 일이 있는 사람처럼 뒤도 안 돌아보고 뛰기 시작했다. 등 뒤로 "대체 누가 애라는 거야, 정말!"이라며 투덜대는 정현의 말소리가 들려왔다. 길모퉁이를 돌아 큰길로 나온 뒤에야 민우는 뜀박질을 멈추었다. 이렇게 서둘러 댄 것은 그냥 혼자 있고 싶어서였다. 하지만 정작 정현에게서 해방되자, 지금 기계적으로 내딛고 있는 발걸음이 또 다른 굴레로 다가왔다. 걷다 보니 전철역에 다다랐고, 에스컬레이터를 타고 내려가 보니 마침 전철의 문이 열렸기에 안으로 뛰어 들어갔다. 얼마 가지 않아 교대역에 도착했다. 문이 열리자 민우는 자동 용수철 인형처럼 전철을 빠져나갔다. 이어 3호선으로 갈아탔지만 집과는 정반대 방향이었다. 그렇다고 해서 민우의 목적지가 경복궁일 리도 없었다.

민우가 한 손에 약도를 들고 찾아간 곳은 경복궁에서 버스를 타고 한참 더 들어간 곳에 자리 잡은 주택가였다. 카페의 좌측 상단에 조그맣게 기입된 주소는 엉뚱하게도 엄연한 가정집이었다. 여염집과 다른 점이라면 지나치게 좋은 집이었다는 것, 아예 저택 수준이었다는 것이었다. 붉은 벽돌담이 상당히 높았고 그 위로 시베리안 허스키인지 알래스카 말라뮤트인지 여하튼 커다란 개 세 마리가 보였다. 담벼락 옆 정원에 높은 언덕이라도 있는 모양이었다. 민우가 집 주위에서 얼쩡대자 개들은 일제히 큰 소리로 짖어 댔다. 이곳이 바로 'PtRe' 카페의 주인장, 일명 '마스터'의 사무실이었다. 사이버 카페의 사이버 혁명가가 서울 한복판에 버젓이 살아 있는 것이다! 하지만 민우는 선뜻 초인종을 누를 용기를 내지 못해, 정교한 조각이 새겨진 청동 대문 앞에 서서 망설였다. 그때 갑자기 대문 안쪽에서 발자국 소리가 들려왔다. 민우는 저도 모르게 후다닥 건물 옆의 골목으로 뛰어 들어가 몸을 숨겼다.

대문이 열렸고 한 남자가 나왔다. 이어 한 여자의 모습이 보였다. 그녀의 배웅에 남자는 정중하게 화답했다. 대문은 닫혔고, 남자는 민우가 서 있는 골목과 정반대 방향으로 걷기 시작했다. 진중하고 차분한 걸음걸이였다. 광택이 가볍게 도는 옅은 카키색의 바바리코트, 싸락눈이 내린 듯 하얗고 성긴 머리카락이 민우의 시야를 가득 채웠다. 햇빛을 받아 광채마저 발하는, 누리끼리한 살색 공터도 놓칠 수 없었다. 젠장, 죽어도 대머리는 싫다! 도대체 아버지가 여길 왜? 민우는 이 궁금증을 잠재우려는 듯 아까처럼 후다닥 뛰어가 다시 대문 앞에 섰다. 또다시 덩치 큰 개들이 컹컹 짖어 댔다.

"조용히 좀 못 해! 내가 무슨 도둑인 줄 알아! 이래 봬도 엄연한 손님이란 말이다!"

초조한 마음에 혼잣말이 계속 이어졌다.

"마스터? 마에스트로도 아니고 마스터는 또 뭐야? 뭘 마스터했고 뭐에 대해 마스터란 소리냐고? 젠장, 대체 토익 시험은 언제 볼 작정이야? 아니, 나한테 그런 게 무슨 필요가 있어? 야, 칸트!"

저도 모르게 칸트를 불렀지만 칸트가 옆에 있을 리 없었다. 괜히 혼자 민망해졌다. 그 덕분에 오기가 생겼는지 민우는 초인종을 눌러 버렸다. 잠시 뒤 인터폰에서 목소리가 들려왔다. 아까 본 그 중년 여성인 것 같았다.

"누구세요?"

"아, 예, 저……."

"누구시라고요?"

"아, 예, 저는 그러니까…… 그러니까 마스터 님을 만나러 왔습니다."

"누구요?"

"마스터 님요!"

민우는 거의 악을 쓰듯 소리를 질렀다. 저쪽에서는 더 대꾸할 필요도 없다는 듯 인터폰을 끊어 버렸다. 민우는 잠시 황망해하다 대문 앞에서 떨어져 나왔다. 젠장, 마스터라니! 하지만 본명을 어떻게 알겠는가. 사실, 어젯밤만 해도 민우는(딸기가 아니라!) 마스터와 직접 대면해서 담판을 지을 작정이었다. 저쪽에서 미적지근하게 나올 경우에는 이 우스꽝스러운 호랑이 자명종을 그냥 돌려줄 생각까지 했다. 아차, 그런데 자명종도 안 들고 나왔잖아, 이 병신아! 여러 모로 기가 찼다. 각오만 비장했지, 모든 게 다 부실 공사였다. 하는 수 없이 민우는 발걸음을 뗐다. 또다시 세 마리의 개들이 일시에 컹컹댔다. 이번에는 숫제, 담장 밑으로 뛰어내려 민우를 갈기갈기 찢어 놓을 기세였다.

"조용히 좀 하란 말이다, 이것들아!"

민우는 세 마리의 개를 올려다보며 허공에다 대고 주먹을 휘둘렀다. 그때 개보다 더 작은 계집애가 개들 사이로 나타났다. 갑자기 개들이 잠잠해졌다. 붉은 벽돌담 위로 호기심 어린, 그럼에도 생뚱맞은 표정을 짓고 있는 건 바로 딸기였다.

딸기의 얼굴을 본 순간, 민우의 얼굴이 확 펴졌다. 입술도 달싹거렸다. 하지만 딸기를 부를 호칭이 떠오르지 않았다. 어쨌거나 녀석이 나를 불러 줘야 되는구나. 그러나 사람을 벌 세워도 정도가 있지, 딸기는 아무 말도 없이, 이렇다 할 표정도 없이 민우를 내려다볼 뿐이었다. 개들은 워낙 커서 늑대처럼 보였고 딸기는 말 없는 소녀 전사 같았다. 젠장! 민우는 목구멍에서 맴도는 욕설을 속으로 꾹 삼켰다. 너무 터무니없어 웃음이 나올 지경이었지만, 민우는 이상한 원한과 귀기가 서린 계집애의 시선 세례를 받으며 꼼짝도 못

하고 있었다. 딸기는 그렇게 사람을 5분은 족히 한자리에 서 있게한 다음, 슬슬 몸을 돌렸다. 그제야 민우는 "저기……." 하며 엉거주춤 말을 꺼냈다. 하지만 딸기는 이미 붉은 벽돌담 뒤로 사라지고없었다.

아무 소득도 없이 되돌아가자니 모든 것이 다 불만이었다. 바람도 훨씬 더 쌀쌀해졌다. 민우는 점퍼 지퍼를 올렸다. 올 때는 몰랐는데 버스 정류장까지는 걸어서 20분도 더 걸렸다. 정류장을 기점으로 고작 2차선 아스팔트 도로 하나를 사이에 둔 채 마스터의 동네와 그 맞은편 동네가 갈렸다. 이를테면 왕자와 거지였다. 왕자 동네에는 마스터의 집과 같은 궁전 수준의 주택들이 즐비했고 간간히 갤러리도 보였다. 반면, 거지 동네를 메운 집들은 하나같이 누추하고 허름했다. 쇳물이 기나긴 얼룩처럼 흘러내리는 시멘트 벽에콘크리트 지붕이 허다했다. 강 주임의 동네에서나 볼 수 있는 풍경이었다.

마스터가 가령 무슨 법원 판사 내지는 무슨 대기업 간부쯤 된다면, 이런 대조의 풍경은 민우에게 별다른 이물감을 주지 않았을 것이다. 하지만 마스터는 이미 사라져 버린 혁명의 신화를 이 대한민국의 땅에서 부활시키겠다는 'PtRe' 카페의 주인, 말하자면 혁명의거장이 아닌가! 따라서 그는 달라야 한다. 비록 철수 형 같은 모습일 필요는 없지만 어쨌거나 이토록 속물이어서는 안 된다. 민우의머릿속에서는 순간, 그 저택 안 어딘가에 마련되어 있을 홈 바에서위스키 잔을 기울이며 프롤레타리아 혁명을 논하는 마스터의 모습이 떠올랐다. 필경 그는 젊었든 늙었든 어쨌거나 그 나이에 맞게 풍요로운 여유와 학습된 교양이 배어 나오는 자태를 뽐내며, 얼굴에는 다분히 진보적 경향을 자랑하는 지식인 티를 내는 약간(아주 약간!) 시니컬한 미소를 머금기도 하면서 각종 시사적인 문제를 논하고 유명 정치인의 행태를 비판할 것이다. 간간히 '종부세 문제 때문에 아직도 시끄럽지만 인간이 특정 사회에 속해 있는 한 죽음과 세금은 절대로 피할 수 없다고 하지 않습니까. 벤자민 프랭클린의 말이던가요?'라는 식의 말을 한 번쯤 흘릴 것이다. 그러고는 머릿속으로 어떻게 하면 종부세를 최대한 적게 낼 수 있을까를 고민하고 있을 것이다.

이런 생각이 들자 민우는 신물이 올라왔다. 아까 정현과 함께 먹은 샌드위치 속에 케첩과 피클이 너무 많이 들어간 탓일까. 경복궁역으로 가는 버스를 탔을 때는 평생 경험한 적 없는 이상한 느낌이 들었다. 차가 많이 흔들리고 비탈길과 커브길이 많아서인지 자꾸만 속이 메슥거리고 머릿속이 묵직하고 어질어질해지면서 헛구역질이 났다. 까딱하면 먹은 것이 죄다 목구멍으로 기어 올라올 것 같은 찰나, 민우는 아슬아슬하게 버스에서 내릴 수 있었다. 당장 버스 정류장 옆에 세워진 쓰레기통 위로 몸을 기울였다. 낭패도 이만한 낭패가 없었다. 아직 해도 저물지 않은 시각이었고 술도 마시지 않았다. 이런 상황에서, 그것도 길 한복판에서 멀미를 해 보기는 머리털 나고 처음이었다. 지나가던 사람들이 민우를 힐끔힐끔 쳐다보았다. 민우는 먹은 걸 다 게워 내고는 맞은편 편의점으로 들어가 휴대용 티슈와 생수 한 병을 샀다. 입 주변을 닦고 물을 들이키자 속이 좀 개운해졌다. 뭔가 끝이 뭉툭한 물건으로 뒤통수를 찌르는 듯한 기괴한 통증도 사라졌다. 왜 지금 이 순간 난생 처음으로 구토를 하게 됐는지 통 이해할 수 없었다.

경복궁이라도 둘러볼까 했지만 민우는 생각을 고쳐먹고 그냥 전철을 탔다. 원래 내려야 될 전철역보다 두 정거장 더 앞에 내린 것은 좀 걷고 싶은 마음에서였다. 덕택에 또다시 경복궁이 아닌, 지저분하면서도 단조롭기 그지없는 강남역 주변을 배회하는 신세가 되었다. 언제쯤 이 지저분한 놀이터를 벗어날 수 있을까. 7번 출구로 나와 학원 건물을 스쳐 지난 뒤 교보문고 빌딩을 길 건너로 힐끔 쳐다보고는 방향을 꺾었다. 그렇게 한 20분쯤 걸었을까, 멀리 호텔이 보였다.

이미 어스름이 내리기 시작한 가운데, 호텔 맞은편 가로수 곁에 한 남자가 서 있었다. 그는 검은색 가죽 재킷을 입고 고개를 숙인 채 담배를 피우고 있었다. 카키색 바바리코트를 입은 한 여자가 그를 향해 조용히 다가갔다. 두 사람의 시선이 마주치자, 두 얼굴에는 낙원처럼 행복한 웃음이 번졌다. 하지만 그것은 익사 직전에 놓인 사람의 얼굴이 아주 잠깐 물 위로 떠올랐다가 다시 가라앉듯 그렇게 사라져 버렸다. 그들은 서로의 얼굴을 응시하는 것마저도 두려운 양, 손도 잡지 않은 채 앞만 바라보며 호텔 안으로 들어갔다.

1, 2분쯤 뒤 민우는 그 남녀가 고른 보폭으로 밟고 지나간 자리를 지나, 계속 걸어갔다. 단조롭고 평온한 걸음걸이였다. 하지만 완전히 사라졌던, 속이 메슥거리고 뒤통수를 짓누르는 듯한 구토의 느낌이 다시 되살아났다. 급기야 또 헛구역질이 나왔다. 민우는 제

자리에 선 채로 꿱꿱거렸다. 토사물이라고는 위액과 타액밖에 없었지만 눈알이 토끼 눈처럼 발개졌다. 얼굴에도 열이 올랐다.

그렇다, 뭔가 어그러져 절뚝거리고 있다. 약간의 시간차를 두고 완전히 이방인처럼 민우의 앞을 스쳐 지나간 남녀. 남녀를 막론하고 나이가 들면 다들 카키색 바바리코트를 입나 보다. 왜 감색이 아닐까. 아니, 왜 '엄마!'라고 부르지 못했을까. 대체 왜? 군데군데 표피가 벗겨진 검은색 가죽 재킷은? 민우는 오늘의 원정에서 우연히 마주친 두 개의 카키색 바바리코트, 그리고 검은색 가죽 재킷 사이에 무슨 논리를 구성해 보려고 애썼다. 균열? 제기랄! 그래, 집에 금이 갔다! 폭파는 무슨, 이미 금이 갔는걸. 그때 저 멀리로 민우의 집이, 윤기와 광택이 강물처럼 흘러내리는 아파트가 보였다. 그제야 민우는 꽁치 생각이 났다. 여성용 카키색 바바리코트가 이 시간에 바깥에 있다면, 칸트는 점심도 굶었을 거다. 민우는 슈퍼마켓에 들러 꽁치 통조림을 하나 산 뒤, 거의 뛰다시피 집으로 달려갔다. 마치 칸트에게 한 약속을 지키는 것이 절체절명의 과제이기라도 한 듯.

초인종을 두 번이나 눌렀지만 역시 답은 없었다. 열쇠로 문을 따고 집 안으로 들어선 느낌은 상당히 낯설었다. 돌이켜 보건대 엄마의 시간표는 곧 민우의 시간표였던 것이다, 23년간 늘! 그러나 오늘은 '다녀왔습니다!'라는 습관적인 인사를 건넬 상대가 없었다. 민우는 잠깐 망연자실한 채 현관에 서 있다가 신발을 벗고 거실로 올라갔다. 민우의 방에서 칸트가 야옹거리는 소리가 들려왔다. 인기척이 들리자 혼자서 방문을 긁으며 우는 것이었다. 민우는 달려가 방문을 열고 가방을 의자 위로 던졌다.

"요 녀석, 하루 종일 심심했지?"

민우는 가방에서 꽁치 통조림을 꺼냈다. 칸트가 밥그릇에 담긴 꽁치를 먹는 동안 민우는 냉장고에서 우유를 꺼내 왔다. 녀석, 배가 어찌나 고팠던지 우유는 쳐다보지도 않았다. 민우는 꽁치에 코를 박고 있는 칸트의 푸른빛이 감도는 짙은 잿빛 등을 한 손으로 다정하게 쓰다듬었다.

"아버지가 거길 왜 갔을까, 응? 아까 엄마랑 같이 있던 그 남자 말이야, 설마 철수 형이었을까? 아무래도 그럴 리가 없잖아, 응? 야, 칸트, 네 생각은 어때?"

칸트는 고개 한 번 들지 않았다. 입가에 꽁치 기름을 잔뜩 묻힌 채, 이제는 우유를 핥느라 정신이 없었다.

"너 러시안 블루 맞냐? 밥 먹는 폼이 그게 뭐야. 우아하지 못하게."

민우는 벽에 등과 머리를 기댄 채 두 무릎을 세우고 앉았다. 웅크린 채 먹이를 먹는 칸트의 몸집이 참 작아 보였다. 이와는 무관하게 문득, 지난번 모임에서 딸기에게 던졌던 질문이 떠올랐다. "여기에 뭔가 개인적인 요인이 개입된 건 아닙니까?" 그때는 분명히 무심코 나온 말이었다. 하지만 뭔가 좋지 않은 예감이 들었던 것은 아닐까. 사실 민우는 은근히 미신적이었다. 이것은 다희가 돌연히 죽은 이후, 그야말로 무심코 시작되어 확고하게 굳어진 심리적 관성 같은 것이었다. 계획과는 달리 마스터를 만나지도 못하고 뜻밖에 우연적인 사건들이 겹치자 이 '거사'에 정말로 '개인적인' 요인이 개입되어 있을지도 모른다는 생각이 들었다. 하지만 왜 하필 나, 나란 말인가.

그때 핸드폰 소리가 울렸다. 민우는 달려가서 발신자를 확인했다. 강 주임이었다.

"야, 권민우, 잘 사냐?"

"뒹굴뒹굴하고 있는데 왜요, 갈까요?"

"뭐 무리할 건 없고 내일 시간 좀 있어?"

"남아도는 게 시간이올시다."

"오전에 온대, 그 컨테이너 나리가 말이야. 알겠지?"

민우는 그러겠다고 하고 전화를 끊었다. 결국 정현에게 둘러댄 거짓말이 참말이 되어 버렸다. 그러고 보니 핸드폰에는 메시지가 남겨져 있었다. 엄마가 보낸 것이었다.

"엄마는?"

문을 열어 준 민우에게 권율 박사가 물었다.

"아버지한테 물어볼 생각이었는데요."

"전화라도 해 보렴."

"아버지가 직접 하시죠. 엄마가 없으면 물 한잔도 못 드시는 위인이시니."

민우는 아버지를 보자마자 괜히 심술이 났다. 하지만 아버지는 일부러 그러는지, 아니면 정말로 말귀를 못 알아들었는지 딴청을 부렸다.

"그래, 물이나 줘."

민우는 내키지 않는 듯 물 잔을 내밀었다. 그다음에는 엄마의 메시지가 생각나 밥솥을 열어 봤다. 주걱 한 번 대지 않은 밥이었다. 오븐 위에는 이미 끓여 놓은 찌개도 있었다. 민우는 찌개를 데우고 밥을 펐다. 냉장고에서 반찬도 꺼냈다. 앞쪽 열에 따로 담아 뚜껑을 닫아 놓은 반찬 통이 나란히 놓여 있었다. 조기도 구워져 있었다. 권율 박사는 가볍게 손을 씻고 식탁으로 왔다.

둘 다 말없이 수저를 움직였고, 음식물을 입으로 가져갔고, 마뜩치 않은 표정으로 입을 오물거렸고, 습관적으로 쩝쩝거렸다. 부자만 단둘이 식탁 앞에 앉는 일은 평생 처음인 것 같았다. 둘 다 곤혹스러웠다. 먼저 말을 꺼낸 쪽은 민우였다.

"요즘 나이 든 여자들한테 필요한 다섯 가지가 뭔 줄 아세요?"

"어?"

아들이 잡담을 시작한 것은 좋았지만 그 내용이 좀 뜻밖이라 권율 박사는 맹한 표정을 지었다. 아들은 평소와는 다르게 조잘조잘 말을 늘어놓았다.

"건강, 돈, 딸, 애인, 또 하나는 뭐더라? 여하튼 그렇대요. 그럼 나이 든 남자들한테 필요한 다섯 가지는 뭐일 것 같아요?"

여기서 권율 박사의 표정은 더 맹해졌다. 이놈도 최지욱과 접선을 했나? 이게 무슨 헛소리야.

"아내, 부인, 마누라, 여편네, 애들 엄마. 안 웃겨요?"

하지만 이렇게 말하는 민우도 전혀 웃지 않았다. 오히려 권율 박사 쪽에서 아비를 웃기려는 아들의 노력을 가상히 여겨, 또한 자신의 근심을 내보이지 않기 위해 히죽거리는 시늉을 했다.

"맞다, 맞아. 너희 세대야 모르겠지만 우리 세대 남자들은 여자 없으면 산송장 되기 일쑤지."

권율 박사의 말은 정적 속에 묻혀 버렸다. 침묵은 오래 계속되었다. 부자의 밥공기가 천천히 비워졌다. 마지막 숟가락을 뜨기가 무섭게 권율 박사는 식탁에서 일어났다. 이제 서재로 들어갈 참이었다. 옆에서 '커피 드릴까요?'라는 질문이 들려와야 하는 순간이었다. 하지만 그 목소리의 주인공은 있지도 않았고, 대신 불손하기 짝이 없는 아들 녀석이 서툰 솜씨로 식탁을 치우고 있었다. 권율 박사는 잠시 뭉그적거렸다.

"커피 갖다 드릴 테니까 기다리세요."

민우가 무뚝뚝하게 내뱉었다.

"그래, 그래, 그거 좋구나."

커피메이커 옆에는 갈아 놓은 커피가 놓여 있었다. 민우는 엄마 흉내를 내며 커피를 끓여 아버지의 서재로 가져갔다.

"여기요."

아버지의 책상 위에 커피를 내려놓고도 민우는 잠시 머뭇거렸다. 거의 반년 만에 들어와 보는 서재였지만 그사이에 하나도 달라진 것이 없었다.

"뭐 볼일이라도 있는 거냐?"

아들이 빨리 나갈 생각을 하지 않자, 권율 박사가 물었다.

"아, 아뇨, 그냥."

민우는 뭔가에 쫓기듯 아버지의 서재를 획 나왔다. 그래, 물어봐서 뭘 해. 저 영감이라고 해서 사생활이 없을 건 또 뭐야.

칸트는 따뜻한 방바닥에 누워 세상을 잊은 양 흐드러지게 자고 있었다. 옆으로 비스듬히 기울어진 칸트의 입가에는 침마저 고여 있었다.

"야, 칸트, 엄마가 없으니까 집 안이 묘지 같지 않냐?"

칸트의 머리통을 톡톡 치면서 민우가 말을 걸었다. 칸트는 얼떨결에 눈을 뜨기는 했지만 게슴츠레한 눈으로 민우를 한 번 쳐다보고서 만사가 귀찮다는 듯 이내 고개를 돌려 버렸다. 민우는 책상 서랍 안에서 호랑이 자명종에 꺼내 뚫어져라 응시했다. 그러다 보면 저도 모르게 자명종을 째려보게 됐다. 요 며칠째 계속 이 모양이었다.

현관문 열리는 소리가 들린 건 11시가 넘어서였다. 민우는 저도 모르게 거실로 달려 나갔다. 낮의 일은 까맣게 잊은 양, 반가움에 가득 찬 한마디가 튀어나왔다.

"엄마!"

"저녁은 먹었지?"

"예."

엄마의 표정을 보자 민우의 흥분은 온데간데없이 사라졌다. '엄마, 오늘 어디 갔었어요?'라는 질문은 목구멍 안에서 맴돌 뿐이었다.

"아버지는?"

"주무시나? 아직 서재에 계실지도 몰라요."

하지만 엄마는 민우의 대답은 듣지도 않았다. 민우는 머쓱해하

며 제 방으로 들어왔다. 뭐야, 이건 좀 아니잖아. 잠에서 막 깬 칸
트는 방 안에서 산책 중이었다. 칸트의 산책에 꼬마꽃벌, 밀잠자
리, 고추잠자리, 호랑나비, 배추흰나비 등이 동행해 주었다. 어떤
녀석은 비행 중이었고 어떤 녀석은 휴식 중이었다. 민우는 생각했
다. 23년간 맞물려 있던 시간의 돌쩌귀가 완전히 어긋났다고.

망각의 접점

마지막 진료 이후, 최지욱은 몇 차례에 걸쳐 전화를 걸어왔다. 그때마다 별다른 용건도 없이 지난번처럼 무의미한 횡설수설을 늘어놓았고 그 때문에 권율 박사는 길을 걷다가도 뇌의 유희에, 아니 망상에 시달렸다. 결국 그도 역시 아들처럼 느닷없이 결단을 내리기에 이르렀다. 점심을 먹고 곧장 경복궁 쪽으로 차를 몰았던 것이다. 단풍이 아름답긴 하군. 경복궁을 지나며 잠깐 그쪽으로 시선을 던졌다. 하지만 머릿속에는 온통 눈이 몹시 작은, 그 눈마저도 두툼한 지방에 덮여 있는 중년 남자와 젊은 여자 생각뿐이었다. 협박? 나 같이 평범한 사람을? 설마!

얼마 뒤 권율 박사는 가정부의 안내를 받으며 저택 안으로 들어섰다. 계단은 동그랗게 다듬어진 커다란 돌멩이들로 이루어져 있고 오른쪽에는 자그마한 인공 연못이 있었다. 연꽃이 진 자리에는 푸른 이파리들만 동동 떠 있었으며 그 옆으로 감나무 한 그루가 높이

서 있었다. 무성한 이파리들 사이로 주홍빛의 감들이 아름다웠다. 까치 한 마리만 날아와 준다면 아들 녀석의 방에 걸린 풍경 사진 같았을 것이다.

현관문을 열고 들어선 거실은 상당히 넓었다. 최지욱은 'ㄷ 자'형 소파의 상석에 앉아 있었는데 손님을 보고서도 꿈쩍도 하지 않았다. 최지욱 옆에는 자그마한 계집애가 하나 서 있었다. 순간 권율 박사는 흠칫했다. 그때 최지욱의 음성이 귀를 때렸다.

"카키색이 잘 어울리시는군요. 앉으시죠."

"예, 고맙습니다."

권율 박사는 오른쪽 소파에 앉았다.

"오늘은 선생이 저를 찾아오셨군요."

"예, 그렇게 됐습니다."

권율 박사는 환자와 대면했을 때처럼 습관적으로 고개를 숙였다. 아뿔싸, 차트가 없군. 권율 박사는 당혹스러웠다.

"뭘 좀 드시겠습니까?"

"아, 예."

"홍차, 어떻습니까?"

"아, 예, 그거 좋군요."

뭐, 홍차? 아내라면, 간호사라면, 조교라면 절대 홍차를 권하는 법이 없었을 것이다. 이런……. 잠시 뒤, 가정부가 쟁반을 들고 나타났다. 권율 박사는 해묵은 습관대로 내용물은 보지도 않고 찻잔을 입으로 가져갔다. 한 모금을 삼키자 절로 얼굴이 찌푸려졌다. 그제야 그는 찻잔 속을 들여다보았다. 역시 홍차는 너무 쓰단 말이야.

표정을 수습하고서 고개를 들었을 때 제일 먼저 눈에 들어온 것은 아까 그 계집애였다. 저건, 아니 저 애는 정말 뭐지? 권율 박사는 또다시 흠칫했다.

"이 아이는 신경 쓰지 마십시오. 괜찮습니다."

"그게 아니라…… 몇 살이나 됐습니까?"

"아시잖습니까. 마흔하고도……."

"아니, 저 아이 말입니다."

권율 박사의 말이 떨어지기가 무섭게 계집애가 직접 대답을 해 주었다.

"일곱 살인데요."

"아, 그래. 좋은 나이구나."

권율 박사의 입에서는 거의 무의식적으로 이런 말이 튀어나왔다. 이제는 흠칫하지도 않았다. 탁구공처럼 동그란 머리통, 발그스름하고 윤기가 흐르는 뺨, 커다랗고 동그란 두 눈, 그 뺨에 톡톡 박혀 있는 새까만 주근깨, 영락없이 딸기, 딸기다. 게다가 일곱 살이라니. 꼭 어딘가에 존재했던 다희의 분신이 시간의 테러를 전혀 당하지 않은 상태로 권율 박사의 눈앞에 나타난 것만 같았다. 또다시 뇌의 유희가 시작될 조짐을 보였다. 눈앞의 유리 탁자, 붉은 홍차, 유리잔이 슬슬 해체되는가 싶더니 다시 자기들끼리 합쳐져 기괴한 새 생명체를 만들기 시작했다. 그 형체가 눈에 잡히려는 순간, 최지욱의 목소리가 들려왔다.

"이제야 생각이 나셨습니까?"

최지욱은 서론도 없이 곧장 본론으로 들어갔다. 권율 박사의 눈앞을 떠돌던 물건들이 순식간에 원래의 형태와 자리를 되찾았다. 하지만 정작 본인은 상대의 질문에 절절매고 있었다.

"아, 예, 그건…… 글쎄, 그러니까 생각이 났다, 라…… 아, 맞습니다, 바로 그겁니다. 그러니까 말이죠, 통 생각이 나질 않아서요. 나이 탓인지 머리가 영 잘 안 돌아갑니다."

"당신은 내 아버지요."

예의 그 의뭉스럽게 너스레를 떠는 화법이 아니라 직접 화법이었다. 권율 박사는 그 말에서 중요한 단서라도 찾은 양 기뻐하면서 곧바로 말을 받았다.

"그렇습니다! 바로 그거요. 그래야만 이야기가 될 것 같은데, 통 기억의 고리들이 연결되질 않아서요. 잘은 모르지만, 소설은 농짝처럼 아귀가 딱 들어맞아야 하질 않습니까. 그 뭡니까, 구성이라고 하나요. 그러니까 제 말은 선생의 얘기들이 구성이 영 엉망진창인 소설 같다, 이것이지요."

"그렇다면 유전자 감식을 해 보죠. 어차피 시간 낭비겠지만."

뭔가 그럴듯한 해답을 기대한 권율 박사는 실망의 기색을 감추지 않으며 한탄했다.

"거참, 내 말은 그 말이 아닙니다! 물론, 그래요, 부정하진 않겠습니다, 한 여자가 있었습니다. 아주 까마득한 옛날이었고, 가까운 사이였다고 할 수도 있겠죠. 하지만 그 이름이 통 기억나지 않는 걸 어쩌란 말입니까."

대머리 노교수의 넋두리를 참아 낸 뒤 최지욱이 입을 열었다. 사무적이고 딱딱한 어조였다.

"머리카락을 드릴까요, 아니면 피를 뽑을까요?"

여기서 권율 박사는 최지욱과의 소통이 완전히 결렬됐음을 깨닫고 망연자실했다. 최지욱은 긴급 회의를 주도하는 기업 간부가 지시를 내리듯 권위적으로 말했다.

"언제 죽을지 모르니까 서두릅시다."

"하긴 늙은 것들은 언제 죽을지 모르죠."

"너무 서러워할 것 없습니다. 어린 것들, 젊은 것들도 마찬가지니까. 길 가다가 폭탄을 맞을 수도 있는 노릇 아닙니까. 하지만 선생은 여러모로 예외올시다. 제가 선생을 만나고 싶었던 건 선생을 죽이기 위해서였으니까. 선생은 곧 죽을 거요. 선생이 아니더라도 선생 곁의 누군가는 죽을 거요."

권율 박사의 눈앞에서는 또 다시, 유리 탁자와 붉은 홍차와 유리잔이 빙글빙글 돌면서 해체되기 시작했다. 그의 입에서는 파편적인 말들이 흘러나왔다.

"뭐 때문에 나를…… 설마, 설마 돈 때문에……?"

"그 머리는 장식으로 달고 다니십니까? 돈이라뇨? 허허, 사람 무시하시네. 게다가 돈이라면 저도 적잖이 있습니다."

"아, 예, 그거 좋군요."

권율 박사는 이성이 완전히 마비되자 완전히 관성의 법칙에 짓눌려 버렸다. 최지욱은 얼굴을 일그러뜨리며 얄궂은 미소를 지었다.

"저 애의 피아노 연주를 한번 들어 보시겠습니까?"

"아, 예, 그거 좋군요."

"저 애의 바이올린 연주는 어떻습니까?"

"아, 예, 그것도 나쁘지 않겠습니다."

"하하, 이도 저도 다 싫다는 소리군요. 조금 전에 그렇게 구성 타령을 하셨으니 어디 조금이라도 더 극적인 쪽으로 갑시다. 머리카락 대신 피로 하죠."

"아, 예, 그럼 그렇게……."

권율 박사는 말꼬리를 흐리며 자리에서 일어났다. 최지욱은 아까처럼 자기 자리에 가만히 앉아서 떠나는 손님을 배웅했다. 이건 좀 무례한 일이었지만, 권율 박사는 자기 나름대로 '머리카락 대신 피'라는 어구의 의미를 파악하느라 정신이 없었다. 머리카락 대신 피? 젊음 대신 영혼? 거참, 운율이 영 안 맞는군.

최지욱의 집을 나와 붉은 벽돌담 곁을 걷게 됐을 때 권율 박사의 입에서는 혼잣말이 튀어나왔다.

"아, 유전자 감식 얘기였군."

잠시 뒤 권율 박사는 또 웅얼거렸다.

"기필코 친자 확인을 해 보겠다는 심산인데, 친자인 줄은 나도 안다니까 그러네, 거참."

여기까지 와서도 권율 박사는 하루아침에 뚝딱 마흔 살이 넘은 아들이 생긴 사실에 대한 반응, 가령 경악이랄지 감동이랄지 하는 것은 전혀 느껴지지 않았다. 여전히 그는 이 흔해 빠진 스토리에 숭숭 뚫려 있는 구멍을 메워 가느라 정신이 없었다. 여러 정황을 토대로 이성적으로 따져 볼 때 최지욱은 권율 박사 자신과 최소영의 아들이어야 한다. 하지만 이건 어디까지나 유령 같은 사실이다. 도대체, 머릿속의 기억을 아무리 헤집어 봐도 실체를 붙잡을 수가 없는데 어쩌란 말인가. 하긴 실체를 붙잡으면 또 뭘 하겠는가. 그 역시 이미 현재 시간대에는 존재하지 않는 기억의 허상이라면 말이다. 아참, 최소영이란 여자는 아직 살아 있을 거 아닌가? 생각이 여기까지 미쳤을 때 권율 박사는 일부러 좀 먼 곳에 세워 둔 자신의 승용차에 탄 상태였다. 운전을 하는 동안에도 최소영이란 여자를 직접 만나야겠다는 생각뿐이었다.

권율 박사가 대로로 진입했을 무렵, 최지욱은 딸기의 피아노 연주를 듣고 있었다. 「황제」 2악장이 막 끝났다. 딸기를 대하는 최지욱은 앞서 권율 박사와 있을 때와는 사뭇 달랐다. 숫제, 다른 인간이었다.

"역시 그 부분이 너한테는 제일 잘 어울려."

자기 옆으로 다가온 딸기의 머리를 쓰다듬는 것도 잊지 않았다.

"그건 내가 겉보기엔 침침한 어둠에 휩싸인 것 같지만 실제론 해맑고 순수한 아이이기 때문이죠? 그리고 그 해맑고 순수한 모습이 나의 본모습이라고 말하고 싶은 거죠, 아저씨?"

"하하, 그래, 요 녀석. 이제 그만 하산해도 되겠지만, 내년이면 학교에 들어가야지?"

"싫다니까요! 왜 꼭 가야 돼요?"

딸기가 눈알을 굴리며 물었다. 딸기의 새까맣고 동그란 눈과 최지욱의 턱없이 작은 눈이 현격한 대조를 이루었다. 나이와 성별의 차이를 감안한다고 해도 닮음의 쪼가리조차 찾을 수 없는 두 얼굴이었다.

"왜냐하면…… 음, 그래, 다들 여덟 살이 되면 학교를 가거든."

"쳇, 또 사람은 그저 평범하게 사는 게 제일이고 어쩌고 줄줄이 늘어놓으실 거죠? 어쨌거나 학교 같은 덴 갈 필요 없어요. 아저씨가 다 가르쳐 줄 수 있으니까요."

"나는 그렇게 능력 있는 사람이 아니야."

"아저씨는 나 때문에 능력 있는 사람이 될 거예요. 내가 뭔가 배우고 싶으면, 아저씨는 나한테 가르쳐 주기 위해서 나보다 먼저 그걸 배워야 될 테니까."

"어휴, 그래, 요 꼬마야, 뭘 더 배우고 싶냐?"

"총 쏘는 거요."

"거참, 그놈의 「공각기동대」는 이제 그만 좀 봐라."

"헤헤, 그럼 연금술을 가르쳐 줘요."

"「강철의 연금술사」는 뭐 재미있는 만화지. 하지만 연금술 따위는 요즘 세상에선 쓸모가 없어."

"어, 왜요?"

"세상은 그런 연금술이 가능한 판타지가 아니거든. 정 그러면 생명 공학 같은 걸 공부해 보면 어떨까?"

"내가 예, 라고 말하면, 학교에 가야 된다, 라고 할 거죠? 우선 초등학교, 그다음 중학교, 그다음엔 과학고를 간 다음, 대학에 들어가서 생명 공학을 전공하면 된다, 라고요?"

"알았다, 알았어. 그 얘긴 나중에 하자꾸나."

"아저씨, 나 강아지들이랑 놀아도 돼요?"

딸기는 최지욱의 대답도 기다리지 않고 밖으로 뛰어나갔다.

"개를 타고 놀 나이는 지난 것 같은데……."

최지욱은 연기처럼 사라져 버린 딸기의 흔적을 보며 이렇게 웅얼거린 뒤, 겉옷을 걸치고 뒷마당으로 나갔다.

감나무와 키가 작은 관목들, 연못, 돌계단으로 이루어진 비좁은 앞마당과는 달리 건물 뒤쪽에는 넓은 마당이 있었다. 마당 한 귀퉁이에는 소담한 화단도 있었다. 지금은 좀 황량했지만 봄마다 들꽃들이 꽃을 피웠다. 이 화단을 장식한 노루귀, 돌단풍, 꽃다지, 제비꽃, 원추리, 참나리는 모두 근처 산에서 최지욱이 딸기와 함께 호미로 뿌리째 캐 와 심은 것들이었다. 야생화들 곁에는 채송화, 맨드라미, 봉숭아도 있었다. 마당의 옆쪽에는 소를 매 두는 외양간이 있었고(하지만 소는 없었다) 바로 그 옆에는 돼지우리가(정작 돼지는 없었다) 맞은편에는 염소를 위한 안식처가(염소는 물론 있을 리 없었다) 마련되어 있었다. 바로 그 옆에는 토끼장이 있었다. 여기에는 정말로 토끼들이 살고 있었다. 토끼를 돌보는 것은 딸기였다. 마당 한가운데에는 해마다 이 무렵이면 장작과 솔가리가 쌓여 있었다. 그위에는 늘 노란 줄무늬나 검은 얼룩무늬가 있는 고양이들이 앉아 있었다. 이 길 고양이들의 이름은 또 늘 나비였다. 누렁개도 한 마리 있었는데 그 이름은 늘 멍멍이였다. 그 옆에는 칼날이 시퍼렇게 선 작두가 버티고 있었다. 이 마당에 살고 있는 몇 안 되는 생명체들은 해마다 바뀌었다. 토끼와 고양이는 딸기의 몸을 데워 줄 옷이 되었고 누렁개는 뼈다귀 몇 개만을 남긴 채 최지욱의 배 속으로 사라졌다.

"아저씨도 나왔어요? 아저씨가 타면 강아지 등이 부러져 버릴 텐데."

딸기는 깔깔거리면서 개 꼬리를 잡고 흔들었다.

"안 그래도 안 탈 거다. 아저씨는 그냥 바람을 쐬면서 네가 원령 공주 놀이 하는 거나 볼 거야."

최지욱은 정말로 마당을 이리저리 오갔다. 그의 머릿속도 배회 중이었다. 애초에 'PtRe'이라는 카페를 만든 것은 장난질이었다. 권민우를 등장시키는 데 성공하자 비로소 그동안 희미하게 꿈틀거리던 계획이 모양새를 갖추기 시작했다. 하지만 최지욱이 거국적인 폭로와 복수의 순간을 꿈꾸었던 건 아니다. 반대로, 40여 년 만에 이루어진 부자 상봉의 신파적인 감동을 기대한 것도 아니었다. 아무리 그렇기로서니 이토록 썰렁할 수가! 이건 완전히 늙어 빠진 어릿광대, 자신의 역할 놀음에도 충실하지 못한 고장 난 기계인형이다. 이런 작자가 아버지일 리 없다. 그렇다면 권민우도, 이미 죽고 없는 권다희도 모두 아무 상관없는 사람인가. 존재하지도 않는 아비를 향해, 역시나 존재했는지도 의심스러운 복수의 칼날을 휘두를 수는 없는 노릇이다.

최지욱은 자신의 각본에 잉크 방울이 하나 떨어져 시커먼 얼룩이 생기는 모습을 지켜봤다. 반쯤 위협적으로 유전자 감식을 제안하긴 했지만 기억의 실체가 검증되지 않아 고통 받는 건 오히려 최지욱이었다. 그리하여 그는 처음부터 있지도 않았던 기억의 파편들을 짜 맞추고 말소될 것조차 없는 서류 더미를 또다시 뒤지기 시작했다. 그러니까 아무것도 하지 않은 셈이다.

결국 여자는 아이를 낳았다. 거푸집에 넣어 찍어도 이보다 더 똑같은 분신은 만들어 낼 수 없을 만큼 자기를 쏙 빼닮은 얼굴의 사내아이를. 여자는 아이와 함께 자신의 고향으로 돌아갔다. 1년 정도 그곳에 머문 뒤, 여자는 혼자 떠났다. 외가에 홀로 남겨진 아이 앞에 펼쳐진 세계는 앞마당이 전부였다. 그것은 천국과 지옥의 풍경으로서 아이의 기억 속에 아로새겨졌다. 2년 뒤, 다시는 돌아오지 않을 줄 알았던 엄마가 돌아왔다. 엄마는 아이를 데리고 서울로 갔다. 그들은 콘크리트 벽 안의 허름한 단칸방에 세 들어 살았다. 모자의 인생은 구질구질하고 또 추레했다. 지붕이나 벽에서 일확천금이 떨어질 리도 없었고, 초등학교 교육만 간신히 받은 엄마가 하루아침에 고소득 전문직이 될 수도 없었고, 또 외모도 볼품없는 데다가 전직 창녀였던 엄마가 하루아침에 멀쩡한 남자의 아내가 될 수도 없었다. 엄마는 식당 일을 하면서 최소치의 생계비를 벌었다. 아이는 낮에는 옆집 할머니와 함께 있었고 밤에만 엄마를 볼 수 있었다.

여덟 살이 됐을 때 아이는 학교에 다니기 시작했다. 늘 뭔가가 부족했다. 스케치북이 있으면 크레파스가 없고, 연필이 있으면 지우개가 없고, 연필과 지우개가 있으면 공책이 다 떨어졌다. 물질적 부족은 심리적, 정신적 불안으로 바뀌었다. 그 모든 것의 원인이 아비의 부재에 있는 것 같았고 아비의 부재는 세상에 대한 불만을 낳았다. 그런데 불행 중 다행인지, 다행 중 불행인지 아이는 똑똑했고 야망이 컸다. 아이의 야망에 불을 지핀 건 엄마가 어릴 때부터 주입

시켜 준 한마디 말이었으리라. "네 아빠는 의사란다." 아이는 '훌륭한 사람'이 되어서 의사인 아빠를 만나러 가야겠다고 생각했다. 아이가 조금 더 자랐을 무렵, 엄마는 눈이 멀기 시작했다. 열여덟 살이 되었을 때는 숫제 엄마가 죽어 버렸다. 아이의 생각은 좀 더 구체적으로 수정되었다. '훌륭한 사람이 되어 의사인 아빠를 만나긴 만나되 만나서 꼭 복수하자.'라고.

시간이 흘러 준 덕택에 아이는 자라서 어른이 되었다. 그는 건축학을 공부했고 그것이 밥벌이 수단이 됐다. 그 과정에서 밥벌이가 이데올로기나 예술이나 아비 찾기와는 비교도 할 수 없을 만큼 절실한 문제라는 것을 일찌감치 체득했다. 설령 그런 것들이 절실하다면, 그건 밥벌이와 어떤 식으로든 연관되어 있거나 혹은 밥벌이가 완전히 해결되었을 때뿐이다. 그는 오로지 앞만 보고 달렸다. 그결과, 마흔 줄에 들어섰을 때는 제법 여유를 갖게 되었다. 오랜 외국 생활 끝에 귀국을 하면서 지금의 집을 사들였다. 그리고 뒷마당을 어린 시절에 그의 뇌리에 새겨진 그 세계의 모양으로, 새마을 운동이 있기 전 여느 시골집의 풍경으로 꾸몄다.

물질적 여유가 생기자 심리적, 정신적 여유도 생겨났다. 시나브로 권태로움이란 것도 생겨났다. 그 권태로움을 채워 줄 가장 큰 소일거리는 바로 아비 찾기였다. 어쩌면 의사 아빠에 대한 기억이 뼛속 깊이 사무쳤을 수도 있다. 해서, 40여 년간 간직했던 소망이 그실현을 눈앞에 두고 있다, 라고 말할 수도 있을 것이다. 하지만 과연? 최지욱은 이런 식의 신화를 믿지 않았다. 이 역시도 사이버 카페, 사이버 혁명과 같은 것이었다. 이 경우 성공이란 오히려 실패,

즉 자폭의 동의어가 아닐까. 그럼 딸기는 왜 데려온 것일까. 죽은 권다희와 너무 닮아서? 자기와 같은 사생아를 거두어 키움으로써 세상에 복수하기 위해서?

그들은 시카고 갤러리에서 처음 만났다. 하지만 갤러리 안이 아니라 바깥이었다. 그때 최지욱은 산책 삼아 갤러리를 둘러보고 있었다. 정확히, 갤러리 안에 전시된 그림이 아니라 갤러리 안팎의 건축 구조였다. 갤러리 입구, 넓은 계단 끄트머리에 한 계집아이가 보였다. 노란 원피스는 한 달은 족히 빨지 않은 것 같았고, 애 엄마는 어딜 갔는지 손도 얼굴도 때에 절어 새카맸다. 한데 그 조그만 것이 하염없이 세상을, 사람들을 관조하듯 그렇게 마냥 넋을 놓고 앉아 있었던 것이다. 햇빛이 온화하게 내리쬐는 따뜻한 봄날, 오후였다. 최지욱을 보자 아이는 조용히 일어나 한국말로 말을 걸어왔다. "아저씨, 한국 사람이죠?" 곧 다음 말이 나왔다. "여기서 아저씨를 기다렸어요. 아저씨는 내 거니까 아저씨가 나를 데려가요." 이 말보다 더 놀라운 것은 딸기의 얼굴이었다. 햇빛을 받아 반짝반짝 윤이 나는 그 얼굴은 그가 와신상담의 표식처럼 품고 있던 사진 속의 권다희, 그 자체였다. 모든 것이 첫 순간에 결정되었다.

그해 봄 미국에 간 것은 일 때문이었지만, 대부분의 시간을 이 어린 고아를 입양하는 데 보냈다. 분명히 그때만 해도 확고한 목적이 있었을 것이다. 하지만 언제부터인가 딸기는 권다희의 살아 있는 유령이 아니라 그냥 딸기가 되었다. 이제는 딸기 없는 삶은 상상조차 할 수 없었다. 사이버 카페가 몸을 얻자마자 최지욱의 의지와는 무관하게 굴러가는 것과는 전혀 달리, 딸기는 자연의 법칙에 따라

무럭무럭 자라고 있었다. 어떻든 최지욱은 원칙의 와해를 목도하는 중이었다.

"아저씨!"

딸기가 쪼르르 달려왔다.

"오늘은 장작 안 패요?"

"그게 보통 일인 줄 아냐? 몸도 힘들고 바빠서 안 되겠는걸."

최지욱은 조그맣고 평평한 돌멩이 위에 엉덩이를 붙이고 있다가 그만 일어났다.

"쳇, 바쁘긴! 그 할아버지 때문에 맘이 상했죠?"

딸기가 멍멍이 꼬리를 만지면서 물었다. 뭐가 그리 고소한지 심술궂은 웃음을 흘리며 연신 방실댔다.

"왜, 그래 보여? 딸기 넌 그 할아버지가 어때?"

"마음에 안 들어요. 바보같이 생겼잖아요. 냄새도 고약해요. 바싹 마른 음식이 새침 떨면서 저 혼자 썩어 갈 때 나는 퀴퀴한 냄새 있잖아요?"

"노인 냄새?"

"뭐 그런 거요. 그래도 민우 아저씨는 좋아요."

"음…… 민우는 왜 좋아?"

"왜는 왜예요? 은근히 섹시하게 생겼잖아요, 헤헤."

딸기는 얼굴을 붉히며 멀리로 달아나 버렸다. 멍멍이는 물론, 앞마당을 지키던 덩치 큰 개들도 우르르 딸기의 뒤를 따라 달려갔다. 최지욱은 사무실로 향했다. 그 와중에도 고민은 계속됐다. 이미 호랑이 자명종을 넘긴 이상, 사건의 추이를 지켜볼 수밖에 없다. 아니다, '취소' 버튼은 언제든지 누를 수 있다. 실제로, 권율 박사가 그날 저녁 전화만 걸지 않았어도, 그리하여 오래전에 죽은 어머니의 유령을 살려 내지만 않았어도 정말 그렇게 했을지 모른다.

"야, 권민우, 그 피아노 한번 멋지더라."

민우를 맞이하는 강 주임의 첫마디였다.

"큰 짐 하나 덜어 주신 거예요. 치는 사람도 없는데 자리는 또 어찌나 많이 차지하는지."

민우의 말에 강 주임은 더 멋쩍어졌는지 민우의 어깨를 툭 치며 화제를 바꾸었다.

"처음도 아닌데 뭘 그리 둘러보고 그래? 여기 해산물이 얼마나 싼 줄 알아? 서울에선 꿈도 못 꾸는 가격이라고."

이렇게 말하며 돌아서는 강 주임을 따라 민우도 바삐 걸음을 옮겼다. 강 주임의 허리가 오른쪽으로 살짝 돌아간 것이 보였다. 괜히 마음이 우울해졌다. 강 주임을 돕기 위해 하남에 온 게 서너 번은 족히 됐다. 원래 KC현의 본사는 용산에 있고 이곳은 최근에 만든 지사였다. 하지만 말이 지사이지, 허허벌판에 컨테이너 형태의 가건물을, 그야말로 거대한 철통 한 대를 우두커니 세워 놓은 것이 전부였다.

민우는 면장갑을 끼고서 상자들을 나르고 또 쌓았다. 온몸이 땀으로 흠뻑 젖었을 때는 머릿속에 호랑이 자명종도, 카키색 바바리코트의 대머리도, 또 다른 카키색 바바리코트와 검은색 가죽 재킷의 만남도 남아 있지 않았다. 일을 끝내고 사람들과 함께 모닥불 주위에 빙 둘러앉아 짬뽕을 먹을 때도 그랬다. 하지만 땀이 다 마르고 몸에 한기마저 조금씩 느껴지자 또다시 심란해졌다. 강 주임의 뒤틀린 허리 때문에 마음 한구석이 저리기도 했다.

강 주임은 배웅차 버스 정류장까지 민우를 따라왔는데 그 나름대로 궁금한 것이 있기도 했다. 강 주임이 인터넷 접속을 하는 건 일주일에 한 번 정도였다. 주로 일요일이었고 그나마도 한 시간을 넘기지 않았지만, 그것이 그에게는 유일한 일탈의 시간이었다. 카페의 공지를 통해 그는 조만간 '오프라인'에서 어떤 일이 진짜로 실행될 것임을 짐작했다.

"날씨도 추운데 힘 좀 썼지? 그래도 더운 것보다야 낫잖아, 안 그래?"

"당연하죠. 게다가 요즘은 몸을 워낙 안 써서……. 추운데 그만 들어가세요. 조금이라도 쉬셔야죠."

"그래, 그래."

그러면서도 강 주임은 자리를 뜰 생각을 안 했다. 그렇게 두 사람은 허허벌판, 길 한쪽에 서 있었다.

"저어기 말이야……."

민우는 조용히 강 주임의 말을, 아마도 질문을 기다렸다.

"저어기 그거…… 혹시 네가 맡은 거냐?"

"예."

민우는 버스가 오는 쪽을 바라보며 짧게 말했다. 대낮이라 햇빛이 따뜻했지만 황야나 다름없는 곳이라 공기는 상당히 쌀쌀했다. 민우는 점퍼 깃을 세웠다. 강 주임은 잠시 뜸을 들이다가 다시 입을 열었다.

"정확히 뭘 어떻게 하라는 거지?"

"나도 아직은 잘 몰라요."

민우는 고개를 돌려 강 주임의 얼굴을 바라보았다. 기대와 초조에 찬 얼굴이었다.

"정말이에요. 전날 밤이나 당일 아침에 전화를 주겠다고 했는데, 그게 다예요."

민우는 강 주임의 눈을 똑바로 쳐다보면서 거짓말이 아니라는 것을 기필코 믿게 하겠다는 듯 힘주어 말했다.

"야, 권민우, 무섭지는 않냐?"

"뭐가 무서워야 되는데요?"

이렇게 묻는 민우의 어조는 필요 이상으로 도전적이었다.

"아니, 내 말은……. 그러니까 아무래도 이게 애들 장난 같다는 생각이 들어서 말이야."

"왜 그런 생각이 드셨을까요?"

"뭐 그냥……. 오늘은 철수 씨도 안 데려오고……."

"그 형도 요즘 바빠요."

"그래? 어쨌거나 요즘은 이래저래 생각이 많아……. 원래는 반년만 여기 있으면 다시 본사로 가게 될 거라고 했는데, 그런 식으로 미룬 지 1년이 다 돼 가. 뭐 잘리지는 않겠지만……. 어휴, 인생 꼬인다, 꼬여. 통장만 마이너스가 아니야, 인생 자체가 마이너스라니까. 안 그래도 삼재라서 찜찜한데 말이야."

"삼재? 그게 뭐예요?"

"어, 몰라? 옛날 사람들은 많이 따지는 건데, 거 뭐랄까, 하여간 삼재 때는 몸을 사려야 되거든. 뭐, 들삼재와 날삼재는 좀 다르지만. 그런데 민우야……, 카페에서 말하는 그거 말이야, 그런 게 진짜로 가능하긴 할까? 혁명이니 평등이니 하는 것이 정말로…… 그러니까 나 같은 일자무식들은 원래 속물이라서 말이야…… 내 말은 그게 진짜로 무슨…… 야, 권민우, 버스 온다. 오늘 수고했어!"

강 주임은 결국 말을 다 끝내지 못한 채로, 아니, 하고 싶었던 말을 아예 꺼내지 못한 채로 돌아섰다. 손도 한 번 흔들어 주었지만 그건 꼭 머릿속에서 맴도는 자신의 생각을 내쫓기 위한 것인 듯했다.

"다 잘될 테니까 걱정하지 마세요, 강 주임님!"

민우는 강 주임의 등 뒤에 대고 거의 악을 쓰듯 소리치곤 서둘러 버스에 올랐다. 강 주임은 가던 걸음을 멈추고 또 한 번 손을 흔들어 주었다. 애써 밝은 표정을 짓는 모습에 민우는 더 우울해졌다.

창가에 앉은 뒤에도 민우는 오랫동안 강 주임을, 그가 던진 마지막 말을 생각했다. 어쩌면 모두 다 속고 있는지도 모른다. 하지만 더 중요한 것은 이 속임수의 주체가 딸기나 마스터 같은 누군가 혹은 뭔가가 아니라, 바로 자기 자신들이라는 점이다. 이런 속임수를 만든 데에는 다들 자기만의 이유가 있을 거다. 그걸 아무리 포장한들 자기 안의 속물스러움은 어찌할 수 없다. 속물? 어찌 강 주임만 속물이랴. 한데 강 주임은 어쩌다 이 따위 유령 카페에다 발을 들여놓은 것일까. 그럼, 나, 나는? 이런 물음을 던지는 민우의 시선은 창밖을 향해 있었다. 완만한 속도로 지나가는 건물들 사이로 또 다시 호랑이 자명종이 나타났다. 동시에, 한 여인이 카키색 트렌치코트를 바람에 휘날리며 걸음을 옮겼고 검은색 가죽 재킷을 입은, 비썩 마른 한 남자가 옆얼굴을 보이며 담배를 피우고 있었다. 철수 형이 왜, 대체 왜? 민우는 핸드폰을 꺼내서 철수의 전화번호를 찾았다. 하지만 통화 버튼을 누를 수는 없었다. 그렇게 핸드폰을 만지작대다가 민우는 무심결에 엉뚱한 번호를 눌렀다.

"웬일이에요?"
저쪽에서 민우를 발견하고 막 달려온 정현이 웃으며 말했다.
"뭐가?"
"나한테 직접 전화를 다 하고."
"보고 싶어서 그랬다면 믿을래?"
무심결에 튀어나온 말에 민우 자신이 더 놀랐다. 어느새 이런 매뉴얼을 익힌 거야, 나야말로 제대로 속물인걸.
"어쭈, 오늘 정말 웬일이에요? 어디, 전에 그 카페 갈까요?"
"그러든지."
"컨테이너 님한테서 바로 오는 길이에요?"

"어."

대답을 하면서 민우는 어제 정현에게 했던 거짓말을 생각했다. 요즘에는 엄마조차 민우의 일과를 잊어버리기 일쑤인데, 이런 사소한 걸 기억해 주는 사람이 하나쯤 있다는 건 썩 나쁘지 않은 일이다.

"그래서 옷이 그 모양이었네요."

그러고 보니 청바지 곳곳에 상자에 긁힌 자국이 남아 있고 흙먼지 따위가 묻어 있었다. 버스를 타고 올 때부터 자꾸만 재채기가 나오더니, 또 느닷없이 재채기가 나왔다. 정현이 티슈를 건네주었다. 침과 콧물에 시커먼 분진이 섞여 나왔다.

"당장 손부터 씻어야겠다."

"우선 이걸로 좀 닦아 봐요."

정현은 이번에는 휴대용 물 티슈를 꺼내 주었다. 두 손을 닦자 몇 장의 티슈가 시커멓게 변했다.

"본사에는 샤워장도 딸려 있는데, 이쪽은 지사라서 완전히 엉망이야."

"뭐가 그리 재미있는 일이라고 이렇게 자주 다녀요? 원래 군대 대신 간 거인 데다 공익이었다면서요? 전공 살려서 어디 좀 괜찮은 회사를 가지, 뭐하러 그런 델 갔대요?"

"그게 뭐, 그때는 인생의 경험을 쌓고 노동의 기쁨을 몸소 체험해 보고 등등, 뭐 이런 거 있잖아?"

민우는 이렇게 떠벌리면서도 자신의 말들에 욕지기가 치밀어 올랐다. 이것도 매뉴얼대로인가.

"어라, 오빠가 무슨 386세대예요? 기왕이면 노동자들을 의식화

시키고 어쩌고 해 보지 그래요?"

정현은 갑자기 성질을 버럭 냈다.

"야, 너 앙탈 부리니까 진짜 여자처럼 보인다."

"뭐예요, 농담이나 하고. 할 일 없으면 내일 오페라 보러 가요."

"또 그 얘기야?"

두 사람은 카페 안으로 들어가 창가에 자리를 잡았다.

"보아하니 공부는 아예 접었고 달리 하는 일도 없는 것 같은데."

정현이 웃으면서 살짝 빈정댔다. 민우도 피식 웃었다.

"시간이 남아도는 건 맞지만 하는 일이 없는 건 아니야."

"도대체 뭐가 어떻게 돼 가는 거예요? 말 좀 해 봐요."

"뭐 말이야?"

"그 우스꽝스러운 카페 말이에요. 레몬 차 두 잔 주세요."

옆으로 다가온 웨이터에게 정현이 말했다.

"왜 네 마음대로 시키고 그러냐?"

"여기 레몬 차 맛있더라고요. 그냥 마셔요."

웨이터가 사라졌다. 정현은 민우가 자초지종을 설명해 주기를 기다렸지만 민우는 아무래도 손을 씻어야겠다며 자리를 비웠다. 다시 돌아오자 정현은 손을 한 번 보여 달라고 했다. 민우는 자리에 앉으면서 손등을 내밀었다.

"깨끗하지?"

"손바닥도."

민우는 손을 뒤집었다. 정현은 두 손을 뻗어 민우의 손끝을 잡은 채 손바닥을 들여다보았다.

"이런 손금은 처음 봐요."

"손금 볼 줄 알아?"

"아뇨. 하지만 이렇게 선 하나가 손바닥을 가로지르는 경우는 드물잖아요? 어, 두 손이 전부 그러네."

"이런 걸 보고 막손금이라고 하더라고. 어릴 땐 내가 천재가 될 줄 알았어, 하하. 내 동생도 그랬고."

"동생이 있었어요? 오늘 처음 알았네."

"죽었어."

"아……."

정현은 잠깐 주춤했다가 다시 원래의 화제로 돌아갔다.

"그래서 이 카페는 뭐냐고요?"

"별거 없다는 건 네가 더 잘 알잖아? 낚시 카페, 고양이 카페 같은 것과 전혀 다르지 않아."

"하지만 낚시 카페 사람들은 오프라인에서 낚시를 가고 고양이 카페 사람들은 고양이를 분양하죠. 이 카페 사람들은 뭘 해요? 낫과 망치를 들고 사원이나 성상을 부수러 다니나요, 예?"

"그러게, 아무래도 나한테 뭘 부수라고 할 것 같아."

"그게 컨테이너 님이랑은 무슨 상관이래요?"

"그냥 도와주러 간 거라니까."

"왜요?"

"안쓰럽잖아."

민우의 입에서 무심코 이런 말이 튀어나왔다. 왜, 왜 이런 말이! 값싼 동정은 금물이란 말이다! 민우는 괜히 얼굴이 화끈 달아올라,

저도 모르게 고개가 숙여졌다.

"안쓰럽다, 라. 웃기지도 않아, 정말. 그렇게 안쓰럽다고 오빠가
저 사람들 인생 대신 살아 줄 거예요? 명분이 좋아서 일을 도와주
는 거지, 사실은 그러면서 그냥 바람 한번 쐬는 거잖아요? 그건 애
들이 스키장이나 골프장 가는 것과 하나도 다를 바 없어요. 안쓰럽
긴 뭐가 안쓰러워요? 저 사람들이 거지예요? 저 사람들을 안쓰러
워하는 오빠야말로 정말 야비한 인간이에요. 오빠가 지금 하는 짓
은 옛날에 대학생들이 농활 다니던 거랑 똑같아요. 농번기에 일손
이 돼 준다고요? 웃기지 좀 말라 그래요. 소풍 가는 기분으로 잠시
시골에 놀러 가는 거죠. 그런 이타주의는 딱 질색이야, 정말."

민우는 정현의 말을 부정할 수 없었다. 딱히 덧붙일 말도 없었다.

"뭔지는 모르지만, 거절해 버려요."

"그래. 뭔가를 지시, 아니, 명령하면 그때 가서. 정현아, 우리 저
녁 먹을래?"

"어쭈, 정말 오늘 뭐 잘못 먹었어요?"

"왜? 저녁 먹자고 해서?"

"아뇨. 내 이름을 불러서요. 처음이에요."

"아, 그랬었나."

민우는 겸연쩍은 듯 웃으면서 계산서를 들고 일어났다.

"차 값도 내는 거예요? 그럼 저녁은 내가 사는 거였어요?"

"아니, 아니. 차도, 밥도 전부 오페라 티켓 값이야. 그런 데 안 간
지 꽤 오래됐네. 고등학교 때까지는 부모님과 더러 갔었는데."

"어머, 오페라도 보러 가는 거예요?"

민우는 정현을 보면서 고개를 끄덕였다. 정현의 웃음이 조금은 예뻐 보였다.

카페 밖을 나왔을 때 정현은 민우의 팔짱을 꼈다.

"정현이 네 말이 맞아."

경사가 그다지 급하지 않은 비탈길을 내려가며 민우가 나지막하게 말했다. 바람이 불어와, 정현의 긴 생머리가 이마와 눈을 살짝 가렸다. 정현은 손을 들어 머리카락을 쓸어내리며 조용히, 차분하게 말했다.

"사람은 평등하지 않아요. 전에도 말했지만 왕후장상의 씨는 따로 있는 거, 맞아요. 옛날엔 그나마 시간 앞에선, 그러니까 죽음 앞에선 모든 사람들이 평등할 거라고 생각했어요. 하지만 이젠 그렇게 생각하지 않아요. 사람마다 시간을 먹는 속도도 달라요."

정현은 민우의 팔에 포개진 자신의 팔에 더 힘을 주었다.

부부만 단둘이 앉은 저녁 식탁은 허했다. 수저 소리와 음식물 씹는 소리 사이로 간간히 말들이 오갔다.

"민우 그 녀석, 요즘 연애하나?"

연애를 하는 건 나예요, 라고 윤희는 말하고 싶었다. 하지만 입밖으로는 전혀 다른 소리가 나왔다.

"얘도 그럴 나이가 됐잖아요. 아니, 지났죠."

또 침묵의 시간이 이어졌다. 그나마도 길지는 않았다. 식사가 끝나자마자 권율 박사는 서재에 틀어박혔다. 뇌의 유희가 펼쳐졌다. 간혹 최지욱의 재수 없을 만큼 작은 두 눈이 떠올랐다. 그 눈에 어리는 불길한 미소도 권율 박사를 떠나지 않았다. 덩달아, 그 옆에 파수꾼처럼 서 있던 잔망스러운 계집애의 얼굴이 되살아났다. 어쩜, 닮아도 그렇게 닮은 걸까. 하지만 우리 다희는 그렇게 잔망스럽진 않았어, 암, 그렇고말고. 여기까지 오자 어김없이 최소영이라는 이름 석 자가 권율 박사의 눈앞에서 부유했다. 하지만 그 이름은 뇌의 유희를 채우는 자유분방한, 아니, 방종한 문자들과 별반 다르지 않았다. 그 때문에 그는 마음이 조금은 편해졌다.

반면, 윤희는 남편이 서재로 들어간 뒤에도 몸의 허함을 어찌하지 못해 괴로웠다. 이제는 숫제 짜증이 나려 했다. 내가 왜 이 사람과 같이 시간을 보내야 하는가. 왜 이 사람과 같은 공간을 공유해야 하는가. 1년째 철수를 만나고 있지만 어제는 뭔가 달랐다.(이 '달랐다'는 느낌이 계속 만남을 추동해 온 거다.) 뭐가 달랐을까? 어쨌거나 사랑은 윤희의 몸 곳곳에 생생한 여운을 남겨 놓았다. 윤희는 그 여운을 애써 붙든 채 그리움과 외로움을 견뎌 내고 있었다. 그래, 내일이라도 다시 만날 수 있다. 하지만 애써 사람들의 시선을 의식하지 않는 척하면서 호텔로 숨어드는 건 이제 넌덜머리가 난다. 정사가 끝나면 찾아드는 밑도 끝도 없는, 가슴 시린 허함도 이젠 정말 싫다. 거의 20년 만에 찾아온 이 열정이 한낱 천박한 육욕에 불과하다는 자책감이 드는 것도 싫다. 대체 뭐가 나쁘단 말인가. 누가 나한테, 이 장윤희한테 천한 년이라고 욕할 수 있단 말인가, 나 자신이 아니라면?

윤희는 심지어 권율 박사와의 사랑의 역사를 다시 쓰기에 이르렀다. 애초부터 그를 향한 사랑은 존경의 감정을 혼돈한 것에 지나지 않았고 지난 25년간 자신은 우수에 젖어 살아왔다는 것이다. 생각의 고리들이 터무니없이 뒤엉켰다. 저 양반한테 반하다니 눈에 뭐가 씌었던 거야. 피아노라도 있으면 좋으련만. 냄새가 독해진 건 확실히 최근 일이야. 뜨개질은 왜 그만둔 걸까. 하긴 좀 있으면 전철도 공짜로 탈 텐데 노인은 노인이지. 화분이라도 몇 개 더 사들일까. 설거지도, 빨래도, 청소도 모두 끝내고 나니 시간이 어마어마한 폭력처럼 느껴졌다. 철수와 함께 있을 때면 의식할 수도 없을 만큼 빠른 속도로 지나가 버리는 시간이 이 집에만 들어오면 엿가락처럼, 톨스토이와 토마스 만의 장편소설처럼 질질 늘어지면서 좀처럼 종말을 고할 생각을 안 했다. 윤희는 시선을 탁자 위로 옮겼다. 그러고는 읽다 만 책을 습관적으로 집어 들었다.

한 시간쯤 지났을까, 초인종 소리가 들렸다. 윤희는 보던 책을 엎어 놓고 자리에서 일어나 문을 열었다. 한데 있다가 안으로 들어선 아들의 얼굴은 발갛게 상기되어 있었다. 아들을 보니 갑자기 마음이 달떴다.

"생각보다 빨리 왔네. 또 술 마셨어?"

"맥주 한잔 했어요."

아들은 신발을 벗고 곧장 제 방으로 걸어갔지만, 도중에 잠깐 걸음을 멈추었다.

"『몬테크리스토 백작』? 엄마가 이런 싸구려 소설도 봐요?"

"싸구려? 작가가 힘들게 써 놓은 작품을 두고 무슨 말을 그리 막하니. 대중소설도 잘만 쓰면 고전이 되는 법이야. 에드몽의 복수극은 언제 봐도 통쾌하거든. 현실에서야 이런 일이 있겠어, 어디? 하지만 그게 또 매력이지, 뭐."

"이래도 못 알아보겠나? 나는 에드몽 단테스다! 목소리만 듣고도 당신인 줄 알았어요, 에드몽!"

민우는 언뜻 머릿속을 스쳐 지나가는 대사를 마구 읊조렸다. 연극배우처럼 팔을 크게 휘저으며 가발을 벗는 시늉을 하기도 하고 또 연약한 여자처럼 두 손을 모아 쥐고 고개를 앞으로 살짝 쳐들기도 하면서.

"그게 뭐냐, 싱겁게. 이 엄마한테 뭘 좀 읊어 주려면 『파우스트』 같은 걸로 해라."

"순간이여, 멈추어라, 너 정말로 아름답구나! 이제 됐어요?"

민우는 쿡쿡거리면서 방으로 들어갔다. 방문이 닫혔다.

윤희는 샤워를 한 뒤 얼굴에 크림을 잔뜩 바르고 침대에 누웠다. 구태여 옆에 철수가 없어도, 이렇게 계속 혼자만 있어도 그래도 견딜 수 있으리라. 그러나 얼마 안 있으면 남편이 들어올 것이다. 생각만 해도 구역질이 났다. 혼자 있는 것조차도 허락되지 않다니! 윤희는 갑자기 분개했다. 그러고 보니 지금껏 자기만의 방이 없었던 것이다! 윤희는 남편이 없는 이 시간을 애지중지하며 침대에 누웠다가 화장대 앞에 앉았다가를 반복하다가 결국 잠을 청해 볼 생각으로 완전히 드러누웠다.

자정이 가까워졌을 때 남편이 들어왔다. 윤희는 신경이 곤두섰다. 남편이 침실 안의 욕실로 들어가자 그래도 좀 편해졌지만 침대 곁으로 왔을 때는 그의 모든 것이 다 미웠다. 저 사람의 귀는 왜 저

모양일까? 귓불은 왜 저리 두툼한 걸까? 눈 밑의 저 시커먼 주름은
또 어떻고. 영락없이 늙어 빠진 너구리 같아. 저 반들반들한 머리
며, 허연 머리카락이며, 아, 딱 싫다. 차라리 불을 꺼 둘걸. 윤희는
눈을 더 꼭 감았다.

"자고 있었어?"

"보면 몰라요? 불이나 좀 꺼 줘요."

남편은 벽에 붙어 있는 스위치를 내리고 침대로 올라왔다. 남편
의 체중으로 침대 한쪽이 출렁거리자, 윤희는 거의 무의식적으로
몸을 움찔했다. 부부 관계는 없어진 지 오래지만 그래도 윤희는 남
편 옆에서 잠드는 데 익숙했다. 어쩌다 남편이 출장 때문에 집을 비
운 날에는 혼자 잠드는 것이 영 생경한 날들도 있었다. 하지만 지금
은 이 인간의 몸을 견뎌 내기가 너무 힘들었다. 남편이 침대에 누워
하릴없이 헛소리를 지껄일 때는 귀를 틀어막고 싶었다. 소리보다 더
괴로운 것은 체취였다. 남편이 입을 열면, 아무리 돌아누워도 그의
체취가 공기 중으로 강하게 뿜어져 나왔다. 바로 그 괴로운 일이 또
시작되었다.

"지난 월요일에 말이야……."

윤희는 잠자코 있었다. 딱히 구취나 액취도 아닌, 정확히 어디서
나는지도 알 수 없는 혐오스러운 냄새가 방 안을 채웠다.

"자?"

"왜요?"

윤희는 돌아누운 채로 짧게 대답했다. 그냥 자는 척하지 않은 것
은 지난 월요일에 철수와 만났던 일을 남편이 알고 있거나 심지어

먼저 그 얘기를 꺼내 주면 차라리 속 시원하겠다는 생각이 들어서였다.

"지난 월요일에 누구를 만났어. 그런데…… 말하자면 각본은 이미 다 짜여 있는데 뭔가 하찮은 것이 떠오르지 않아서 기억의 고리를 다 맞출 수가 없다면 어떡해야 될까?"

"기억해야 된다는 생각 자체를 잊어버려요."

윤희는 건성으로 대답한 뒤 이를 악물었다. 체취, 아, 이 남자의 체취! 어둠 속이라 체취가 유난히 더 강하게 느껴졌다. 치약과 비누 냄새마저도 역겨웠다. 동시에, 불을 끄기 직전에 보았던 남편의 얼굴이 하나하나 떠올랐다. 아까는 무심코 지나친 남편의 후줄근한 몸도 떠올랐다. 등이 굽어 그야말로 노인처럼 보이는 쇠꼬챙이 같은 몸, 면 트레이너로 가려져서 주름과 핏줄 따위는 보이지 않지만 손으로 톡 치면 금세 바스러질 것처럼 부실한 다리, 러닝셔츠 바깥으로 보이는 주름투성이, 검버섯투성이 팔…….

"맞아, 당신은 언제나 단순 명료하고 경쾌했어."

권율 박사는 윤희 쪽으로 몸을 돌려 어깨에 손을 얹었다.

"좀 돌아누워 봐."

"어서 자요. 피곤할 텐데."

윤희는 여전히 벽 쪽에 몸을 바싹 붙인 채 말했다. 최악이다, 이건 정말 최악이야. 철수를 만난 이후 늘 남편이 이렇게 미운 건 아니었다. 오히려 죄책감 때문이든 아니면 그냥 연민 때문이든 여하간 최소한 얼굴 정도는 마주 볼 수 있었고 뺨을 한 번쯤 만져 줄 정도의 여유는 있었다. 하지만 오늘은, 오늘은 정말 싫다. 왜 이 남자가 내 몸에 손을 댄단 말인가. 하지만 '최악'이란 말은 그 사전적 의미도 잊은 채 더 고약한 단계로 나아갔다. 남편이 윤희의 어깨에 얹은 손을 내리는가 싶더니, 손을 더 멀리 뻗으며 뒤에서 윤희를 안은 것이다. 남편의 손이 자신의 배 언저리에 닿자, 윤희는 눈살을 찌푸렸다. 이러다 말겠지. 윤희는 얼마간을 기다렸다. 하지만 남편은 몸을 점점 더 밀착시켜 왔다. 하체를 벽 쪽에 바싹 붙였음에도 둔부 뒤에와 닿는 남편의 성기가 느껴졌다. 남편이 육체적으로 흥분해 있다는 사실에 구토가 날 것 같았다. 아, 정말 싫다! 순간, 훤히 벗겨진 대머리 옆으로 축 늘어져 있는 새하얀 머리카락들이 떠올랐다. 이 인간의 음모도 이젠 하얗게 변했을까. 그 모양새도 잘 기억나지 않는 남편의 성기가 희뿌옇게 그려졌다. 지나치게 오래 삶은 번데기마냥 쭈글쭈글하고 볼품없이 늘어졌을 그곳이.

"피곤해요, 좀!"

급기야 윤희는 남편의 품에서 벗어나려고 애썼다. 하지만 남편은 더 거세게 윤희를 껴안았다.

"너무 늙어서 미안해."

남편의 입에서 이런 말이 튀어나왔다. 윤희는 남편의 몸을 밀치며 소리를 질렀다.

"피곤하다는 말 몰라요? 피곤해서 자고 싶단 말이에요!"

희끄무레한 어둠 사이로 남편의 표정이 어렴풋이 보였다. 윤희가 화를 내면 늘 그랬듯, 어리벙벙하게 찌그러지는, 그러면서도 슬픈 표정이었다.

"당신만 늙은 줄 알아요? 나는 아직도 이팔청춘인 줄 아느냐고요, 예? 나도 이렇게 폭삭 늙어 버린 내가 너무 싫단 말이에요! 도무지 동화도 아니고, 어떻게 이렇게 한순간에 폭삭 늙어 버릴 수가 있어요!"

윤희는 침대에서 일어나 거실로 나갔다. 민우의 방에서 무슨 말소리가 들려왔다. 전화 통화를 하는 것이 아니라 칸트를 데리고 소꿉놀이하듯 혼자 떠들어 대는 것이었다. 저놈도 아비를 닮아 정신병자 같은 데가 있어. 이런 생각을 하면서 윤희는 커피를 한 잔 탔다. 그러고는 아까 보던 책을 다시 폈다.

방으로 들어선 민우는 칸트부터 찾았다.

"요 녀석!"

칸트는 책상 밑 구석에 웅크리고 자고 있었다. 민우가 칸트를 들어 올리자 칸트는 언제 잠을 잤느냐는 듯 민우의 얼굴에다 몸을 부비기 시작했다. 민우는 칸트를 안은 채 꽁치 통조림을 꺼냈다. 비닐봉지에 담아서 창턱에 살짝 얹은 뒤 봉지의 끄트머리를 방 쪽으로 내리고 창문을 닫아 보관해 둔 것이었다.

"야, 칸트, 엄마는 아빠가 좋을까? 너 같으면 어떨 거 같아? 너도 여자잖아?"

민우는 칸트 옆에 앉아 중얼댔다. 칸트는 꽁치를 먹느라 여념이 없었다. 그동안 민우는 거실 냉장고에서 우유를 꺼내 와 먹이통에 부어 주고는 방바닥에 앉아 칸트의 등을 쓰다듬었다.

"젠장, 저놈의 자명종은 생긴 게 저게 뭐야? 칸트, 안 그래? 영 재수 없게 생겼다니까. 도대체 어쩌다가 여기까지 오게 된 걸까, 응?"

반년쯤 전 좀 색다른 메일이 한 통 왔었다. 대출 상담도 아니었고 '오빠 오늘 밤'도 아니었다. 민우는 반신반의하면서도 별 심각한 고민없이 메일을 열었다.

[프롤레타리아 혁명이 소비에트 연합의 해체와 더불어 끝나 버렸다고 생각하십니까? 당신의 가슴속에 세계 변혁을 위한 꿈이 조금이라도 남아 있다면, 영구 혁명을 꿈꾸는 몽상가들의 모임에 가입하십시오. 만국의 프롤레타리아여 단결하라.]

말하자면 그것이 카페 소개문이었다. 그 밑으로 명제적 성격을 띤 조항들이 쭉 이어졌다. 각 조항마다 '동의하십니까?'라는 말이 붙어 있었고 '예', '아니오' 란에 체크를 하게끔 되어 있었다. 민우는 습관적으로 '예'를 클릭했다. 마지막 조항은 '유사시 카페의 마스터가 내릴 지령을 반드시 이행한다.'였다. 뭐, 신체 포기 각서도 아니잖은가. 게다가 이건 아무도 읽지 않는 사회과학 서적에 대해 이러쿵저러쿵 수다를 떠는 사이버 카페일 뿐이다. 민우는 별생각 없이 이번에도 '예'를 클릭했다.

문제의 메일이 배달된 건 한 달쯤 전이었다. 그 내용인즉, 카페 개설 1주년 행사를 좀 더 멋지게 치르기 위해 폭탄을 만들라는 것이었다. 민우는 그걸 순전히 농담으로 받아들였다. 꽃벌이나 잠자리, 메뚜기의 생태를 공부하는 사람한테 폭탄을 만들라니. 더욱이, 화염병 같은 것이라도 만들어 보기는커녕 숫제 본 적도 없는 03학번 대학생한테! 더욱이, 딸기 같은 소녀를 앞잡이로 내세워서! 워낙 그랬기 때문에 민우는 반쯤은 놀이 삼아 이 희극에 동참했고, 칸트의 털을 그스는 불상사를 치름으로써 그 대가를 치렀다. 다들 이 비슷한 일을 하고 있겠지. 흡사 옛날에 엠티를 떠날 때 누구는 김치를, 누구는 고추장을, 누구는 상추를 준비하는 것처럼 말이다. 정말 놀이는 이제야 시작인 걸까? 아니면 벌써 끝나 버린 걸까? 아, 저놈의 호랑이 자명종! 대체 딸기는 언제쯤 전화를 하는 거야, 젠장.

                        .

민우는 벌떡 일어나 카페에 접속했다. 거의 일주일 만이었다. 우유를 다 마신 칸트가 민우의 무릎 위로 기어 올라왔다. 배가 가득 차자 녀석은 아주 작정을 하고서 곤한 잠에 빠져들었다. 민우는 왼손으로 칸트의 털을 쓰다듬으면서 오른손으로 마우스를 움직였다. 지금까지 매주 두세 편의 장문을 꼬박꼬박 올려 온 '몽상가'는 웬일인지 어디론가 잠적해 버렸다. 그렇지만 카페의 주된 논객인 '암굴왕', '텐마', '갓츠', '소조', '케이건드라카', '로쟈', '푸른괭이', '엡실론', '게드', '글러터니' 등은 여전히 활발하게 글을 올렸다. '트로츠키의 영구 혁명론의 실천적 가능성', 『공산당 선언』, 아직도 유효한가', 『다한사』, 『청한사』는 어디로 갔나?', '스탈린과 관료주의', '괴물 철학자 지젝의 최근 인터뷰', '다시 읽는 『독고종』과 『독이데』' 등의 제목이 눈에 들어왔다. 민우는 그걸 일일이 다 클릭해서 모범생이 기말고사 준비하듯 주의 깊게 읽어 나갔다. 덕택에 한 시간 이상은 거뜬히 때울 수 있었다. 그즈음에서 칸트가 꿈틀거리면서 기지개를 켰다. 민우는 칸트를 안아 올리는 김에 결국, 주초에 올라온 새 공지 사항을 클릭했다.

    [2007년 11월 7일 자정, 세계 최초의 사회주의 혁명 90주년을 맞이하여 조촐한 행사를 치르기로…… 행사 준비는 차근차근 진행되

고 있으며…… 참여를 원하시는 분들께서는 딸기 님에게…… 물론 상기 일정은 여러분의 의견을 반영하여 수정될 수 있으며 심지어 취소될 수도…… 댓글을 다실 때는…….]

맨 아래에는 딸기의 핸드폰 번호가 적혀 있었다. 어차피 딸기, 즉 마스터는 아무도 행사에 참여하지 않을 것임을 알고 있었을 것이다. 주말도 아닌 주중, 그것도 자정에 카페 정기 모임에 올 사람이 누가 있겠는가. 아무래도 이 모든 것이 오직 민우 한 사람만을 겨냥한 것처럼 보였다. 진정 개인적인 요인이 개입되어 있는 걸까? 민우는 칸트를 안은 채로 의자에서 일어나 침대에 벌렁 드러누웠다.

"야, 칸트, 이거 완전히 바보 같지 않냐?"

칸트는 민우의 두 손에 꼭 붙들린 채 허공에 둥둥 떠 있었다. 눈알을 동글동글 굴리는 걸 보니 제법 불안한 모양이었다.

"야옹, 야옹."

"어라, 웬일로 울기까지 하네? 에잇, 요 녀석, 더 울어 봐라!"

민우는 손가락을 가볍게 모아 쥐고 칸트의 코를 톡톡 때렸다. 그때 웬일인지 안방 문이 열리는 소리가 들렸다. 그 바람에 민우도 침대에서 일어났다. 하지만 잠깐 거실로 나가 보려던 생각은 접고 다시 컴퓨터 앞에 앉았다. 카페를 띄워 놓은 창을 닫고 오락 사이트로 들어갔다. 뭐니 뭐니 해도 테트리스만 한 게 없다니까. 암, 가히 오락의 고전이라고 할 수 있지. 그렇게 한 시간이 넘도록 막대를 끼워 맞춰 쌓고 허물기를 반복했다. 그다음에는 형형색색의 방울을 쏘아 올려 터뜨렸다. 그다음에는 틀린 그림 찾기를 했다. 눈이 바늘로 찌르는 것처럼 아파 올 때쯤 민우는 쓰러지듯 침대 위로 엎어졌다. 칸트가 민우의 등 위로 올라왔다. 반 시간쯤 뒤 민우는 요의를 느끼며 잠에서 깼는데 등에서 뭔가 따뜻하고 묵직한 것이 느껴졌다.

"에잇, 요 녀석, 오빠 등에다가 쉬한 거 아니야?"

민우는 졸린 눈을 비비며 일어났다. 등이 축축하지는 않았다. 확실히 훈련을 잘 시켰단 말이야. 민우는 여전히 켜져 있는 컴퓨터를 끄고 방을 나갔다.

"엄마, 안 자고 뭐해요?"

"어, 역시 복수극이라서 재미있다니까."

"소설이 그렇게 좋으면 하나 쓰지 그래요? 난 자요, 엄마."

이렇게 말하고 나니 정말로 하품이 나왔다. 하지만 다시 침대에 누웠을 때는 하품 대신 한숨이 나왔다. 불도 끄고 칸트도 품에 안았는데 말이다.

🐈 전야

일진이 썩 좋지 못했다. 엄마는 일찌감치 나갔다. "밥해 놨으니까 챙겨 먹어." 이 한마디가 전부였다. 잠깐 서글픈 표정을 짓는 듯도 싶었지만 서글픈 쪽은 오히려 민우였다. 엄마가 사고라도 쳐서 아버지를 골탕 먹여 주면 좋겠다는 생각을 한 적도 물론 있었다. 불륜, 바람 같은 말들도 떠올려 봤다. 하지만 이제는 그런 말들이 버거웠다. 사생활. 이게 딱 좋았다. 엄마의 사생활이야 언제든 존중해 줄 의향이 있었다. 하지만 그 때문에 자기 생활에 이상 신호가 오는 것은 마음에 안 들었다. 혼자 밥을 푸는 것도 싫고 양말을 찾는 것도 귀찮았다. 게다가 오늘은 기필코 엄마한테 호랑이 자명종 얘기를 할 생각이었단 말이다. "에잇, 역시나 칸트밖에 없나?" 민우는 혼자서 중얼대며 아파트 문을 잠갔다.

정현을 만나러 가는 발걸음이 가벼울 리 없었다. 몸도 마음도 찌뿌듯한 것이 이제라도 약속을 취소할까 싶었다. 그동안에도 민우는 딸기의 전화를 기다렸다. 하지만 메시지나마 보내온 건 정현이었다.

'육교 건너고 있음. 오빠는 어디? *^^*'

민우는 잠깐 고민했다. 어디선가 마땅한 매뉴얼이 튀어나왔다.

'전철역. 약간 늦을 듯. 미안. ㅠ.ㅠ'

곧장 답이 왔다.

'폭포 앞. 빨리 오삼. ㅎㅎ'

민우는 걸음을 재촉했다. 혹시 즐거운 매뉴얼이 작동될지도 모르지 않는가.

하지만 육교 끝에서, 폭포 아래 서 있는 정현을 발견한 순간부터 짜증이 밀려왔다. 멀리서 정현이 손을 흔들었다. 정현을 향해 걸어가는 시간이 무척 길게 느껴졌다. 무엇보다도 시선을 어디다 둬야 할지 난감했다. 육교를 거의 다 지나왔을 때 정현이 민우 곁으로 달려와 팔짱을 꼈다.

"저녁 먹어야죠?"

"배는 별로 안 고픈데."

"그럼 뭐 간단히 먹어요."

공연 시작 전, 카페테리아 '모차르트'는 사람들로 북새통을 이뤘다. 정현은 대기자 명단에 민우의 이름을 올렸다. 15분쯤 뒤에 자리가 났다.

"스파게티가 먹고 싶지만 오빠가 배부르다고 하니…… 샌드위치 먹을까요?"

"아니야, 스파게티 먹어."

"에이, 혼자 먹으면 썰렁하잖아요."

화색이 도는 정현의 얼굴이며 나긋하게 애교를 떠는 몸짓이 다 부담스러웠다. 혼자 달떠서 반짝이는 정현의 시선은 숫제 고문이었다. 민우는 자꾸만 유리벽 너머 어디만을 쳐다보게 됐다. 그사이에 정현은 부산을 떨며 메뉴를 주문하고 왔다. 어제만 해도 정현에게 저녁을 사 줄 생각이었는데, 그만 일어설 순간을 놓치고 말았다. 매뉴얼도 작동시키기 싫을 만큼 귀찮아진 것이다.

"데이트할 거면서 밥 먹고 오는 사람이 어디 있어요? 하여간 센스며 매너며 다 꽝이에요, 오빠는."

정현은 귀여움을 떨며 툴툴대더니 샌드위치를 한 입 뺐다. 양상추 조각이 삐져나오지도, 소스가 입가에 묻지도 않았다. 민우는 커피 잔을 입에 댔다 뗐다를 반복하며 복작대는 사람들을 향해 멍한 시선을 던져 놓았다. 어제만 해도 정현의 얼굴을 바라보는 것이 이 정도로 지루하진 않았는데……. 한계 효용 체감의 법칙인가. 극장 안으로 들어간 뒤에는 그래도 좀 나았다. 적어도 정현과 마주 보지 않아도 됐으니까. 하지만 "넌 음악엔 통 귀가 없어."라던 엄마의 말이 맞았다. 노래는 지리멸렬했고 가수들의 몸짓은 웃겼다. 몸 구석구석에 좀이 쑤셔 왔다. 얼마 안 가 졸음이 밀려왔다. 간간히 정현이 민우의 팔을 쿡쿡 찔러 댔지만 소용없었다. 결국 민우는 1막이 끝나기도 전에 극장을 나왔다. 막간 휴식 시간도 아니어서 화장실이 급하다며 안내 직원한테 사정사정을 해야 했다.

극장을 나오자 숨통이 탁 트였다. 건물 밖으로 나왔을 때는 세상을 다 얻은 기분이었다. 정현에게 문자 메시지를 찍을 힘까지 생겼다.

'미안. 먼저 간다. -_-;;'

너무 무례한가. 하지만 이 문구 그대로 보내 버렸다. 화장실 간 줄 알 텐데 좀 속상해하겠지. 그래, 좀 속상해하다가 말 거야. 「돈 조반니」도 조금은 아까웠다. '돈 조반니!'로 시작되는 기사장 석상 장면은 오랜만에 꼭 보고 싶었는데. 하긴 이 장면이 마음에 드는 것도 끝 장면이라서 그럴 테지. 찬바람을 맞으며 민우는 이런 생각을 했다. 갑자기 배가 고파졌다. 칸트 녀석도 쫄쫄 굶고 있을 텐데. 민우의 생각은 틀리지 않았다.

철수의 예감도 틀리지 않았다. 아니, 불안에 찬 기대는 배반당하지 않았다. 토요일, 일요일, 이틀간 윤희에게서는 한 통의 전화도 걸려오지 않았다. 갑갑했지만 자기 쪽에서 전화를 할 수도 없는 노릇이었다. 때문에 철수는 꼴이 말이 아니었다. 요사이 번역도 잘 되지 않고 카페에 대한 열의도 완전히 식어 버렸다. 어스름이 깔리기 시작했건만 철수는 불도 켜지 않은 채 싸늘한 방바닥에 십자가 모양을 하고 누워 있었다. 주말 내내 철수를 갉아먹었던 벌레가 철수의 손바닥 어딘가에서 또다시 스멀스멀 기어 나왔다.

거 봐, 자넨 버림받은 거야, 하하하. 꼴좋군, 그래. 실컷 단물을 빼먹고 나니 이젠 질린 거야. 그런데도 자네는 희망을 못 버리고 있지? 자네 마음이라면 훤히 다 알고 있다네. 나로 말할 것 같으면 시쳇말로 자네의 분열된 반쪽이니까, 헤헤. 한데 몸뚱어리가 없으니 영 서럽지 뭔가. 자네가 아주 확실히 미쳐 버리면 나도 자네처럼 살과 피를 가진 몸이 돼서 자네 앞에 우뚝 설 텐데, 아쉽네, 아쉬워.

나도 꾸미는 데는 일가견이 있거든. 대충 루시퍼쯤 되는 허우대에 앞니는 홀라당 빠지고 송곳니는 시커멓게 썩거나 누런 니코틴으로 착색된 채 다리를 절면서 나타나면 어떨까? 찌그러진 양은 냄비를 쓰고 고철 더미를 몸에 칭칭 감고 녹슨 식칼을 휘두르는 것도 재미 있겠지? 아니면 연신 '아이고 무릎이야, 아이고 팔이야, 오십견이라 더니 아이고 나 죽네!'라며 엄살을 부리는 중년 식객의 모습은 또 어떤가? 하지만 이게 뭔가, 자네가 이렇게 말짱하니, 원. 너무 애가 타서 내가 다 미칠 지경이네.

그렇다, 미쳐 버리고 싶어도 미쳐지지 않으니 더 미칠 지경이었 다. 있지도 않은 벌레를 향해 걸레쪽이나 수건을, 좀 더 고전적으로 는 잉크병을 던지는 쾌거를 이룩할 수도 없잖은가. 그저, 추위에 떨 며 고슴도치마냥 몸을 움츠린 채 방바닥을 뒹굴기 일쑤였다. 그러 다가 몸에 열이 오르면 또다시 십자가 모양을 하고 방바닥에 드러 누워서 벌레의 활약을 응시했다. 무위의 연속이었다. 하지만 그나 마도 그리움과 고독감에 시퍼렇게 멍이 든, 무위 아닌 무위였다. 먹 는 것도 귀찮았던 터라 철수는 반쯤 실신한 상태였다. 그때 핸드폰 이 울렸다. 철수는 방바닥에서 벌떡 일어났다.

"나야."

윤희의 음성이 철수의 몸속 어딘가에서 끓어오르는, 은밀하고도 서글픈 선율처럼 이어졌다.

"뭐해?"

"그냥…… 누워 있었어……. 너는……?"

"나? 나는…… 문이나 열어 줘."

이 말과 함께 전화가 끊겼다. 철수는 당장 뛰쳐나갔다. 집 앞에 정말로 윤희가 서 있었다. 철수는 윤희를 방 안으로 들인 뒤 와락 끌어안았다. 갑자기 눈물이 쏟아졌다. 윤희가 펼친 담요 위에 나란히 앉았을 때는 윤희의 허벅지에 엎드린 채 어린애처럼 엉엉 울었다. 이봐, 작작 좀 하게. 이거 원 남세스러워서! 나야 뭐 자네의 반쪽이니까 그럭저럭 참아 주겠지만, 저 여자는 이게 무슨 수모인가. 벌레가 자꾸만 꿈틀거렸지만, 그럼에도 철수는 울음을 그칠 수가 없었다. 윤희는 철수의 등을 토닥거렸다. 안타까울 정도로 바싹 여윈 몸이었다. 손끝으로 철수의 등뼈가 만져졌다. 이어, 그의 숱 많은 검은 머리카락을 조용히, 천천히 쓸어내렸다. 언제 감았는지 군데군데 머리카락이 뭉쳐 있었다. 손끝에 기름기가 스며들었고 눅눅하고도 질펀한, 철수만의 체취가 올라왔다.

"울고 싶으면 실컷 울어. 하지만 머리는 좀 감고 살아라, 어?"

이렇게 말하면서 윤희는 웃었다. 그 웃음 사이로 눈물이 주르륵 흘렀다. 신파다, 신파야, 자네들 노는 꼴을 차마 눈 뜨고 못 봐주겠군. 벌레가 또 주접을 떨기 시작했다. 그렇다면 꺼져 버리란 말이야! 철수가 마음속으로 외쳤다. 그래, 여부가 있겠나! 조만간 열렬하게 운우지정을 나누어야 될 판에! 하지만 착각일랑은 하지 말게. 그 짓이라면 자네들보다 재미있게 하는 커플들이 좀 많아? 그나저나 자네는 대체 언제쯤 되어야 제대로 미칠 건가? 하지만 벌레의 마지막 말은 생성되기가 무섭게 철수의 배 속 어딘가로 사라져 버렸다. 위액이 너무 많이 흘러 졸지에 녹아 버린 것이다. 동시에 두 몸뚱어리도 서로 뒤엉키며 녹아내렸다. 벗겨지는 옷들이 방바닥이나 시멘트 벽 어딘가에 툭툭 부딪쳤다. 그들의 입에서 간간히 흘러나오는 말도 몸의 법칙에 종속되어 버렸다. 사랑을 나누면서도 그들은 그 사랑을 어찌하지 못해 목이 말라 왔으며, 또 그 욕망을 채우기 위해 더욱더 서로의 몸을 파고들었다.

「소녀 혁명 우테나」의 한 장면이 끝나자 최지욱은 혀를 끌글 찼다.

"어라, 어라, 이건 좀 곤란한걸. 이 정도면 미성년자 관람 불가야."

"아저씨, 나도 이젠 알 건 다 알아요. 게다가 알몸이 그대로 다 보이는 것도 아니잖아요?"

"하지만 저 여자애 표정 좀 봐. 너무 야하잖아."

최지욱은 낄낄댔지만, 딱히 음탕한 웃음은 아니었다. 딸기도 지지 않고 또박또박 말을 이어 갔다.

"그런 건 얼마든지 널렸어요. 「베르세르크」를 봐요. 이 정도면 양반이라니까요."

"알았어, 알았다니까."

"밥도 다 먹었고 만화도 다 봤고……. 아저씨, 토끼 보러 가요! 아줌마, 배추 잎 좀 줘요!"

딸기는 최지욱의 손을 잡아끌며 마당으로 나갔다. 인기척이 나자 토끼는 금방 귀를 쫑긋 세웠다. 잠시나마 앞발을 들고 뒷발로 서서 경계 태세를 취하기도 했는데 커다란 눈에는 불안한 기색이 역력했다. 하지만 딸기를 보자, 양쪽으로 갈라진 코를 씰룩거리고 입을 오물거리면서 행복한 기대를 내비쳤다. 딸기는 배추 잎 중 초록색 부분을 뜯어서 토끼들의 입에 대 주었다.

"나도 한번 줘 볼까?"

"안 돼요."

딸기는 단호하게 나왔다. 고개를 절래 흔들기까지 했다.

"토끼 먹이 주는 게 쉬운 일이 아니에요. 줄기 부분엔 수분이 많아서 설사를 할 수도 있어요. 잘못하면 그러다 죽을 수도 있단 말이에요. 얌전해 보여도 스트레스를 얼마나 많이 받는 동물인데요."

"거참, 나도 이파리만 뜯어 주면 될 거 아니냐?"

"그래도 안 돼요. 내 토끼니까요."

"흠, 고 녀석 욕심하곤."

"구경하는 건 허락하겠어요."

배추 잎이 바닥났는데도 딸기는 토끼장 앞을 떠날 생각을 안 했다. 최지욱은 딸기가 토끼 두 마리가 노는 모습을 구경하는 것이라고 생각했다. 하지만 딸기는 여전히 토끼에게 시선을 꽂아 둔 채 나지막하게 내뱉었다.

"아저씨도 내 거니까 다른 여자한테는 안 줄 거예요."

어라, 요 맹랑한 녀석 좀 보게. 서늘하면서도 단호한 어조는 분명히, 사랑에 빠진 젊은 여자의 것이었다. 그래도 최지욱은 너스레를 떨었다.

"허허, 거참. 그럼 구경은 해도 되는 거냐?"

그러고는 웃으며 딸기의 머리를 쓰다듬었다. 딸기가 고개를 돌려 최지욱을 올려다보았다. 딸기의 얼굴이 가로등 빛을 받아 환하게 빛났다.

"그것도 안 돼요. 다른 여자는 처다보지도 마세요."

"야, 너 참 너무한다. 이 아저씨한테도 여자가 필요하다는 것쯤은 너도 알잖아?"

"조금만 기다리세요. 곧 자랄 테니까."

"우리 딸기가 숙녀가 되면, 이 아저씨는 할아버지가 될 텐데? 아까 그 할아버지처럼 냄새도 날 텐데?"

"걱정 마세요. 내가 아저씨를 영원히 젊게 만들 테니까요. 아저씨, 손!"

최지욱은 팔을 뻗어, 딸기의 손을 잡아 주었다. 딸기가 최지욱의 팔에 몸을 기대 왔다. 작고 따뜻하고 푸근한 것이 자기의 몸에 와 닿는 이 느낌이 최지욱은 좋았다. 그렇게 둘은 외양간 옆을 걸었다. 딸기는 텅 빈 외양간을 오래도록 바라보았다. 돼지우리 옆을 지날 때도 똑같았다. 있지도 않은 돼지를 들여다보며 인상을 찌푸리기도 하고 깔깔 웃기도 했다.

"아저씨, 세상이 판타지 소설이라면, 막대기만 한 번 휘둘러도 여기에 커다란 누렁소와 돼지가 나타나겠죠? 아니면 악마와 결탁을 하거나?"

"그런 것쯤은 지금도 얼마든지 해 줄 수 있어. 사람을 고용해야 되는 게 문제지. 집도 더 넓혀야 되고. 서울 안에 그만한 땅을 가지려면 이 아저씨가 빌 게이츠는 되어야 할걸."

"그러니까 현대의 마법이란 결국 자본이네요. 하지만 돈이 아무리 많이 있어도 시간을 빨리 흐르게 하는 법은 없어요."

"그건 또 무슨 뚱딴지같은 소리야?"

"아저씨는 지금 이대로 가만히 있고, 나는 1초 만에 성숙한 여자가 되는 거죠. 열다섯만 되어도 좋겠는데."

"아이고, 딸기야, 괜히 나이를 덧붙이지 마라. 어차피 그렇게 될 테니까."

최지욱이 딸기의 볼을 꼬집으며 말했다.

"아저씨, 아저씨를 처음 봤을 때부터 알았어요, 아저씨가 내 거라는 걸."

"또 그 갤러리 얘기냐? 그나저나 지금쯤은 전화를 해야겠지?"

최지욱이 딸기를 한 팔로 껴안다시피 하며 물었다. 딸기는 잠깐 무슨 생각을 하는지 입을 다물었다가 시무룩한 목소리로 되물었다.

"아저씨, 안 하면 안 돼요?"

"왜? 싫어? 하지만 호랑이를 전해 준 것도 너잖아?"

"그땐 장난인 줄 알았어요."

"폭탄이라고 말했을 텐데."

"가짜 폭탄인 줄 알았죠!"

딸기는 최지욱의 팔을 뿌리치고 두어 걸음 옆으로 물러섰다.

"민우 아저씨가 안 됐어요. 나를 쳐다볼 때마다 민우 아저씨 눈 속에 이상한 우수 같은 것이 어려요."

"뭐, 우수?"

"예, 우수요. 민우 아저씨는 나를 보면서 뭔가 다른 걸 찾고 있어요."

"그게 뭘까?"

"권다희라는 아이겠죠. 아저씨가 나를 데려온 게 그 아이와 닮아서였다면 용서할 수 없어요."

최지욱은 순간 흠칫했지만, 나지막한 어조로 딸기를 타일렀다.

"닮아 봤자 얼마나 닮았겠어? 피 한 방울 안 섞인 남인걸."

"그러니까 말이에요! 나 그 사진 봤단 말이에요. 순식간에 사진이 거울로 변한 것 같았어요. 그 아이와 닮아서 나를 데려온 거였다면, 속죄하는 심정으로 나만 바라보고 살아요."

이 말을 하고서 딸기는 꽤 오랫동안 최지욱의 얼굴을 올려다보았다. 딸기의 뽀얀 입김이 차가운 밤바람을 살짝 갈랐다. 최지욱의 입에서 커다란 한숨이 새어 나왔다.

"춥다, 어서 들어가자."

둘은 사이좋은 부녀처럼, 혹은 기괴한 연인처럼 나란히 손을 잡고 집 안으로 걸어 들어갔다.

역시 엄마가 없는 집은 썰렁했다. 방 너머에서 칸트의 울음소리만이 청승스럽게 들려올 뿐이었다. 민우가 방문을 열자 칸트는 민우의 다리에 엉겨 붙어서 거의 할퀴다시피 몸을 비벼 댔다.

"알았어, 알았다니까, 배고파 죽겠지? 오빠가 얼른 밥 줄게. 너마저도 사생활이 생기면 이 오빠는 어쩌냐, 응?"

민우는 의자 위로 가방을 휙 던지고 조심스럽게 창문을 열었다. 꽁치가 아직은 많이 남아 있었다. 게걸스럽게 꽁치를 먹는 칸트를 보니 민우도 갑자기 배에서 꼬르륵 소리가 났다. 부엌으로 나가 봤더니 저녁 식탁이 반쯤 차려져 있었다. 민우는 냉장고에서 반찬 통을 꺼내고 접시에 씌워진 랩도 벗겼다. 하지만 찌개를 데우기가 무척 귀찮았다. 민우는 점퍼만 달랑 걸치고 그 길로 밖으로 나갔다.

즐비하게 늘어선 고층 아파트들이 불 켜진 닭장 같았다. 이 닭장들 주변에는 그 흔한 포장마차도 없었다. 편의점이 눈에 띄었지만 삼각 김밥을 먹기는 싫었다. 민우는 시무룩한 얼굴을 하고서 한참을 걸어갔다. 연회색 보도블록이 깔린 길이 이어졌다. 그 길이 끝날 즈음, 저 멀리 가로등 옆에 주황색 비닐이 쳐진 포장마차가 보였다. 배가 어찌나 고팠는지 걸음이 절로 빨라졌다. 갑자기 옆에서 경음기 소리가 들렸다.

"민우야!"

아버지였다. 아들을 발견하고는 차를 인도 쪽으로 댔다.

"어딜 가는 거냐?"

"저녁 먹으려고요."

"엄마는?"

"몰라요. 집에 없어요."

아들의 무뚝뚝한 말을 들은 뒤 권율 박사는 아예 차에서 내렸다.

"이 아빠도 같이 먹자."

'이 아빠'라는 말이 민우는 상당히 거슬렸다. 부자는 열 걸음 정도를 터벅터벅 걸어갔다. 포장마차 앞에 서자 아버지는 자신만만해졌다. 활력도 넘쳐나는 듯했다.

"여기, 떡볶이하고 순대 좀 주시죠. 아참, 떡볶이에 튀김도 좀 섞고."

"어떤 걸로 드려요?"

"김말이, 야끼만두, 오징어 튀김, 그리고 이거 고추 튀김 맞습니까?"

"아니오. 맛살을 깻잎으로 만 거예요."

"고추 튀김은 없습니까?"

"예, 손이 너무 많아 가서요."

"그럼 깻잎으로 넣어 주시죠."

아줌마가 튀김과 떡볶이를 비비는 동안 아버지는 어묵 하나를 집어 들었다. 아들도 마찬가지였다. 머리가 허옇게 샌 아버지와 장성한 아들이 늦은 저녁 시간에 포장마차에서 어묵을 씹어 먹고 있는 모양새가 가관이었다. 하지만 정작 아버지는 아랑곳하지 않고 어묵을 두 개, 세 개 연거푸 꺼내 먹었다. 어묵을 간장에 찍을 때도 잘게 썰어 놓은 파 조각을 어떻게 하면 최대한 많이 건질 수 있을까 용을 썼다.

"순대는 어떻게 드려요?"

"다 같이 섞어서요."

이 말에, 어묵을 베어 먹던 민우가 인상을 썼다.

"저기 이상한 거는 빼요."

"뭐, 허파, 심장, 간, 염통 말이냐? 그 맛있는 걸 왜 빼라는 거냐?"

떡볶이에 이어 순대가 나오자 아버지는 신이 났다. 입 주변으로 고추장을 벌겋게 묻혀 가며 이것저것 주워 먹기에 여념이 없었다. 포장마차 바로 뒤로 차들이 요란한 소리를 내며 지나갔고 매연과 먼지가 어둠 속에서도 감지되는 것 같았다. 하지만 아버지는 대체 얼마나 배가 고팠는지, 접시에서 눈을 떼지 않았다. 간혹 어묵 국물을 마실 때도 다음에는 뭘 먹을까를 고민하는 듯 접시만 노려봤다. 국물을 삼키기가 무섭게 떡볶이나 순대 혹은 간이 또 입 안으로 들어갔다. 강 주임조차도, 아니 사흘을 굶은 노숙자조차도 저렇게 우악스럽고 무작스럽게 뭘 먹을 것 같지는 않았다. 아버지의 이런 모습을 민우는 난생 처음 봤다. 하지만 이런 아버지가 훨씬 더 사람다워 보였다. 천천히 밥을 먹으면서 간혹 반찬 맛을 음미하는지 아니면 뭔가 다른 생각을 하는지 허공에 시선을 띄워 놓는 아버지보다는.

부자는 떡볶이와 순대 접시를 말끔히 비우고 어묵 일곱 개를 먹은 뒤 바로 곁에 세워진 차를 향해 걸었다.

"아버지, 난 그냥 걸어갈게요."

여느 때 같으면 '그래, 그거 좋구나.'라고 말했을 아버지가 웬일로 "춥다, 빨리 타거라."라며 민우를 채근했다. 민우는 또 시무룩한 표정을 지으며 조수석에 앉았다. 아버지의 입가에는 고추장이며 간장이 그대로 묻어 있었고 간간히 어묵 국물 냄새도 났다. 하지만 운전석에 앉은 아버지의 표정과 자세는 포장마차에 있던 아버지와는 사뭇 달라, 내가 언제 그랬느냐는 투였다. 한바탕 소란을 피워 놓고 나 몰라라 고고한 척 구는 게, 영락없이 칸트였다. 민우는 저도 모르게 피식 웃음이 났다. 하지만 그것도 잠시였다.

차를 세운 뒤 부자는 적당히 떨어져 걸음을 옮겼다. 그리고 역시나 양쪽 모서리 쪽에 애매하게 선 상태로 엘리베이터를 타고 11층까지 올라갔다. 문 앞에 다다랐을 때는 부자 모두 습관적으로 초인종 쪽으로 다가섰다. 순간, 부자의 눈이 마주쳤다. 하지만 아버지는 거의 무의식적으로 초인종을 눌렀다. 민우가 버럭 소리를 질렀다.

"엄마 없다니까요!"

민우는 열쇠를 꺼내 문을 열었다. 부자의 눈에 들어온 건 텅 빈 아파트, 그리고 욕실 앞 깔개 위에 요염하게 앉아 있는 칸트였다.

"저 녀석이 왜 여기 나와 있는 거냐?"

"아까 방문 닫는 걸 깜박했나 봐요."

민우는 신발을 벗자마자 얼른 달려가 칸트를 안아 올렸다. 하지만 몇 발짝을 떼어 놓기가 무섭게 곧 사태가 파악되었다.

"야, 칸트, 도대체 이게 뭐야, 응? 누가 이런 짓 하랬어? 아이고, 이 사고뭉치! 안 먹을 거면 건드리지나 말지, 이게 무슨 심술이야, 응?"

식탁 위에 반찬이 엉망진창이 되어 있었다. 접시를 랩을 벗겨 둔 채 그냥 방치한 게 화근이었다. 하필이면 그게 구운 삼치였다니! 생선 살은 이미 사라지고 등뼈와 잔뼈의 추잡한 흔적만 남아 있었다. 가지 무침과 버섯 볶음도 식탁 군데군데 흩어져 있었다.

"요 녀석, 아주 신이 났었구나, 신이!"

민우는 계속 웅얼거리면서 주먹으로 칸트의 코를 마구 때렸다. 그러고 보니 음식물은 바닥에도 떨어져 있었다.

"민우야, 청소를 해야겠다."

옆에서 가만히 지켜보고 있던 아버지가 꺼림칙하다는 듯 말했다. 그제야 민우는 아버지의 존재를 인지한 양 생뚱한 눈으로 아버지를 쳐다봤다.

"저 발로 여기저기 마구 돌아다녔을 거 아니냐?"

"알았어요, 닦으면 되잖아요!"

"우선은 저놈부터 씻겨서 네 방에 가둬라."

"알았다니까요, 글쎄!"

괜히 역정을 내는 아들을 아버지는 멀뚱히 바라만 봤다. 그러다가는 그냥 서재로 들어가 버렸다. 민우는 칸트를 욕실로 데려갔다. 반항하는 칸트를 힘으로 제압하여 네 발을 씻긴 다음, 방 안에 넣고 문을 닫았다. 거실과 부엌 바닥도 대충 닦았다. 그런 뒤 민우도 아버지처럼 제 방에 틀어박혔다. 간혹 방문 너머로 문을 여닫는 소리가, 또 아버지가 움직이는 소리가 들렸다. 그뿐, 집 안에는 정적이 가득했다. 민우는 테트리스를 하면서 전화를 기다렸다. 9시가 훨씬 지났건만 딸기한테서는 연락이 없었다. 퍼즐 버블까지 몇 판을 깼지만 메일도 한 통 없었다. 엄마도 감감무소식이었다.

한밤중에 거실로 나간 것은 소변이 마려워서였다. 뜻밖에도 아버지가 거기 있었다. 민우는 아버지를 힐끔 보고는 화장실로 들어갔다. 아버지는 여전히 그 자세로 쭈글쭈글한 석상처럼 소파에 앉아 있었다. 잽싸게 다시 방으로 들어가려는데, 아버지가 말을 걸어왔다.

"엄마는 안 온다는구나."

민우는 걸음을 돌려 소파로 가서, 대각선을 그리며 아버지 맞은편에 앉았다. 눈처럼 새하얀, 그나마도 몇 가닥 남지 않은 머리카락이, 그리고 축 처진 볼에 찍힌 거뭇거뭇한 반점이 눈에 들어왔다. 뭘 그리 유심히 보는지 아버지는 고개를 숙이고 있었다. 덕택에 굵직한 주름들로 뒤덮인 턱과 목이 처참하게 부각됐다.

"어디 있대요?"

"그건 모르겠다."

민우는 자리에서 벌떡 일어나 아버지 앞으로 다가갔다.

"아버지, 도대체 엄마한테 무슨 짓을 한 거예요?"

아버지가 고개를 들었다. 고약한 장난을 치다가 들킨 칸트의 표정이었다. 내가 뭘 어쨌는데? 난 아무것도 모른단 말이야, 이런 표정 말이다.

"내 말은요, 엄마도 여자라고요!"

"아, 그래, 그래. 네 엄마는 여자지. 당연한 거 아니냐? 네 엄마가 남자라면 너랑 다희가 어디서 났겠냐. 대체 너희 둘은 한배에서 한날한시에 태어난 쌍둥이인데 왜 이리 다른 거냐? 다희는 생긴 것도 영판 딸기 같은 것이 하는 짓은 또 얼마나 귀여웠는지. 고 녀석, 지금쯤은 어떤 모습이 돼 있을까? 안타까운 노릇이야. 그러니까 네가 다희랑 딴판인 게 안타까운 게 아니라, 다희가 지금쯤 어떤 모습일지 내 눈으로 볼 수 없는 게 안타깝다는 거야. 아니, 이 얘기가 왜 나왔지? 요즘은 죄다 헷갈린다니까."

아버지의 횡설수설에 민우는 속이 끓어올랐다.

"내 말이 그 말이에요! 치매예요, 정말. 그런데 평창동엔 왜 갔던 거예요, 예?"

"평창동? 아……! 아니, 네가 그걸 어떻게 알고 있는 거냐?"

여기서 민우는 잠깐 주춤했다.

"아, 뭐, 잠깐 일이 있어서……."

"아니, 일은 너만 있고, 이 아빠는 일도 있으면 안 된다는 거냐?"

'이 아빠'라는 말이 이번에도 상당히 귀에 거슬렸다. 딱히 그 때문은 아니었지만 짓궂은 질문이 튀어나왔다.

"아버지, 이제는 제대로 하지도 못하시죠?"

권율 박사는 칸트가 헤집어 놓은 삼치의 눈을 한 채 민우의 얼굴을 멍하니 바라봤다. 민우가 히죽 웃자 그제야 입을 열었다.

"아……! 그런 얘기였구나. 그게 말이다, 너도 남자지만 그러니까…… 이건 좀 복잡한 문젠데…… 그러니까 네 엄마가 영……."

여기까지 말하다가 권율 박사는 얼굴을 붉혔다. 갑자기 어젯밤의 일이 떠올랐다. 몸에 반응이 온 건 참으로 오랜만이었지만 아무리 생각해 봐도 별다른 맥락은 없었다. 그냥 몸이 동했고, 몸이 동하자 마음이 동했다. 겸사겸사 명색이 부부인데 그동안 너무 적조했다는 생각도 들었다. 하지만 지금까지 아내가 그런 반응을 보인 적은 없었다. 사실 권율 박사는 간밤의 일 때문에 하루 종일 우울했다. 아내의 납득하기 힘든 거부 때문이 아니라 간만에 찾아온 육체적 흥분이 아까워서였다. 그 정도로까지 단단하고 굵어지는 일은 정말 드물단 말이다! 권율 박사는 그게 너무나 서러웠다. 그런데 아들 녀석까지 일부러 작당이라도 한 듯 속을 긁어 대고 마누라는 아예 집을 나가 버렸다. 권율 박사가 아무리 무심한 성격이라지만, 적어도 그래야 된다고 생각하는 쪽이라지만 오만 생각이 다 들고 속이 왕창 뒤집히는 건 어쩔 수 없었다. 이 모든 것이 다 최지욱인가 뭔가 하는 개뼈다귀 때문이다! 권율 박사는 자기 나름대로, 아내의 변화에 최지욱이라는 이 '젊은 놈'이 연루되어 있으리라는 억측에 사로잡혀 있었다.

"쳇, 둘러대긴!"

민우는 괜히 혼자 씩씩대며 제 방으로 들어갔다. 아들의 뒷모습을 지켜보던 권율 박사도 엉거주춤 소파에서 일어났다.

윤희와 철수는 치킨을 배달시켜 먹은 뒤 다시 담요 밑으로 들어갔다. 철수는 방에 있는 온갖 헝겊 조각들을 다 긁어모았다. 파커, 점퍼, 심지어 봄 점퍼까지 다 동원해도 추웠다.

"아니, 이런 데서 어떻게 살아?"

"그러게 말이야."

"뭐가 좋다고 자꾸 실실 웃어? 아니, 저건 또 뭐야?"

윤희의 빈축을 산 건 어젯밤에 끓여 먹은 라면의 잔해였다. 씻지 않은 냄비, 씻지 않은 수저, 미처 쓰레기통에 버릴 틈도 없어 꼬박 하루 동안이나 방치됐던 인스턴트 김치 봉지 등.

"너무 그러지 마. 씻으면 뭐해? 네가 안 왔으면 오늘도 또 라면을 먹었을 테고 어차피 또 지저분해졌을걸."

"야, 그러면 너는 왜 사니? 어차피 죽을걸. 야야, 간지러워. 그만 좀 하고 잠깐 나가자."

잠시 뒤, 둘은 명동 성당 앞에 있었다. 주말마다 윤희는 여기서 기도를 했고 그때마다 밤하늘의 빛나는 별들을 생각하며 자기 마음속에서 반짝이는 도덕률을 담금질했다. 그 시절이 까마득한 옛날처럼 여겨졌다.

"너를 만난 건 기적이야."

윤희가 주랑에 몸을 기대며 말했다.

"저주가 아니고?"

"그게 맞겠네. 두 번째 저주."

"첫 번째 저주는 뭐야?"

"딸아이가 죽은 거. 내일이 그 애 생일이야. 아들 생일이기도 하지. 그만 내려가자. 담배 피우고 싶을 거 아냐?"

계단이 끝나는 지점, 성모상 옆에서 철수는 담배를 꺼내 물었다. 윤희는 성모상과 철수를 번갈아 쳐다보았다. 담배 연기가 간혹 하얀 성모상을 가리곤 했다.

철수의 집에 도착했을 때는 자정이 가까운 시각이었다.

"철수 씨, 열쇠 이리 내놓으세요."

윤희는 웃으며 철수의 재킷 호주머니에서 열쇠를 꺼냈다.

"도대체가 사람 사는 집이 아니야. 냉장고도 너무 작아. 지금은 날이 추우니까 창턱에다 남은 음식이나 밑반찬을 매달아 놔. 이렇게 봉지 속에 음식을 담고 창턱에 올려놓은 다음, 창문을 닫을 때 봉지 끝이 사이에 끼게 만드는 거야. 웬만해선 떨어지지 않아. 우리 아들 녀석이 고양이 먹이를 이렇게 보관하더라고. 내가 사료만 먹이라고 했더니, 몰래 통조림 꽁치를 사다 주는 거야."

철수는 아무 대꾸도 안 했다. 대체 왜 저러는 걸까. 지금쯤은 집에 가야 될 텐데, 왜 아무 말도 안 하는 걸까. 오랜만에 아들 얘기를 늘어놓는 것도 자기가 가정주부라는 걸 확인시키기 위해서가 아닐까. 너무 많은 물음들이 한꺼번에 떠올라 철수는 꺼진 컴퓨터만 바라보았다. 윤희가 다가와 뒤에서 목을 껴안았다.

"번역은 언제 끝나?"

"올해 말엔 넘길 수 있을 거야. 윤희 너, 집에 안 가?"

철수는 여전히 고개를 돌리지 않았다.

"여기 있을래. 근데 이 방은 정말 춥다. 그만 내려가자. 전기요가 데워졌을 거야."

윤희는 철수의 손을 붙잡고 이불 속으로 들어가며 말했다.

"거 봐, 따뜻하지?"

윤희는 이제 벽과 마주한 채 잠들지 않아도 됐다. 철수는 십자가 놀이, 얼어붙은 번데기 놀이를 하지 않아도 됐다. 말하자면, 오늘이 그들의 명실상부한 첫날밤이었던 것이다. 그들은 내일이라는 시간을 달력에서 싹 지워 버리고 싶었다.

10시가 지나자 딸기는 바이올린 가방을 챙겼다.

"이 안에 총을 넣고 다니면 얼마나 재미있을까, 히히."

방 안으로 들어온 최지욱을 보며 딸기가 말했다.

"딸기 너, 정말로 만화는 그만 봐야겠다."

"흥, 내가 만화를 안 보면 아저씨가 더 서운할걸요."

딸기는 최지욱의 목을 끌어안으며 매달렸다. 잠옷이 마구 구겨지고 파자마 자락이 말려서 무릎 위로 올라갔다.

"아니, 다 큰 숙녀가 이게 뭐하는 짓이야!"

"뭐는 뭐예요? 아저씨한테 꼬리 치는 거지. 아저씨, 나 오늘 아저씨 방에서 자면 안 돼요?"

"글쎄, 그건 좀 곤란한데."

최지욱이 빙긋이 웃었다.

"왜요?"

딸기는 최지욱의 목에 매달린 채로 양다리를 벌려 최지욱의 허리를 감쌌다. 그는 딸기가 떨어지지 않도록 양손으로 딸기의 엉덩이를 받쳐 들었다.

"딸기야, 나도 명색이 남잔데 어떻게 다 큰 숙녀랑 한 침대에서 자겠어?"

"흥! 아저씨, 전화 때문에 온 거죠?"

최지욱은 딸기를 내려놓았다.

"안 하면 안 돼요?"

"음…… 딱 한 번만 해 주면 안 될까?"

"싫은데……."

"그럼, 아저씨 침대에서 자게 해 줄 테니까 딱 한 번만 해 주렴."

"내일 아침에 할게요."

"내일?"

최지욱은 이렇게 반문했지만 차라리 그편이 나을 것 같다는 생각이 들었다.

최지욱의 방. 조그맣고 따뜻하고 포근한 것이 최지욱의 품을 파고들었다. 조그만 힘을 줘도 금세 바스라질 것같이 작은, 그래서 더 소중한 생명체였다. 딸기의 두 발이 최지욱의 허벅지에 와 닿았다. 최지욱은 피가 한곳으로 확 몰려드는 것을 느꼈다.

"나, 아저씨랑 자고 싶어요."

"지금 자고 있잖아."

"그런 거 말고요. 얼른 커서 아저씨의 여자가 되고 싶어요."

"너는 머리의 성장 속도가 몸의 성장 속도에 비해 너무 빨라서 문제야. 네 감정의 성장 속도는 대체 어느 정도일까……. 가끔은 궁금해."

　최지욱은 딸기를 꼭 껴안은 채 등을 토닥거려 주었다. 딸기는 최지욱의 품속에서 제법 오랫동안 보채다가 잠이 들었다. 잠들기 직전까지도 앙증맞게 모아 쥔 두 발을 최지욱의 허벅지 사이에 넣고 발가락을 꼼지락거렸다. "커졌다가 작아졌다가 딱딱해졌다가 몰랑몰랑해졌다가 꼭 요술 방망이 같아."라고 중얼거리며 해맑게 웃기도 했다. 최지욱은 새근새근 잠이 든 아이를 품에 안은 채 좀 더 기다렸다. 드디어 딸기가 꼼지락거림을 멈추었다. 최지욱의 가슴에 대고 있던 손가락에도 힘이 풀렸다. 그는 침대에서 일어나 거실로 나갔다. 넓은 제도대가 그를 기다리고 있었다.

　"휴우, 요 녀석아, 나도 네가 딱 열다섯만 돼도 좋겠다."

　저도 모르게 혼잣말이 튀어나왔다. 간혹, 내일은 어떻게 될까, 라는 궁금증도 생겼다.

🐈 호랑이 자명종

아버지가 나가는 소리가 들려왔다. 지금 시각은 7시 반일 것이다. 민우는 두세 시간을 자는 둥 마는 둥 침대에서 뒤척이다가 6시쯤부터 완전히 깨어 있었다. 결국 딸기에게서는 연락이 없었다. 엄마도 기어코 돌아오지 않았다. 민우는 가방을 챙겨서 밖으로 나갔다. 학원은 텅 비어 있었다. 9시가 되자 수강생들이 몰려들었다. 수업이 시작됐는데도 정현이 보이지를 않았다. 쉬는 시간에 핸드폰을 만지작대기는 했지만 전화를 걸지는 못했다. 강의실에 앉아 있는 것도 힘들었다. 민우는 수업 도중에 조용히 밖으로 나와 불쑥 하남으로 갔다.

느닷없이 나타난 민우를 강 주임은 반갑게 맞아 주었다. 민우는 택배로 부칠 짐들을 포장하는 직원을 도와, 열심히 상자를 날랐다. 생산(종이 상자를 접어 물건을 담는 일을 이렇게 불렀다)도 했다. 도대체 밤을 거의 꼴딱 샜다는 것이 믿기지 않을 만큼 몸 상태가 좋았다. 직원들은 막간의 휴식 시간을 이용해서 담배를 피우기도 했지만 민우는 그때도 미친 사람처럼 일거리를 찾았다. 멀쩡하게 쌓여 있는 상자를 움직여 보기도 하고 이미 생산이 완료된 상자들을 다시 조립하기도 했다.

"야, 네 덕분에 일이 너무 빨리 끝났다. 일손 하나 더 있는 게 무섭다니까."

강 주임이 웃으면서 말했다.

"바쁜 일 없으면 우리 집에 가서 저녁이나 먹지 그래? 마누라가 오늘은 일찍 온다는데."

민우는 강 주임과 함께 발걸음을 재촉했다. 머릿속이 시끄러웠다. 엄마는 오늘도 돌아오지 않았을까? 호랑이 녀석은 어쩐다지? 에잇, 그냥 갖다 버려야겠다. 한강에다가 멋지게 던져 버릴 테다. 아하, 그러고 보니 오늘도 전화가 오지 않았군. 뭐야, 역시 장난이었나. 민우는 억지 너털웃음을 터뜨렸다.

강 주임 집은 막 이사를 했을 때보다 훨씬 더 난잡했다. 여기저기 옷가지며 살림살이들이 흩어져 있고 딸들 방에 있어야 할 교과서며 학용품들도 안방에서 뒹굴고 있었다. 인생이라는 것이 머리 깎고 출가하지 않는 이상은 쓰레기를 만드는 일이라는 것을 여실히 보여 주는 듯했다.

"방 꼬락서니 한번 봐라, 내가 봐도 정신없다."

강 주임은 좀 민망했던지 자기가 먼저 너스레를 떨면서 점퍼를 벗어 붙박이 옷걸이에 걸었다. 민우도 파카를 벗어 방구석 한쪽으로 밀쳐 뒀다.

"여보, 상 좀 펴요."

부엌에서 강 주임의 부인의 말소리가 들려왔다. 강 주임은 피아노 옆에 딱 붙여 세워져 있던 상을 꺼내 상다리를 폈다. 부엌과, 부엌 너머 딸들의 방이 점점 더 소란해졌다.

"야, 딸들! 이것 좀 가져가."

"조금만 있어 봐, 엄마."

"야, 강연희, 네가 좀 가 봐."

"왜 매일 나만 시켜? 언니는 손이 없어, 발이 없어?"

"아니, 그럼, 이 나이에 내가 하랴, 저 어린 연주가 하랴?"

마침내 밥상이 차려졌다. 우거지 된장국, 고춧가루를 가득 넣은 갈치 조림이 눈에 들어왔다. 방은 다섯 식구가 둘러앉아도 비좁은 판에 민우까지 끼어서 운신을 하기도 힘들 정도였다. 강 주임의 부인은 밥그릇에 국을 몇 숟가락 담고 갈치 조림에 들어 있는 무 두 조각을 집어 올려서는 밥상에서 약간 물러났다. 민우는 겸연쩍은 표정을 지었다.

"신경 쓰지 말아요. 우리 집에 손님 오는 일이 얼마나 드문데요."

강 주임의 부인이 웃으며 말했다.

밥상이 나간 뒤에 민우는 강 주임의 큰딸에게 물었다.

"피아노는 자주 쳐?"

"그게요, 그게 말이죠, 헤헤."

"이런, 아예 안 치는구나?"

"음, 그게요, 연주가 대신 쳐 줘요. 그렇지? 너 한번 쳐 봐, 얼른, 응?"

막내딸 연주는 약간 뭉그적대는 척하면서 피아노 앞에 가서 앉았다. 「고양이의 춤」이 시작됐다.

"그건 나도 아는 건데. 혹시 젓가락 행진곡도 칠 줄 알아?"

"앞부분만요."

막내딸은 당장에 「젓가락 행진곡」을 치기 시작했다. 민우는 옆으로 다가가 몸을 구부리고 건반에 손을 댔다. 오랫동안 피아노 앞에 앉아 본 적이 없었지만 손가락의 기억도 제법 튼튼한 것인지 그럴듯한 소리가 나왔다. 연탄곡을 칠 때 제2 연주자를 맡은 건 늘 민우였다. 재미있고 신나는 건 물론 제1 연주자 부분이었는데, 그것은 언제나 다희 차지였더랬다.

연주가 끝났을 때 강 주임은 흐뭇한 웃음을 지었다.

"어때? 이 정도면 피아노를 시킬 만할까?"

"앞으로도 계속 열심히 연습한다면요. 그렇지?"

민우는 막내딸의 머리를 톡톡 두드려 주었다. 강 주임의 세 딸이 전래 동화의 주인공들은 아니지만 어쨌거나 막내딸이 얼굴도 제일 예쁘고 또 제일 똑똑해 보였다.

"뒷부분도 연습할게요. 그때도 같이 쳐 줄 거죠, 아저씨?"

"다 좋은데, 다음엔 오빠라고 불러. 스물넷밖에 안 됐단 말이야."

그러자 연주는 곧장 조그만 입을 벌리면서 깜짝 놀랐다는 듯 감탄을 내질렀다.

"우아, 언니들아, 스물넷이래, 들었어? 완전히 아저씨다!"

"그래, 아저씨 맞다, 거참."

민우는 웃으면서 이렇게 말한 뒤 강 주임 집을 나왔다. 강 주임은 대문 앞까지 따라 나왔다.

"들어가세요, 그만. 날도 추운데."

"안 그래도 멀리 안 나갈 거야, 임마."

"그럼, 가 볼게요."

민우는 몸을 돌렸다. 한 다섯 발짝쯤 갔을까, 뒤에서 강 주임이 민우를 불러 세웠다.

"밥 좀 잘 먹고 다녀! 젊은 놈이 왜 그리 비썩 말랐어?"

민우는 큰 소리로 "또 봐요!"라고 대답하고선 돌아섰다. 갑자기 우울해지기 시작했다. 수면 부족이야. 하지만 버스에서도, 전철에서도 눈을 감아 봤지만 정신은 또렷하기만 했다.

전철역을 빠져나온 직후였다. 강 주임 집에 있을 때만 해도 까맣게 잊고 있었던 핸드폰에서 갑자기 벨 소리가 터져 나왔다. 번호를 보는 순간, 민우는 누가 훔쳐보기라도 하는 양 길모퉁이로 몸을 숨겼다. 그것도 모자라 습관의 힘에 이끌려 조금이라도 더 인적이 드문 곳을 찾으려고 애썼다. 이미 9시가 가까워진 시각, 죽을 때까지 누가 누군지 알지도 못할 사람들이 늦은 귀갓길을 서두르는 가운데, 민우는 딸기의 전화를 받았다.

"여보세요."

"시간은 11시입니다."

"12시가 아니었던가요?"

무의식적으로 이런 말이 튀어나왔다. 그저께 밤에 읽었던 카페의 공지를 줄곧 머릿속에 담아 두고 있었던 것이다.

"11시입니다."

"왜 미리 전화를 하지 않았죠? 어젯밤이나 오늘 아침에 전화를 한다고 했잖습니까?"

민우는 화가 났음을 감추지 않았다. 하지만 딸기는 천연덕스럽고도 뻔뻔스럽게 나왔다.

"그것이 니힐리스트 님과 무슨 상관입니까?"

"나한테도 준비가 필요하단 말입니다!"

민우는 언성을 높였고, 그 즉시 주위를 둘러보았다. 하지만 의심의 눈초리를 보내는 사람은 아무도 없었다. 심지어 누구 하나 잠시나마 걸음을 멈추지도 않았다. 저편에서 아무런 대꾸도 없자 민우는 체념하듯 말을 이어 갔다.

"좋습니다, 좋아요. 대체 뭘 하라는 겁니까?"

"다시 한 번 더 설명드리죠. 태엽을 감은 다음 자명종 윗부분의 돌출부를 누르십시오. 그다음엔 부모님 침실에 갖다 두십시오. 원하신다면 니힐리스트 님은 그 시각에 몸을 피하도록 하시죠."

민우는 이를 갈면서 "만약 싫다면?"이라고 물었다. 응답은 없었고, 전화는 곧 끊겼다.

잠시 뒤 민우는 고층 아파트 숲을 걷고 있었다. 여기에는 분명히 어떤 거국적인 목표가 있었을 것이다. 민우는 아닐지라도 적어도 그들에게는 혁명이 아니라면 테러, 테러가 아니라면 테러 나부랭이라도. 그 신호탄은 천민자본주의의 산실과 같은 대한민국의 수도, 그 중 가장 유령 같은 곳을 와해시키는 것이라고 했다. 어설프기 짝이 없는 소리다. 그랬기에, 순전히 심심하고 귀찮아서 동의한 것이었다. 하지만 여기에 아버지에 대한 증오와 악의가 개입되었던 건 아닐까. 어떻든 '마스터'가 이런 심리적 정황을 알 리 만무하다. 대체 그놈은 누구야? 아버지는 왜 그놈 집을 찾아갔을까? 젠장! 호랑이? 흥, 그놈 머리의 혹을 누르나 봐라, 어디! 내가 아무리 망나니기로서니 아버지의 집을 날릴 이유는 또 어디 있나. 게다가…… 아버지의 집은 곧 내 집이잖아, 젠장. 유산? 그래, 아무리 발버둥쳐 봤자 나도 시시껄렁한 부르주아에 불과해. 그러니까 분명히 '개인적인' 요인이 개입되어 있는 거다! 지령인지 뭔지 깡그리 무시할 테다!

민우는 불이 밝혀진 닭장 속으로 들어갔다. 혹시나 하는 심정으로 초인종을 눌러 보았다. 응답이 없었다. 열쇠를 꺼내 아파트 문을 열려고 하는데, 안에서 발자국 소리가 들려왔다. 터벅터벅. 소리가 가까워질수록 눈살이 찌푸려졌다. 문이 열렸다. 역시나 아버지였다.

"이제 오냐?"

"엄마는요?"

"늦는 모양이다."

"늦는 건가요, 아예 안 오는 건가요?"

"나도 그게 궁금하던 참이야."

민우는 곧장 제 방으로 들어갔다. 칸트가 민우의 다리 곁으로 감겨들었다. 민우는 서둘러 창턱에 걸쳐 둔 꽁치를 칸트 앞에 갖다 바치고는 곧장 호랑이 자명종을 꺼냈다. 호랑이의 엉덩이 부분, 꼬리 바로 밑에 나비 날개 모양을 한 돌출부가 있었다. 민우는 거의 자동적으로 그것을 오른쪽으로 돌려, 시곗바늘이 11시에 오도록 했다. 현재 시간은 9시 25분. 젠장, 왜 이렇게 많이 남은 거야! 민우는 호랑이 머리 위로 튀어나온 스위치를 눌렀다. 잠시 뒤, 또 한 번 눌렀다. 그러자 스위치가 다시 위로 올라왔다. 그래, 스위치를 누르는 건 나중에 하자. 그렇게 민우는 스위치를 꺼 놓은 상태로 호랑이를 방치해 두었다. 설마 이 아파트 단지 전체? 침실이라고 했으니까 그 정도는 아닐 거다. 고작해야 우리 집 정도겠지. 민우는 호랑이를 뚫어져라 노려보았다. 저렇게 고리타분하게 생긴 자명종이 폭탄이라니. 노크 소리가 들렸다. 민우는 화들짝 놀라 저도 모르게 자명종을 다시 서랍 속에 집어넣었다.

아버지가 면 트레이너에 면 티셔츠를 입은 채 서 있었다. 민우는 왜 사람을 귀찮게 하느냐는 듯 아버지를 내려다보았다. 누리끼리한 살색의 공터가 훤히 보였다. 아버지가 언제 이렇게 작아졌던가. 머리 하나는 족히 차이가 날 것 같았다.

"저녁 먹어야지."

"먹고 왔어요."

"그래도 오늘이……."

아버지는 쉽게 떨어지지 않고 자꾸만 들러붙었다. 민우는 행여나 아버지가 자기 방에 들어올까 봐 일단 거실로 나가며 방문을 닫았다. 그사이에 칸트도 방을 빠져나왔다.

"오늘이 뭐요? 왜 안 하던 짓을 하고 그러세요?"

"뭐, 그건 그렇지만……."

"그렇지만 뭐요? 엄마는 이틀째 집을 비우고, 어라, 칸트!"

칸트는 이미 의자를 딛고 식탁 위로 앞발을 뻗치고 있었다. 민우는 얼른 달려가 칸트를 들어 올렸다. 식탁에는 미역국이 놓여 있었다. 미역국? 아들의 표정이 바뀌는 것을 보며 권율 박사는 천천히 식탁으로 걸어갔다.

"어쨌거나 오늘은 너희들 생일이 아니냐. 그래도 언제 왔었는지 네 엄마가 미역국을 끓여 놨더라. 너희들이 태어나던 날은 어찌나 추웠던지, 지금 생각해도 끔찍해. 겨우 11월 7일이었는데 말이야."

민우는 일단 식탁에 앉았다. 강 주임 집에서 워낙 많이 먹어서 식욕은 전혀 없었다. 그래도 미역국을 한두 숟가락 뜨기는 했다. 호랑이 자명종은 마스터가 나와 죽은 다희에게 보낸 생일 선물인가? 입안에서는 물컹한 미역과 함께 잘게 다진 쇠고기가 잘근잘근 씹혔다. 칸트는 소파 앞, 탁자에 놓인 책 위에 앉아 허리를 세운 채 창밖을 보고 있었다. 그사이 식사를 끝낸 권율 박사는 밥그릇과 수저를 주섬주섬 긁어모았다.

"그냥 두세요. 좀 있다가 내가 치울 테니까. 칸트, 이리 와!"

하지만 칸트는 민우의 말을 깡그리 무시했다. 아쉬운 민우가 '그리로' 가서 칸트를 안아 올렸다. 방문을 열려는 순간, 아버지가 말을 걸어왔다.

"너도 이 아비 잘못이었다고 생각하는 거냐?"

민우는 아버지로부터 등을 돌린 채 아무 대답도 하지 않았다. 권율 박사는 마음이 갑갑해졌다. 아들이 제발 무슨 말이든 해 줬으면 싶었다.

"횡단보도를 거의 다 건너온 상태였어. 손만 잡고 있었어도 얼른 안아 올릴 수 있었을 텐데……. 왜 하필 그때 다희의 손을 놓고 있었는지······."

"그러게 왜 그러셨대요?"

그 사건 이후로 늘 궁금해했지만 한 번도 발설한 적이 없는 물음이었다.

"그건····· 갑자기 귀가 가려워서····· 그래, 귀가 가려워서 그랬던 것 같다, 민우야."

"뭐요?"

민우는 어이가 없었다. 그의 눈앞으로 오랫동안 잊혔던 짧은 스틸 컷이 스쳐 지나갔다. 엄마와 어린 민우는 이미 길을 건너온 상태였지 싶다. 저쪽에서 아버지가 어린 다희의 손을 잡은 채 횡단보도를 걷고 있었으리라. 갑자기 아버지가 다희의 손을 놓고서 몇 발짝을 떼어 놓았다. 그때 거대한 버스 한 대가 차선을 바꾸는 듯 방향을 살짝 틀었고, 바로 그 앞이 그 순간 다희가 서 있던 지점이었다. 딸기 같은 얼굴에 방실방실 웃음을 띠고 귀엽고 생기롭게 통통거리던 모습, 그것이 다희의 마지막 초상화였다. 다희의 얼굴을 뭉개 버린, 「절규」의 주인공과 같은 표정은 떠올리고 싶지도 않았다.

"너무 갑작스레 일어난 일이라······. 왜 하필 그때 귀가 그렇게 가려웠던 걸까. 아니, 또 그랬더라도, 다희 손을 놓을 것까지 없었을 텐데······. 아니, 또 그랬더라도 그 순간 왜 다희의 손을 잽싸게 다시 붙잡지 못했을까······."

"아버지! 이제 와서 왜 다 지난 일을 들먹이세요? 귀든 코든 손이든 다 무슨 상관이에요? 아버지는 요즘 정신이 완전히 나갔어요!"

민우는 방문을 쾅 닫고는 칸트를 방바닥에 내던졌다. 칸트는 주인의 신경질에는 아랑곳하지 않고 허공에서 아주 잠깐 허우적대다가 곧 균형을 잡았다. 착지를 할 때는 꽁지머리 시절의 코마네치처럼 가뿐하고 앙증맞았다.

서랍 속에 있던 호랑이 자명종이 다시 책상 위로 올라왔다. 민우는 슬며시 일어나 저도 모르게 방문을 잠갔다. 알람 바늘은 11시를 가리켰고 초침은 균일한 속도로 움직였다. 민우는 스위치에 손가락을 올려 누르기를 기계적으로 반복했다. 스위치가 켜졌다가 꺼지고 또 켜지고 또 꺼졌다. 결국 호랑이 머리의 혹은 위로 불쑥 튀어나와 있는 상태로 방치되었다.

"야, 칸트, 어떡할까?"

칸트는 식기 바닥에 남아 있던 우유를 핥는 중이었다.

"에잇, 몰라! 스위치를 누르는 건 좀 있다가 해도 되니까."

그러고서 민우는 침대에 벌렁 드러누웠다. 팔베개를 하고 천장을 바라보자니 칸트가 슬그머니 기어 왔다. 녀석은 민우의 납작한 배 위에 자리를 잡았다. 문 밖에서 아버지가 움직이는 소리가 들렸다. 서재로 들어가셨겠지. 민우는 손을 뻗어 칸트를 어루만졌다. 손끝에 와 닿는 고양이 털의 감촉이 온몸으로 전해졌다. 시나브로 꺼져 가는 의식 속에서 민우는 자신의 손끝이 호랑이 머리 위의 돌출부를 만지고 있다는 환각에 젖어들었다. 그러다 칸트의 체온에 몸이 데워질 무렵에는 어린아이처럼 곯아떨어졌다. 긴장과 불안 속에서 불면의 밤을 보내고 거의 하루 종일 몸을 쓰고 밥까지 먹은 이후에 찾아온 잠은 참으로 달콤했다. 그만큼 젊고 건강하다는 증거였다.

건강한 걸로 치자면 칸트도 만만치 않았다. 하지만 겉보기와는 달리 마냥 젊지는 않았다. 게다가 하루 종일 자기가 원할 때는 언제든지 마음껏 잘 수 있었기 때문에 밤에 자다가 깨는 일도 잦았다. 민우가 잠이 들고 한 시간도 채 안 됐을 때 바로 그 일이 일어났다. 주인이 침대에 뻗어 있을 때 칸트는 평소와 다름없이 방 안을 어슬렁거리다가 점프를 해서 의자 위로 폴짝 뛰어올랐다. 그러고는 앞발을 내밀어 책상 모서리를 잡았다. 바로 앞이긴 하지만 칸트의 앞발이 닿지 않는 곳에 어떤 물체가 떡 버티고 서 있었다. 칸트는 뒷발을 바싹 들고서 그 물체를 향해 연신 앞발을 휘저었다. 하지만 앞발로 물체를 건드리기는커녕 오히려 칸트 자신이 균형을 잃고서 방바닥에 나뒹구는 신세가 됐다.

이쯤 되자 칸트도 오기가 발동했다. 몇 번의 시행착오 끝에 칸트는 의자로 점프를 한 직후 그 탄력을 이용하여 책상 위로 뛰어오르는 데 성공했다. 하지만 그와 동시에, 칸트의 두툼한 몸뚱어리에 부딪친 호랑이가 비틀비틀 책상 밑으로 떨어져, 방바닥에 머리를 쾅 부딪쳤다. 덕택에 호랑이 머리 위에 난 혹이 눌러져 버렸다. 그런 줄도 모르고 칸트는 한참 동안 호랑이를 내려다보다가 갑자기 뛰어내렸다. 미끈한 호랑이 머리를 톡톡 쳐 보고 꼬리 밑에 붙어 있는 나비 날개 모양의 돌출부에 코를 갖다 대기도 했다. 하지만 곧 싫증을 내고는 다시 침대 위로 올라갔다. 민우는 어느새인가 저도 모르게 자세를 바꿔, 배를 깐 채 엎드려 있었다. 칸트는 완만한 곡선을 그리며 둔부까지 이어지는 민우의 등에 자리를 잡았다. 네 다리를 모두 모으고 우아한 자세로 웅크리고 있었지만, 실은 진즉부터 꾸벅꾸벅 조는 것이었다.

권율 박사는 다시 서재에 틀어박혔다. 운동과는 통 거리가 먼 생
활 습관 때문에 몇 가지 불편을 감수해야 했다. 가령 걸핏하면 속
이 더부룩하고 트림이 올라왔다. 그때마다 권율 박사는 의자에 앉
은 채로 허리를 꽂꽂하게 펴고 목을 위로 쭉 빼고 턱을 앞으로 내
민 자세로 시원하게 트림을 했다. 한 세 번 정도만 하고 나면 속은
편해졌다. 대신 눈에 보일 듯 말 듯 아랫배가 조금씩 더 나왔다. 책
을 보기 위해 허리를 구부릴 때도 뱃살의 느낌이 참 고약했다. 운동
을 해야 해, 운동을. 벌써 10년째 해 온 말을 그는 속으로 되뇌었다.
한편으로는 아들놈에게 귀 얘기를 한 것을 후회했다. 차라리 그냥
비밀로 해 두거나 아니면 뭔가 더 그럴듯한 걸 지어내야 했어. 아무
래도 거짓말에는 재능이 없나 봐. 권율 박사는 실제로도 그랬다. 환
자를 대할 때는 솔직하다 못 해 매정했다. 그는 언제나 환자에게 최
악의 가능성을 얘기해 주었고, 그로써 환자에게 마음의 준비를 시
켰다. 그래서 정말 최악의 가능성이 실현된다면 환자들은 권율 박
사를 탓할 수 없었고, 행여나 권율 박사의 경고에도 불구하고 삶이
더 연장된다면 그때는 자기들만의 기쁨에 젖어 권율 박사가 했던
말을 상기할 틈도 없었다. 그래, 의사란 직업, 나쁘지 않아. 거짓말
을 안 해도 되니 말이야.

하지만 이런 잡생각들은 빽빽하게 찬 문자열을 대하자 곧 소멸됐
다. 또다시 눈앞에서 문자열들이 해체되기 시작한 것이다. 알파벳
들, 그래프 위의 곡선과 점, x축과 y축의 직선, 모든 것이 제자리를

일탈하여 허공중에 부유했다. 개중에는 더러 그 자리에 남아 있는 놈도 있었지만 'paralyze'에서 모음들이 모조리 빠져나간 뒤에 남은 자음들 'prlz'는 아무리 열심히 들러붙어 봤자 발음조차 할 수 없는 철자 덩어리, 즉 아무것도 아닌 게 되어 버렸다. 포물선은 아름다운 자태를 유지했지만, x축과 y축이 어디론가 도망을 쳐 버렸다. 아니, 축들은 멀쩡한데 그래프 속 포물선이 세포 분열을 하듯 갈라져서 몇 개의 직선과 몇 개의 곡선으로 변한 뒤 칸딘스키의 추상화처럼 제멋대로 활개를 쳤다. 권율 박사는 현기증을 느꼈다. 알파벳과 그래프의 방종 때문만은 아니었다. 색깔, 색깔이 문제였다. 언제부터인가 문자들의 유희 속에 색감이 끼어들었다. 가뜩이나 자유분방한 운동이 색상환에도 없는 기이한 색채까지 동반하자, 권율 박사는 뇌수가 터질 것만 같았다. 아니, 뇌수가 정말로 터져 버렸다.

쾅!

굉음이 울리면서 온 집 안이 뒤흔들리는 것 같았다. 순간, 책 속의 문자열과 그래프는 언제 방황을 했냐는 듯 순식간에 자기 자리를 찾았다. 권율 박사는 자리에서 벌떡 일어나 거실로 뛰쳐나갔다. 시커먼 연기가 아들의 방문 틈새로 구렁이처럼 스멀스멀 기어 나오고 있었다. 권율 박사는 방문을 열려고 했지만 문은 안에서 잠겨 있었다. 권율 박사는 주먹으로 문을 쾅쾅 두드렸다. 고함 소리까지 터져 나왔다.

"민우야! 권민우!"

……한겨울, 눈보라가 휘몰아치는 들판. 그 한가운데에 혁명가

혹은 테러리스트의 운명을 타고난 자가 서 있다. 그는 오만하게 우뚝 서 있는 거대한 성채를 묵묵히 바라본다. 마침내 그는 걸음을 떼기 시작했다. 그에게는 굳건한 신념과 이데올로기가 있고 투쟁을 통해 쟁취하고자 하는 어떤 이상적인 세계상이 있다. 지금 현재 그가 내딛는 발걸음은 그 과업을 완수하기 위한 마지막 단계. 세계 혁명이 일어날 것이고 그 이후 이 세계에는 천년 왕국이 도래할 것이다.

혁명가 혹은 테러리스트는 트렌치코트 자락을 휘날리면서 바람을 가르며 들판을 걸어간다. 헐렁한 트렌치코트 안에는 주머니와 끈들이 무수히 달려 있고 그것들은 이미 '뭔가'로 다 채워진 상태다. 눈보라를 헤치고 걷는 그의 모습은 세상을 등지고 표표히 깊은 산속으로 떠나는 시인 같다. 하지만 여기저기에 매달려 있는 물건들이 그의 몸을 무겁게 한다. 그가 부여잡고 있는 이데올로기와 이상이 또한 그의 마음을 무겁게 한다. 그러나 이 모든 것을 훨훨 날려 보낼 순간이 코앞에 와 있다.

혁명가 혹은 테러리스트는 성채의 설계도를 입수하여 어느 지점에 몇 개의 폭탄을 설치할 것인가에 대한 개요를 세웠다. 철저한 연구 과정과 사전 준비가 필요했다. 그는 오래전부터 몇 개의 가면을 번갈아 써 가며 수차례 이 성채 안으로 잠입한 뒤 정확한 지점을 확인했던 것이다. 그의 사전에 오류란, 실수란 없었다. 30킬로그램을 짊어지고도 100미터를 10초 만에 주파할 수 있는 순발력과 체력, 식욕과 배설욕과 수면욕을 참으면서 한 지점에서 24시간 이상을 버틸 수 있는 인내력, 수면 중에 뒤에서 그를 급습하는 적과 맞서서도 단번에 승부를 낼 수 있는 투지, 예기치 못한 검문에도 태연

할 수 있는 연기력과 냉철한 판단력 등. 이 마지막 과업 또한 그는 성공리에 완수해 낼 것이다.

순식간에 폭탄 열 개를 다 설치하고서 혁명가는 바람에 나부끼듯 성채를 떠났다. 이제 그는 성채에서 아주 멀리 떨어진 첨탑 꼭대기에 서 있다. 5초, 4초, 3초, 2초……. 드디어, 아홉 군데에서 일시에 폭탄이 터진다. 이와 동시에 성채의 잔해가 섬광, 연기와 더불어 공중으로 흩어지고 성채의 골조는 힘없이 무너진다. 비명과 아우성이 들릴 틈도 없다. 3초 뒤 마지막 한 곳에서 최후의 굉음이 들려온다. 쾅! 혁명가 혹은 테러리스트는 회심의 미소를 지으며 첨탑을 내려간다. 나선 계단이 끊임없이, 영원히 이어진다. 난간에 살포시 손을 얹고 계단을 내딛는 혁명가는 폭파 직전 저 성채 안에는 단 한 명의 사람도 없었다는 사실을 잊었거나 아니면 숫제 알지 못한다. 그가 알고 있는 건 단 하나, 쾅! 이었다…….

쾅!

순간, 민우는 잠에서 깼다. 번득이는 섬광도 잠시, 시뻘건 불꽃과 시커먼 연기가 피어올랐다. 민우는 벌떡 일어났다. 누군가가 자기 방문을 쾅쾅 두드리고 있었다. 베개가 침에 흠뻑 젖은 것을 인지할 틈도, 자기 등 위에 누워 망중한을 즐기던 칸트가 침대 밑으로 나뒹구는 것에 신경을 쓸 틈도 없었다. 민우는 칸트의 몸통을 한 손으로 거머쥐고 후다닥 방문을 열고 뛰어나갔다.

"물을 갖다 부어, 물을!"

권율 박사는 곧바로 119로 전화를 걸었다.

"여보세요, 여기…… 예, 예……."

집 주소를 불러 준 뒤 권율 박사도 욕실로 달려가 물을 갖다 붓기 시작했다. 부자가 물 대야를 몇 번 나르자 불길은 잠잠해졌다. 최후까지 불길이 남아 있던 곳은 방구석, 호랑이 자명종이 놓여 있던 자리였다. 매캐한 연기가 자욱한 방 한가운데서 한 손으로 입을 막고 기침을 하던 권율 박사는 조심스럽게 몸을 숙였다. 그의 시선은 시커멓게 타 버린, 그리하여 볼썽사나운 뼈다귀만 남은 호랑이 자명종에 꽂혔다.

"저게 뭐냐, 민우야?"

"그건, 그게……."

민우는 말을 잇지 못했다. 칸트를 꼭 안은 채 부들부들 떨 따름이었다. 칸트 녀석도 이번에는 호되게 그을려 버렸다. 책상, 그 위에 있던 물건들, 책장과 몇 권 되지 않는 책들이 모두 화마의 흔적을 적나라하게 드러냈다. 제일 안쓰러운 건 불길이 치솟으면서 무자비하게 짓밟힌 액자들이었다. 액자들은 새카맣게 탔고 유리가 깨진 것도 있었다. 하지만 폭탄의 위력이 부실했던 탓에 꼬마꽃벌과 밀잠자리를 비롯한 몇 장의 사진들은 무사한 것 같았다.

"나가자, 이놈아! 아이고, 이놈의 새끼!"

권율 박사는 아들의 팔을 거세게 움켜쥐었다.

소파에 털썩 주저앉으면서 권율 박사는 안도의 한숨을 내쉬었다. 민우는 아버지 앞에서 이러지도 저러지도 못 하고 서 있다가, 아버지의 발아래로 쓰러졌다. 입술이 씰룩거리고 얼굴이 얄궂게 일그러지면서 느닷없이 울음이 터져 나왔다. 그때 초인종 소리가 들렸다. 119 대원들이었다. 권율 박사가 일어나 현관으로 나갔다.

"이거 죄송합니다. 아들 녀석이 저어기, 거 뭐냐,(여기서 권율 박사는 핑계거리를 생각해 내느라 제법 오래 고민했다) 담뱃불이 붙은 것도 모르고 자고 있었지 뭡니까. 정말 죄송합니다, 처음엔 큰 사고인 줄 알고, 예, 예……."

졸지에 불청객이 되어 버린 사람들을 돌려보낸 뒤 권율 박사는 다시 아들 곁으로 다가와 아들처럼 마룻바닥에 퍼질러 앉았다. 그러고는 훌쩍대는 아들의 등을 다독거려 주었다.

"아빠, 잘못했어요!"

갑자기 민우가 코맹맹이 소리로 말했다. 차마 고개는 들지 못했는데, 너무 부끄러워서였다.

"아이고, 이놈의 새끼야! 나이가 몇인데 불장난이냐?"

권율 박사는 여전히 아들의 어깨를, 등을 토닥거렸다.

"어쨌거나 좋은 일이다. 네가 날 아빠라고 부르다니. 몇 년 만에 들어 보는 소리냐."

권율 박사는 창밖을 내다봤다. 거센 빗줄기가 유리 벽을 때리고 있었다. 굵은 빗방울들은 유리 벽을 타고 속절없이 흘러내리다 그렇게 뭉개졌다.

"무슨 비가 저렇게 퍼붓나. 아무래도 내일부터는 추워지겠어. 하긴 너희들이 태어난 날도 그랬지. 어찌나 추웠던지……."

권율 박사는 혼잣말을 웅얼거리며 아들을 보듬어 안았다.

칸트는 두 부자의 틈새에 끼여 있다가 간신히 자유를 얻은 뒤, 푹신하고 따뜻한 소파 위로 기어 올라갔다. 대체 왜 이런 소란이 일어났을까. 하여간 인간이란 사고뭉치야! 칸트는 앞발과 혓바닥을 놀려 가며 몸 청소를 한 뒤 창밖을 구경했다. 잿빛에 푸른색이 감도는 털을 가진 고양이 한 마리가 유리벽에 나타났다. 노란 홍채 위에 새까맣고 동그란 눈동자가 동동거리는 모양새가 귀여웠다. 저놈은 누굴까? 은근슬쩍 싱싱한 수컷 냄새가 나는걸. 헤헤, 요즘 세상에 암컷이라고 구애를 못 할 건 또 뭐야. 칸트는 당장에 그 고양이를 잡기 위해 유리 벽을 향해 내달았다. 쾅! 칸트가 유리 벽에 코를 들이박았다가 뒤로 튕겨 나는 소리였다.

3부

소설과 마찬가지로 혁명에서도, 가장 어려운 부분은 어떻게 끝을 맺느냐이다. ― 토크빌

땡감은 떫다

그날 이후, 민우는 앓아누웠다. 그렇다고 해서 무슨 심각한 병에 걸린 것은 아니었다. 사건 아닌 사건이 있었고, 권율 박사의 말대로 늦가을 비가 내린 뒤 갑자기 날씨가 추워졌으며, 장윤희가 며칠간 집을 비운 탓에 섭생이 엉망이었다. 간단히 말해서 민우는 몸살을 앓았다. 병원에 다녀오기도 했다. 하지만 고열에 시달리며 배 속의 쓴물까지 다 게워 내고 꼬박 이틀을 침대에 누워 있다가 일어났을 때는 허물을 벗은 바퀴벌레처럼 튼튼해져 있었다.

집안도 이전과 별반 다를 바 없었다. 아내, 혹은 엄마의 가출에 대해서는 모두가 함구했다. 윤희는 아무 일도 없었던 양 조용한 현모양처의 모습으로 돌아갔다. 부자도 그날의 낮 뜨겁도록 축축한 화해 이후, 또다시 무뚝뚝하고 생뚱맞은 관계로 돌아갔다. 모든 것이 지하 소극장의 딱딱한 의자에 앉아 무성의하게 관람하는 부조리극처럼 서글플 정도로 산문적이고 단조로웠다. 민우가 앓아누워 있는 동안 딸기에게서 전화가 걸려왔다. 하지만 받을 수 없는 상태였다. 회복된 뒤에는 자기 쪽에서 먼저 딸기에게 전화를 걸 엄두가 나지 않았다. 전화를 거는 쪽은 늘 딸기였으니까.

이미 12월이 찾아왔을 무렵, 딸기가 연락을 해 왔다. 민우는 마스터의 저택에 초대받았다. 이른바 거사 직전에 그곳을 방문했을 때와는 달리 대문은 금세 열렸다. 민우는 딸기의 인도를 받으며 거실로 들어섰다.

마스터, 아니 최지욱은 손님을 보고서도 일어설 생각도 하지 않았다.

"앉지."

소파가 넓었다. 민우는 최지욱으로부터 두 칸 정도 떨어진 곳에 앉았다.

"차를 좀 내오게. 홍차 어떤가?"

"그냥 물이나 주십시오."

"아버지하곤 좀 다르군. 여기 물 한 잔! 우리 꼬마 숙녀한테도 뭘 좀 갖다 주지."

"아줌마, 딸기 우유!"

옆에서 딸기가 소리쳤다. 딸기는 최지욱이 앉은 소파의 팔걸이에 앉아 있었고 최지욱은 딸기의 허리를 손으로 감싸고 있었다. 설마, 연인? 직접 보지 않았다면 이런 생각을 하는 민우를 두고 성도착증, 소아기호증이라고 욕했을 것이다. 아무리 봐도 완력이 아니라면, 아니 설령 완력을 쓰더라도 둘 사이에 육체적 관계는 제대로 성립될 수 없을 것 같았다. 그럼에도 오직 연인만이 공유할 수 있는 어떤 미묘한 긴장과 친밀감이 둘을 묶어 놓았다는 느낌을 지울 수 없었다.

인터폰의 주인공이 쟁반을 들고 나타났다. 아버지를 배웅하던 그 40대 여자였다.

"그래, 니힐리스트 양반, 이 마스터를 직접 보니 어떤가?"

"글쎄요……."

"아마 자네는 나를 대단한 카리스마를 가진 존재로 생각했겠지. 아흔 살이 됐어도 눈에 광채가 나고 허리가 꼿꼿하고 손끝만 까닥해도 그것이 세계를 뒤바꾸어 놓을 계시가 되는 카리스마가 넘치거나 아니면 정반대로, 칼날처럼 날카로운 미소를 뿜내는 갓 스물의 꽃미남이거나. 하지만 보시다시피, 나는 이렇다네."

민우의 눈앞에 앉아 있는 그는 정말 그랬다. 위대하거나 신비스럽기는커녕 아주 선량해 보이지도 아주 사악해 보이지도 않는, 길에서 수도 없이 마주치지만 그냥 잊히는 평범한 중년 남자였다. 내장 비만에 필경 간의 지방 수치와 콜레스테롤 수치가 적잖이 높을 것으로 보이는 두툼한 배, 불그죽죽한 얼굴, 두툼하게 접히는 턱살, 이마에 그어진 몇 개의 굵은 주름 등. 한 가지 눈에 띄는 게 있다면, 기형적으로 작은 두 눈이었다. 짧은지름도 긴지름도 모두 너무 짧아 비좁기 짝이 없는 흰 타원 안에 검은 점 하나를 톡 찍어 놓은 것 같았다. 언뜻 사람 좋아 보이는 그 작은 눈은 가벼운 웃음을 칠 때면 더 작아졌고 눈가의 주름은 더 자글자글해졌다. 그 순간 그 얼굴은, 가벼운 미소를 머금은 채 아무렇지도 않게, 상대방에게 어마어마한 자비도 아니고 그저 아주 가벼운 정도의 호의만을 베풀

뿐이라는 듯 살인을 저지를 수 있는 사람의 얼굴로 변했다. 그 미소를 뺀다면 '마스터'는 아무것도 아니었다. 아니, 정말 이제 와서 마스터든 최지욱이든 다 무슨 상관인가.

"바스티유 감옥 습격 사건 말일세."

최지욱은 작은 눈에 온화하고 조용한 살의가 담긴 미소를 흘리며 말을 이어갔다.

"우리는 왜 그걸 프랑스 혁명의 기점으로 알고 있잖나? 하지만 사실 그 안에 갇혀 있던 죄수는 국사범도 혁명가도 뭣도 아닌 것들이었어. 총 일곱 명이었는데 뭐 사기꾼에 변태에 정신병자였지. 감옥에 쳐들어간 자들도 폭도에 불과했다더군."

민우는 최지욱의 말을 무시하고 단도직입적으로 물었다.

"왜 저를 골랐던 겁니까?"

"허허, 그걸 아직도 몰랐나? 자네 아비도 입을 열지 않은 모양이군. 자네의 아비는 내 아비이기도 하네. 우리는 말하자면, 이복형제인 거지."

민우는 너무 어이가 없어, 가소롭다는 듯 최지욱을 쏘아볼 뿐이었다. 미친놈! 미쳐도 더럽게 미쳤군. 하지만 민우는 곧 표정을 가다듬었다.

"원칙을 위반하셨군요. 개인적인 요인은 개입되어 있지 않다고 하더니."

이 말에 최지욱은 잠깐 뭔가를 묻듯 딸기를 쳐다봤고 딸기는 윙크를 했다.

"뭐 그런가? 그래도 자네는 어쨌거나 실행에 옮기질 않았나? 자

230

네는 훌륭했어. 바보였던 건 나지. 발파 전문가인 내가 그런 불발탄을 넘기게 될 줄이야, 원. 이래서 인생은 살맛이 난다니까."

"순전히 호기심에서 한 가지 여쭤 보겠습니다. 딸기는 그러니까…… 따님입니까?"

"딸은 물론 아니고……. 그래, 너는 나한테 뭐냐?"

최지욱은 딸기를 보며 물었다.

"나는 아저씨의 반쪽이에요."

"거 보게, 나의 반쪽이라는군."

"아무리 봐도 공상 과학 만화에 등장하는 고성능 로봇 같군요."

이 말에 최지욱은 예의 그 무심하면서도 온화한 살의가 담긴 미소를 흘렸다.

"그러게 말이야. 로봇을, 혹은 고전적으로 말해 호문쿨루스를 만들기 위해 머리를 싸맬 필요가 없다는 소리지. 생식 능력을 갖춘 남녀 둘만 있으면, 저런 천재는 얼마든지 만들 수 있는걸. 물론 가능성이 희박하니까 수많은 시행착오가 필요하겠지만."

"부모는요?"

"안심해, 자네 아비는 아니니까. 딸기가 권다회와 닮은 건 그야말로 우연이야. 왜, 이런 일도 생각보단 흔하잖나? 한 놈이 두 놈 행세를 하는 일이나 생판 남인 두 놈이 쌍둥이처럼 닮은 거나, 뭐 놀랄 일은 아니지. 하지만 이렇게 자넬 직접 보니 좀 놀랍긴 해. 주근깨가 없어서 그렇지, 우리 딸기를 정말 많이 닮았군."

"한데 왜 하필 11월 7일을?"

"우리 어머니 기일이거든. 자네와 다회가 태어난 날이기도 하고.

물론 더 오래전엔 하필이면 그날 러시아에서 혁명이 일어나기도 했지. 어차피 우리 같은 사람들한텐 별 의미 없지만 말이야. 그나저나 힘든 걸음 했으니 저녁이라도 먹고 가지? 또 한 놈 잡았거든."

민우는 무슨 말인지 모르겠다는 표정을 지었다.

"아, 별로 즐기지 않는 모양이지? 원래 개는 식용이었어. 맛으로 치자면 누렁이가 최고지, 하하."

"아니, 저는 이만 가 보겠습니다."

민우는 자리에서 일어났다.

"종종 연락하세, 이것도 인연인데. 카페에도 자주 들어오게나. 닫진 않을 테니까."

하지만 말만 늘어놓을 뿐 최지욱은 이번에도 자리에서 일어날 기미를 보이질 않았다. 이 양반 혹시 반신불수가 아닐까, 라는 생각마저 들었다. 민우가 문 쪽으로 걸어가기 시작하자, 딸기는 팔걸이에서 최지욱의 허벅지 위로 올라가 앉았다. 그들은 제3자의 존재를 깡그리 무시하고 서로 볼을 꼬집고 입을 쪽쪽 맞추면서 장난을 쳤다. 신발을 신으면서 민우는 그들을 한 번 더 볼 수 있었다. 최지욱은 딸기의 겨드랑이와 배를 간질였고 딸기는 고개를 뒤로 젖힌 채 최지욱의 가슴팍에 발길질을 하면서 자지러지듯 깔깔댔다. 요사스러운 광경이었다. 부녀간도 아닌, 그렇다고 해서 연인이나 부부는 더더욱 아닌, 어쩌면 그 모두인 얄궂은 한 쌍. 그 그림 속에서 딸기는 더 이상 다희와 겹쳐지지 않았다. 그건 그냥 딸기일 뿐이었다. 순간, 덜 익은 홍시를, 겉만 몰랑해진 땡감을 아무 생각 없이 덥석 베어 물었을 때와 같은 느낌이 들었다. 떫다, 정말.

민우가 최지욱의 집 앞에 다다랐을 무렵, 권율 박사는 유전자 감식 결과를 벌써 몇 번째 들여다보고 있었다. 사실 더 이상 들여다볼 필요도 없었다. 최지욱과 권율 박사는 서로 아무 상관이 없는 남, 남이었던 것이다!

권율 박사는 마음이 영 착잡했다. 확실한 것은 젊은 날 그의 인생에 최소영이라는 여자가 있었고 그녀가 그의 아이를 가졌다는 사실이다. 기형적으로 작은 저 두 눈, 저건 아무래도 유전자의 힘이다. 그렇다면 다른 남자의 아이를 내 아이로 착각했던 것일까. 설마! 아니면 다른 남자의 아이인 걸 알면서 내 아이인 것처럼 키우고자 했던 것일까. 하지만 대체 왜? 아비 노릇을 포기한 나 같은 파렴치한을 왜? 권율 박사의 머릿속에서는 자연스레 질문들이, 아니 힐난들이 쏟아져 나왔다. 그와 동시에 권율 박사는 자신의 성질을 좀처럼 제어하지 못하던 스무 살의 청년 권율로 돌아갔다.

'……대체 어떤 놈이랑 붙어먹은 거야, 어? 그래, 영아, 내가 죽일 놈이라고 치자. 아무리 그래도 그렇지, 다른 놈이랑 배가 맞아 애를 만들어? 죽을래, 정말 죽도록 맞아 볼 거야, 어? 영아, 야 이 나쁜 년아, 이 불쌍한 년아! 걸레 같은 년, 아무 남자랑 붙어먹던 개 같은 년……!'

그렇다, 최소영이 그 계집애였다. 순식간에 알파벳들이 제자리를 찾았고 그래프가 정상적인 모양새를 갖추었다. 영아! 바로 그 이름이었다. 젊은 권율은 그녀를 늘 그렇게 불렀고, 관계가 가까워질수록 때로는 너무 사랑스러워서, 때로는 너무 경멸스러워서 쌍욕을 늘어놓기도 했다. 갑자기 45년 전의 추억이 막 새로 산 라이터 불처럼 확 타올랐다. 길거리 포장마차에서 '오뎅'과 떡볶이를 사 먹던 시절, 학업과 아르바이트를 병행하느라 그토록 바빴던 와중에도 하루 한 갑은 꼭 바닥내는 골초였던 시절, 밤새도록 사랑을 나누고도 다음 날의 일과를 무사히 마칠 수 있었던 젊고 건강했던 시절…… 지옥처럼 아름다웠던 시절이 주마등처럼 스치고 지나갔다. 그리고 그것은 확 타오른 불꽃처럼 순식간에 꺼져 버렸다.

이제 권율 박사의 머릿속에는 최소영이라는 애처로운 이름은 남아 있지 않았다. 오로지 제 아비가 누군지도 모르고 평생을 살아갈 한 중년 남자에 대한 생각뿐이었다. 최지욱한테 알려야 될까? 에잇, 뭣 하러. 그놈이 또 집적댄다면 모를까, 구태여 들쑤셔서 뭐하나. 제일 불쌍한 건 그놈인걸.

겉보기에는 멀쩡하지만 부부 사이에는 거대한 천공(穿孔)이 생겨 버렸다. 어떤 아말감으로도 메울 수 없는 것이었다. 그럼에도 별다른 이상 징후 없이 시간은 흘러갔다. 세 가족이 모두 식탁에 앉았다. 다들 조용한 가족임을 과시하듯 말 한마디 없었다. 아들은 저녁을 먹자마자 제 방에 틀어박혔다. 간간히 칸트를 상대로 혼자 웅얼거리는 소리가 들려왔다. 권율 박사는 그보다는 조금 더 늦게 식사를 끝내고 서재에 틀어박혔다. 그렇게 시간이 꽤 흘렀다. 그만 일어나 침실로 가려는데, 노크 소리가 들렸다. 문이 열리면서 아내가 조용히 들어와 차분한 자세로 안락의자에 앉았다. 권율 박사는 긴장했다.

"선생님, 드릴 말씀이 있어요."

권율 박사는 망치로 한 대 두들겨 맞은 듯 머리통이 멍했다. '선생님'이란 호칭과 지나친 존댓말이 당혹감을 안겨 주었다. 윤희야, 차라리 아무 말도 하지 마! 그 순간, 그는 신경이 팽팽해지는 걸 느꼈다. 하지만 정작 입을 열었을 때는 건조한 말만 나왔다.

"어, 그래? 그거 좋군."

"저 연애해요."

"뭐, 그건 정말 좋은…… 아니, 뭐, 연애, 연애라고? 아, 그래, 그보다 좋은 일은 있을 수가 없지."

당혹스러운 상황일수록 권율 박사는 30여 년간 학생들과 환자들을 대하며 굳어진 언어 패턴에 무의식적으로 더 함몰되는 경향이 있었다. 그런데 습관적으로 이런 말을 늘어놓다 보면, 정말로 지금 벌어지는 모든 일, 지금 상대방이 내뱉는 모든 말이 다 좋은 것인 양 여겨지기도 했다.

"선생님 정말 여전하시군요."

"그래, 그거야 뭐……."

"이 집을 떠나겠어요."

"뭐, 뭐라고? 집을 떠나겠다고? 아니, 그게 무슨 소리야?"

순간, 권율 박사는 뇌 속으로 해독할 수 없는 정보, 아니 무시무시한 신종 바이러스가 침투한 것 같았다. 순식간에 뇌수가 거의 다 파열됐는지 더 이상 '그래, 그거 좋군.'이라는 기계음을 반복할 수 없었다. 권율 박사는 되는 대로 마구 지껄이기 시작했다. 자기도 모르는 사이에 차곡차곡 쌓여 왔던 것들이 한꺼번에 터져 나왔다. 침이 사방팔방으로 마구 튀었다.

"아니, 한눈을 파는 것도 정도가 있지! 그만큼 놀았으면, 아니 논 것도 아니고, 하여간 그만하면 정신을 차려야지! 이 권율의 아내가 어떻게 그런 말을 할 수가 있어? 그것도 내 앞에서, 아니, 그래, 내 앞에서 해야 될 말이긴 하지만, 하지만 이건 도무지……."

권율 박사는 말을 잇지 못했다. 뇌수뿐만 아니라 온몸의 핏줄이 터지는 것 같았다.

바로 그때, 핏줄이 터지듯 아내의 핸드폰에서 음악이 터져 나왔다. 아내는 곧 거실로 나갔다. 살짝 열린 방문으로 아내의 목소리가 들려왔다. "여보세요." "예, 그런데요?" "예?" "아, 거기가 어디죠?" 차분하던 아내의 목소리가 점점 더 흥분됐다. 통화가 끝나자마자 아내는 침실로 뛰어 들어갔다. 권율 박사도 벌떡 일어나 방을 나갔다.

"무슨 일이야? 어디서 온 전화야?"

아내는 대답도 하지 않고 핸드백을 들고 코트를 반쯤 걸친 채 밖으로 뛰어 나갔다.

"아니, 이 밤에 어딜 가려고 그래? 너, 정말 정신이 있는 거야? 윤희야! 장윤희!"

거실에서 요란한 소리가 들리자, 민우가 방에서 나왔다. 그러고는 놀란 표정으로 아버지의 얼굴을 바라봤다. 아버지가 엄마를 '너'라고 부르는 것, 또 저렇게 이름을 부르는 것을 난생 처음 들어 본 것이다.

권율 박사는 한동안 넋 놓고 서 있었다. 아내가 두고 간 핸드폰이 눈에 들어왔다. 권율 박사는 통화 버튼을 눌렀다.

사흘을 한 몸처럼 붙어살았던 윤희가 떠나 버린 뒤 철수는 거의 공황 상태에 빠졌다. 하루하루가 자기 책형의 연속이었고 벌레와의 싸움이었다. 그러는 동안 그리움이 불안으로, 불안이 질투와 의심으로 바뀌어 갔다. 오늘 아침, 윤희가 전화를 걸었을 때 철수는 신경질을 내며 캐물었다.

"나를 못 믿는 거야? 지금 다 얘기해도 어차피 안 믿겠지? 폭탄이 터졌어, 애 방 안에서! 무슨 이상한 카페에 가입해서 이상한 물건을 받았대. 분명히 스위치는 누르지 않았는데 갑자기 쾅! 하고 터져 버렸대. 고양이가 스위치를 눌렀을 거라는 거야. 그런데 그게 거의 불발탄이어서 가벼운 화재에 그쳤대. 자, 어때? 이런 얘기를 믿을 수 있겠어?"

윤희의 목소리가 너무 커서, 철수는 귀가 아플 정도였다.

"뭐, 이상한 카페라고? 폭탄?"

"그래! 이런 소리를 믿을 수 있겠냐고?"

"윤희야, 아들 이름이 뭐지?"

"그건 왜?"

"어서 말해!"

"민우, 권민우. 왜 그러는 거야? 어쨌거나 조금만 더 기다려, 알았지?"

이걸로 윤희와의 통화는 끝났다.

철수는 권민우가 자기를 은근히 숭배한다는 것을 알고 있었다. 그것은 아마 자기와 다른 어떤 것, 이 경우에는 다분히 퇴폐적이고, 즉 현실 감각이 없고 그렇기에 순수한 어떤 삶에 대한 동경에서 비롯되었을 것이다. 보아하니 일은 반쯤 실패한 것 같은데 그 이후 한 번도 연락이 오지 않은 건 혹시…… 알아 버렸기 때문일까? 권민우가 눈앞에 있는 것도 아닌데, 얼굴이 확 달아올랐다. 이제 카페, 혁명, 테러, 그런 것들은 아무래도 좋았다. 그는 더 이상 자기가 쓴 글들을 믿지 않았거나, 최소한 그것들은 그의 의식의 지평에서 멀리 사라져 버렸다. 이념의 변증법은 사라지고 그 자리에 삶이 들어와 버렸으며 그 삶은 청초한 여인의 모습을 하고 있었다. 열정의 대상이 한낱 여자라는 건, 그래, 어떻게든 양해된다고 치자. 그 여자가 하필이면, 젠장!

하지만 철수를 정말로 괴롭힌 것은 자기만의 지하에 갇혀 반쯤은 억지로 만들어 낸 타인의 경멸이 아니었다. 오히려 심리적인 한기와 고독, 또 그로 인해 병적으로 비대해진 상상력이었다. 상상의 나래가 늘 저 푸른 하늘의 구름을 향해 올라가는 건 아니어서, 철수의 상상은 점점 암흑의 나락으로 떨어졌다. 지금이라도 윤희가 나타나길, 지난번처럼 "나…… 왔어."라는 말을 핸드폰 너머로 흘려 주기를 기다렸다. 그렇게 열흘이 넘도록 철수는 추위 속에 함몰돼, 그것과 한 몸이 되어 버렸다. 전기요도 있었지만 그냥 방치된 지 오래였다. 새로 산 담요도, 이불도 있었지만 2, 3일 전부터 그마저도 사용하지 않았다. 이런 고집이 더욱더 추위를 불러왔고 또한 이런 몸의 추위가 심리적 추위를, 그러니까 적의와 증오를 증대시켰다. 어느 정도 줄었던 담배는 어느새 하루 두 갑을 채워 갔다. 철수는 연신 목이 아닌 배 속 깊은 곳에서 올라오는 기침을 쏟아냈다. 또다시 라면이 주된 식단이 되었고 빈 그릇과 수저, 냄비가 방구석에 내팽개쳐졌다.

그래, 어디까지 가는지 보자! 그는 스스로를 향해 이를 갈았다. 그래 봐야 별수 없을걸세. 자네는 정말 변변찮은 인간이거든. 쳇, 법대생이 고시에 낙방을 하다니! 그러고서 이제는 돈 많은 유부녀한테 몸 팔고 밥이나 빌어먹는 주제에! 오그라든 내장을 타고서 벌레가 식도 바깥으로 기어 나왔다. 닥쳐! 철수는 자기의 목을 움켜쥐었다. 담배를 너무 많이 핀 탓에 목구멍이 아려 왔다. 이보게, 정말로 그 여자를 손에 넣고 싶다면 이제라도 일을, 제대로 된 일을 하게나. 번역? 좋지. 하지만 그런 책만 번역해선 어떻게 먹고살 텐가? 좀 팔리는 걸 골라 보게. 전에도 말했지만 다시 학원 일을 알아보는 건 어떤가? 요즘 교육부 정책 때문에 논술 교사의 몸값이 천정부지로……. 여기서 철수는 또 다시 자신의 목을 움켜쥐었다. 이번에는 벌레도 순순히 내장 속으로 다시 기어 들어갔다.

철수는 컴퓨터 앞으로 다가갔다. 그리고 하얀 공간을 검은 글씨로 채워 나갔다. 쓸 말이 바닥나자 인쇄 버튼을 눌렀다. 그 종이를 그대로 프린터 위에 남겨 둔 채 그는 밖으로 나갔다.

밤 9시가 훨씬 지났을 무렵, 철수는 한강 변에 나와 있었다. 정확히 한강 대교의 가 쪽 모서리였다. 등 뒤로 차가 지나갈 때마다 그 진동이 온몸으로 전해져 왔다. 다리가 후들거리고 속도 메스꺼워졌다. 철수는 철제 난간을 잡고 저 멀리로 뻗은 강물을 바라보았다. 거대한 심연 위로 시커먼 전율이 일었다. 높은 파도를 자랑하는 바다라면 더 좋았을 법했지만 강물도 나쁘지는 않았다. 자, 이제, 이제 뛰어내리는 거다. 그러고서 철수는 시선을 조금 더 앞으로 당겨, 지금 당장 자기의 몸이 떨어질 지점을 응시했다. 이런! 너무 더럽잖아! 각종 폐수 때문에 생겼을 유동성의 부유물들이 보였다. 행인들이 던졌을 쓰레기들은 쳐다보기가 안쓰러울 정도였다. 담뱃갑, 과자 봉지, 사탕 막대, 장갑 한 짝, 바람 빠진 고무풍선, 빈 생수 통……. 멀리 있는 자연은 그토록 숭고한데 가까이 있는 자연은 왜 이리 추잡한가.

철수는 본능적으로 몸을 움츠리고 옷깃을 여몄다. 몸이 달달 떨려오고 구역질이 났다. 추운 날씨, 공복, 담배로 채운 허기, 예민해진 신경, 모든 것이 착착 들어맞았다. 그래, 어서 빨리 끝내자. 그러면서도 코앞의 물을 내려다보니 눈살이 절로 찌푸려졌다. 진짜 더럽군. 게다가 밤이라 물은 더 차겠지. 에잇, 빨리 돌아가서 종잇장이나 없애자! 철수의 머릿속에서 이런 청각 영상이 떠오르는 찰나, 귓구멍에서 벌레가 스멀스멀 기어 나와서는 아무 말 없이 히죽히죽 웃었다. 난 자네가 이럴 줄 알았다네. 하지만 더 멋진 게 자네를 기다리고 있지. 기대하시라! 이렇게 웅얼대는 것만 같았다. 시끄러워! 다 끝났단 말이야. 철수는 벌레에게 대거리를 하고 몸을 돌렸다.

다리 한가운데로 나갈 때만 해도 제법 비장했던 발걸음이 이제는 허탈하기 짝이 없었다. 그렇게 철수는 다리를 다 건너와 몸을 앞으로 잔뜩 기울인 채 육지에 발을 내딛었다. 바로 그 순간, 마침 앞차를 추월하려던 차에 다리를 부딪치고 말았다. 상당히 큰 충격이 그의 몸을 강타했고, 그는 비틀거리면서 옆으로 쓰러졌다. 그와 동시에, 앞선 둔중한 충격과는 달리 뭔가 예리하고 날카로운 통증이 허벅지를 파고들었다. 가뜩이나 가물거리던 의식이 순식간에 완전히 사라졌다. 바로 그 찰나, 그는 뭔가를 아슬아슬하게 붙잡을 수 있었다. 젠장, 이건 너무 아프잖아! 이러다가 사람 잡겠어! 이 두 마디를 평소 그가 했던 식으로 길게 풀어 볼 수도 있을 것이다. 더럽지만, 힘들지만, 살아 주기로 결심했는데 이제 와서 삶이 나를 배반하다니, 이건 좀 치사하잖아! 도대체 이렇게 황당하고 썰렁한 반전이 어디 있어? 그러자 벌레도 가만히 있지 않았다. 어허, 이렇게 오만한 인간을 다 봤나. 우리네 인생이 그렇게 녹녹하면 뭣하러 신을 만들고 이데올로기며 이념을 만들겠나, 이 사람아.

한 여자가 사색이 되어 응급실 안으로 뛰어 들어왔다.

"장윤희 씨죠? 이쪽입니다."

젊은 의사는 여자의 얼굴을 힐끗 쳐다보았다. 환자의 핸드폰에 무수하게 찍힌 유일한 번호. 물론 아내나 애인일 것이라고 생각했다. 하지만 나이가 많이 들어 보여서 젊은 의사는 좀 당혹스러웠다.

"어떤가요, 상태가?"

"다리를 좀 다쳤고 출혈도 있지만 노력해 보겠습니다."

"그런 말이 어디 있어요, 예? 틀림없이 살 수 있는 거죠?"

윤희는 한 시절 의대생이었다는 것이 믿어지지 않을 정도로 대책없는, 하지만 이 상황에서는 지극히 당연한 반응을 보였다. 그때 권율 박사가 달려왔다.

"여보!"

윤희는 남편을 보자 와락 끌어안으며 흐느껴 울기 시작했다. 권율 박사가 윤희의 등을 다독거리고 있을 때, 간호사가 종잇장을 들고 다가왔다.

"여기 서명하세요."

윤희는 볼펜을 받아 쥔 채 손을 부들부들 떨었다.

"괜찮아, 다 좋은 거야. 원래 최악의 가능성을 상정하면 일이 쉬워지는 법이거든."

권율 박사가 윤희를 보듬은 채 말했다. 침을 튀기며 성난 넋두리를 늘어놓던 권율 박사는 온데간데없이 사라진 것 같았다.

"맞습니다. 꼭 제가 하고 싶었던 말이군요. 혹시 의사십니까?"

이렇게 물으면서 젊은 의사는 웃었다. 그건 비웃음이기도 했다. 피 냄새보다도 노숙자 냄새가 더 많이 나는 응급 환자. 그에게는 통 어울리지 않는, 한 시절에는 한 미모 했겠지만 이제는 그 미모의 흔적이 오히려 안쓰럽게 여겨지는 중년 여자. 그녀의 아버지뻘은 족히 돼 보이지만 엄연히 '여보'인 늙다리 대머리. 이 조합 자체도 웃기지만 이 양반들이 어쩌다가 이 자리에 함께 있게 된 거지? 다급한 상황이었지만 이제 막 응급실 근무를 시작한 젊은 수련의는 조금은 궁금해졌다. 그때 늙다리 대머리가 나지막한 목소리로 말을 걸어왔다.

"대퇴부 골절이오?"

"심각하진 않지만 자상(刺傷) 때문에 출혈이 좀 심합니다."

"설마 대동맥을 건드렸소?"

"다행히 비켜갔군요. 그럼 이만."

젊은 의사는 고개를 까닥하고 돌아섰다. 그 와중에도 저 늙다리

대머리가 진짜 의사인가, 라는 잉여적인 생각이 들었다.

윤희는 수술실 앞에 남겨진 채 바들바들 떨고 있었다. 그녀의 어깨를 감싸며 권율 박사가 말했다.

"이봐, 울지 마. 요즘 의학으론 이 정도로는 죽기도 힘들어. 저어기 앉아서 찬찬히 얘기 좀 해 봐. 우리 윤희는 늘 말을 잘했지. 옛날에도 자주 말했잖아, 우리 윤희는 문리대를 갔더라면 좋았을 거라고."

남편의 손을 꼭 잡은 채 윤희는 모범생이 선생님의 질문에 답하듯 또박또박 말을 하기 시작했다. 훌쩍거리기도 했다. 권율 박사는 간간히 "그래, 그거 좋군." 하고서 추임새를 넣어 주었다. 하지만 그럴수록, 이미 터져 버린 뇌수와 혈관이 더 심하게 뒤엉켰다. 온몸에 힘이 쫙 빠지고 사지는 근육 이완제라도 맞은 양 맥없이 너덜거렸다. 급기야 눈앞이 침침해졌다. 권율 박사는 눈을 감았다. 모든 상황이 종료되었을 때 어떻게 해야 할지에 대한 생각은 전혀 떠오르지 않았다. 이대로 아내를 보낼 것인가. 젊은 아내가 젊은 남자와 눈이 맞아 자기를 떠나는 상황을 어떻게 견뎌야 할 것인가. 모든 물음들은 한없이 연기되었다.

다시 눈을 떴을 때는 100원짜리 동전 같은 것이 흐릿한 음영의 형태로 눈앞에서 어른거렸다. 동전이 사라지자 사물 하나하나가 올록볼록 도드라지며 기분 나쁠 만큼 또렷하고 선명하게 보였다. 눈이 따끔거리며 아프기도 했다. 그럴수록 더 눈에 힘이 들어갔다. 눈앞에 서 있는 윤희의 뽀얀 손이 세상의 전부인 양 확대되면서 양감을 과시했다. 그 세상은 곧 가운뎃손가락인지 넷째손가락인지 하여간 뽀얀 살을 감싸고 있는 결혼반지로 귀결되었다. 설마, 망막염이 었나? 눈을 깜빡일 때마다 동전의 음영이 나타났다 사라졌다 하면서 약을 올렸다. 권율 박사는 아예 눈을 감아 버렸다.

수술은 별문제 없이 끝났다. 하지만 그로부터 많은 시간이 지난 뒤에야 철수는 의식을 회복했다. 바로 곁에 윤희가 앉아 있었다. 그 옆에는 몇 가닥 남은 머리카락마저 하얗게 샌 노인이 서 있었다. 머리털이 쭈뼛쭈뼛 서고 살갗이 모조리 다 벗겨지는 것 같은 통증을 느끼면서도 철수는 그가 누구인지를 금방 알아챘다. 윤희가 철수에게로 몸을 기울였다.

"괜찮아, 응? 나 알아보겠어?"

철수는 고개를 끄덕인 다음 혼잣말처럼 웅얼댔다.

"종잇장을 없애야 되는데……."

"종잇장? 그게 뭔데?"

"유서……."

"뭐? 너 미쳤어? 그럼, 야밤에 죽으러 거길 갔단 말이야? 지금 그게 나한테 할 소리야! 얼마나 걱정했는지 알아? 대체 왜 그런 거야, 왜? 조금만 기다려 주면 곧 간다고 했잖아, 응?"

윤희는 또다시 울음을 터뜨렸다.

"다 잘될 거야. 거 봐, 다 좋잖아."

아내의 어깨를 어루만지며 이렇게 말했지만, 권율 박사는 자기를 쏘아보는 철수의 시선을 예리하게 느끼고 있었다. 심한 통증이 증오와 질투를 더 부채질하는 것 같았다. 30대라고는 믿어지지 않을 만큼 추레하고 부실한 얼굴이었지만 그 표정만은 권율 박사가 오래전에 잃어버린 젊음의 혈기를 담고 있었다. 그 기운도 전염이 되는지, 가라앉았던 분노가 또다시 그를 휘어 감았다. 아니, 적반하장도 유분수지! 뭐 이런 썩을 놈이 다 있어! 제 놈 기분이 아무리 더럽기로서니, 남편을 앞에 두고서도 정부와 저토록 허물없는 태도를 취하는 이 어린 것을 지켜보아야 하는 남편만 할까. 에라이, 나쁜 놈! 권율 박사는 여물지 않은 홍시를 얼결에 씹었을 때처럼 떫었다. 그는 '어린 것'을 '젊은 것' 옆에 남겨 두고 조용히 병실을 나왔다. 순간 무릎이 휘청거려 넘어질 뻔했지만 적시에 벽에 손을 짚을 수 있었다.

며칠 뒤 아들의 사고 소식을 듣고서 노부부가 엉겁결에 상경했다. 아들의 얼굴을 보자마자 그들은 자초지종을 들을 것도 없이 눈물부터 쏟았다.

"아이고, 다리 쪼매 다친 걸 갖곤 이 난리를 다 쳤드나! 액땜한 기라, 액땜. 인자 니는 다 잘될 기라. 이만하길 천만다행 아이가. 아이고, 뒷골 여시가 도운 기라."

철수의 어머니가 아들의 손을 쥐고서 말했다. 옆에 있던 간호사와 의사에게는 더 굽을 것도 없는 허리를 연신 굽혀 인사를 했다. "아이고, 선생님들 고맙습니다, 선생님들 잘 부탁드리겠습니다."라는 말은 도입부이자 곧 후렴구였다. '높은' 사람들로 보이는 권율 박사 내외 앞에서는 너무 송구스러워 고개도 제대로 들지 못했다. 평생 서울 구경 한 번 제대로 해 본 적 없는 이들을 고속버스 터미널까지 친히 마중 나와 이리로 데려와 준 것도 권율 박사였다.

노부부는 아들의 간호를 권율 박사 내외, 더 정확히 '사모님'께 맡기고 다음 날 바로 시골로 내려갔다. 가난한 사람들 특유의 무심함, 심지어 무정함의 이유는 실상 아주 간단했다. 가을걷이는 끝났지만 서울에서 방값, 밥값 축내며 죽치고 있을 형편이 못 되었던 것이다. 그들이 한사코 사양했지만, 권율 박사는 이번에도 그들을 고속버스 터미널까지 바래다주었다.

"아이고, 선생님 고맙습니다. 안녕히 계시소."

허리를 왕창 꺾어 몇 번이나 인사를 한 다음에야 그들은 사라졌다.

평생 아들 하나만 믿고 살아온 노부부의 뒷모습을 지켜보는 권율 박사는 마음이 영 불편했다. 이미 노부부의 몸과 하나가 돼 버린, 비굴할 정도로 공손한 행동거지는 오래도록 그의 뇌리를 떠나지 않았다. 누추한 차림새와 시커먼 구릿빛 얼굴 때문에 더 눈에 뜨이는 노인의 두툼한 오렌지색 겨울 점퍼도 마찬가지였다. 상당히 더웠을 텐데도 노인은 끝까지 이 새 점퍼를 벗지 않았다. 분명히, 올겨울을 위해 변변찮은 아들 녀석이 사 준 것이리라. 그리고 늙은 아비는 몇 년에 한 번 있을까 말까 한 서울 나들이를 위해, 이곳 기온도 생각지 않고 큰마음 먹고 꺼내 입은 것이리라. 불과 며칠 전에 알게 된 이 김철수라는 작자의 반생이 훤히 그려지면서, 권율 박사 자신의 인생의 전반부가 되살아났다. 이들의 역할이 각각 오쟁이 진 늙은 남편, 그의 아내와 부적절한 관계를 맺은 백수건달이 아니었더라면, 썩 괜찮은 인연이 됐으리라. 동질감에서 비롯된 묘한 연민이 생겨났다. 하지만 어쩌랴, 관계의 틀이 이렇게 짜여 버린 것을.

권율 박사는 착잡해졌다. 그래, 떫었다. 마냥 뱉어 버릴 수만도 없는, 설령 뱉어 버렸다고 할지라도 그 감각의 기억만은 계속될 것 같은 떫음이었다.

누구도 딱히 원하지 않았건만 새해가 밝았다. 그 해가 제일 싫은 것은 딸기였으리라. 어쩔 수 없이 여덟 살이 되는 바람에 딸기는 입이 삐죽 나온 채로 초등학교에 들어갔다. 앞니마저 톡 빠져 버렸다. 최지욱은 결혼 한 번 하지 않은 몸으로 학부모가 되었다. 그때까지도, 또 영원히 그는 유전자 감식 결과를 확인하지 않았다. 희뿌연 예감이 사실로 판명된다면 또다시 아버지를 찾아나서야 할 텐데 그건 무척 성가신 일이었으니 말이다. 복수의 욕망도 서서히 망각됐다. 때로는 시간이 그런 자비도 베풀어 준다. 그 똑같은 시간이 그에게 시력을 앗아가기 시작했다. 그래도 그는 어머니보다는 좀 더 오랫동안 밝은 세상을 볼 수 있었다. 아마 최소영의 작고 도톰한 눈에는 없었던, 살벌하면서도 은은한 표정, 그 표정 속에 감춰진 기괴한 삶의 에너지 덕분이었으리라. 또 딸기가 파수꾼처럼, 수호천사처럼 최지욱 옆에 붙어 있었기 때문이었으리라. 그들이 기다렸던, 딸기가 열다섯 살이 된 해는 별다른 사건 없이 지나갔다. 그들은 이미 오래전에 연인이었으니까. 권율 박사와 권민우의 존재는 그들이 공유한 무수한 기억 중 하나에 불과했고, 그나마도 좀처럼 상기되는 일이 없었다.

권율 박사의 집은 고즈넉했다. 부부 사이에 생긴 깊은 천공은 아무도 메울 생각을 하지 않았다. 그랬기에 그들은 일상의 평온을 방해받을 일도 없었다. 그저 약간의 떫음만 감수하면 됐는데, 그마저도 곧 익숙해졌다. 정지된 부모의 시간 속에서 아들만 혼자 시간을 먹는 것 같았다. 딱히 환골탈태를 한 것은 아니었으나, 어떻든 민우는 성실하고 건전한 학생으로 돌아갔다. 졸업하려면 1년 반이나 남았다며 퉁명스럽게 거들먹거리더니 이제는 '겨우' 1년밖에 남지 않았다고 생각했다. 졸업보다 더 중요한 일은 로스쿨에 들어가는 것이었다. 사실상 이과에서 문과로 전향하는 셈이라 그 어느 때보다 공부에 많은 시간을 쏟아부었다. 시간이 초 단위로 흘러갔으며 각각의 초들은 무수한 정보들의 격류로 채워졌다. 자연스레 KC현을 찾는 일도 드물어졌다. 간혹 강 주임과 그 딸들, 또 피아노의 안부가 궁금하긴 했지만 그 궁금함조차도 일상의 분주함 속에 묻혀 버렸다.

빈틈없이 바쁜 와중에 민우는 경제학을 전공하는, 두 살 연하의 한 여학생을 만났다. 공부에 전력투구해야 할 때 여자를 만난다는 것은 상상도 할 수 없는 일이었다. 하지만 현실은 상상을 부드럽게 비껴 나가, 민우는 그녀와 함께 도서관과 집을 오가며 많은 시간을 공유했다. 그렇게 그녀와 사귄 시간은 연애에는 마땅한 매뉴얼이 필요 없음을 깨닫는 과정이기도 했다. 그들의 시공간은 점점 더 확장되어 갔다. 둘 중 하나가 반년이나 1년씩 외국에 나가 있을 때도 있었다. 그때마다 국제 전화비가 데이트 비용을 거뜬히 넘었다. 그렇게 서로의 밤과 낮이 엇갈리는 일이 몇 번 있었다. 그러고 보니 둘의 나이의 합이 어느덧 60이 되었다. 그때 그들은 결혼했다.

일부러라도 아버지의 뜻을 늘 거스르며 살아왔지만 결과적으로 30대의 권민우는 곤충 생태학자가 아니라 말쑥한 변호사였다. 그리고 회계사 아내와 귀여운 딸을 둔 가장이기도 했다. 한 시절 민우가 그려 보았던 것 중 가장 거북스러운 삶의 주인공이 되어 있었던 것이다. 그런 자신의 모습에 대해 괜히 위악적인 울분을 품는 일은 이제 더 이상 없었다. 오히려 일상의 결들을 메우느라 분주했다. 빼곡히 들어찬 시간의 틈새를 비집고 서울 근교로 나들이를 나가는 것도 일상의 연속이었다. 아버지의 와병에도 불구하고 적절한 풍요와 적절한 결핍이 뒤섞인 생활에는 큰 변화가 없었다.

"엄마, 저 잠자리 뭐야?"

민지가 죽단화 이파리 위에 앉은 잠자리를 가리키며 고개를 갸우뚱거렸다. 화창한 어느 초여름 날이었다.

"회색도 아니고 파란색도 아니고……. 잠자리는 원래 빨간색이잖아?"

아내도 고개를 갸우뚱거리자 민우가 나섰다.

"등이 빨간 건 고추잠자리고 이건 밀잠자리야."

"밀잠자리? 에이, 이름이 안 예쁜걸. 마음에 안 들어!"

"너는 동물도 이름 보고 좋아하니? 공평하지 않은걸."

"그럼 어떡해? 나는 이름도, 얼굴도 다 예쁜 동물이 좋단 말이야. 꼬―마―꽃―벌. 정말 예쁜 이름이잖아? 아빠, 꼬마꽃벌은 어디 가면 볼 수 있어? 꼬마꽃벌 사진은 어디서 찍은 거야? 나도 데려가 줘, 응?"

"벌을 보려면 좀 더 커야지?"

민우는 애교를 부리는 딸내미를 다독거렸다. 아마 나중에 꼬마 꽃벌을 공부하겠다고 하면 언젠가 아버지가 했던 말을 반복할 수밖에 없으리라. 민우의 생각을 읽었는지 아내가 옆에서 피식거렸다.

"엄마 왜 웃어?"

"우리 민지를 보면 꼬마꽃벌이 정말 좋아할 것 같아서."

"꼬마꽃벌이야 좋겠지만 민지는 좀 싫을걸."

"어, 왜?"

"그게 말이야, 이 아빠가 사진을 잘 찍어 놔서 그렇지, 실제로 보면 생긴 것도 흉측스럽고 감촉도 불쾌하고 이름이야 귀엽지만 쏘이면 꽤나 아프거든. 종류도 많아서……."

민우의 말이 길어지자 민지는 딴청을 부렸다. 아내는 숫제 그의 말을 끊었다.

"자, 곤충 공부는 이제 그만! 내일 우리 민지 할머니 할아버지 보려면 얼른 집에 가서 일찍 자야지."

"엄마, 할아버지 웃겨! 입만 열면 이상한 소리해, 헤헤."

"에잇, 그런 말 하면 못써! 할아버지가 민지를 얼마나 좋아하시는데."

"나도 할아버지 좋아. 할머니보다 더 좋아."

"어라, 그건 또 왜야? 할머니가 서운하시겠는걸."

"할머니보다 할아버지가 더 웃기니까. 얼마나 재밌는데! 지난번에는 나한테 다희래. 할아버지가 다희를 어떻게 알겠어? 모른 척하고 다희가 누구냐고 물었더니 딸기라는 거야. 나도 다희랑 똑같이 생겼대. 엄마, 할아버지 정말 웃기지, 응? 그래도 할아버지 실망할까 봐 나랑 다희가 하나도 안 닮았다는 얘기는 안 했어."

옆에서 무덤덤한 표정으로 듣고 있던 민우가 아내에게 물었다.

"다희가 누구야?"

"왜, 오빠도 몇 번 봤잖아? 민지 친구. 우리 앞 동에 사는 애 말이야."

"아, 그 공항 공사 다니는 남자 딸? 걔 이름이 다희였나?"

"하여간 아버님도 애 앞에서 죽은 사람 얘기는 왜 자꾸 꺼내신데?"

"어, 누가 죽었어?"

"권민지, 엄마 아빠 얘기할 때는 얌전히 있어야지!"

민지는 엄마의 갑자기 싸늘해진 표정과 말투에 금방 꼬리를 내렸다. 민우와 아내 사이에는 아닌 게 아니라 졸지에 냉기가 흘렀다. 그녀는 주말에 한 번은 시댁을 찾는 것이 마땅하다고 생각했고, 세상의 모든 며느리처럼 그 마땅함에 벌써부터 스트레스를 받고 있었다. 실제로 시댁에 가는 횟수는 한 달에 두 번 정도였고 그곳에 머무는 시간은 길바닥에 쏟는 시간을 포함하여 대여섯 시간을 넘지 않았다. 그럼에도 그녀에게는 꼭 매주 휴일을 송두리째 날리는 것처럼 여겨졌다. 또 이상하게도 시댁 갈 생각만 하면 없던 할 일도 마구잡이로 잔뜩 생겨나는 것만 같았다.

　권율 박사는 온 집안의 골칫거리였다. 은퇴 직후에는 제2의 인생을 살아 보겠다며 봉사 활동도 나가고 잠깐이나마 환경미화원 일도 했더랬다. 하지만 인생의 절반을 손에 물 한 번 안 묻히고 살아온 터라, 남을 돕기는커녕 다른 사람에게 일거리를 하나씩 더 얹어 주는 꼴이 됐다. 그나마도 건강이 악화돼 자의 반, 타의 반으로 그만둔 뒤에는 완전히 집에 칩거해 버렸다. 어쩌면 칩거가 또 병을 불러왔다. 하지만 수술과 치료를 요하는 종류의 병은 또 아니어서 입원할 명분도 없었다. 더욱이 병원이라면 권율 박사가 싫어하다 못해 거의 공포마저 느끼는 공간이었다. 그에게 병원의 침상은 곧, 나라야마였다. 물론 사실이 그렇기도 했다. 하지만 요즘 세상에 집에서, 그것도 안방에서 두 다리 뻗고 죽겠다는 것은 주책없는 과욕이었다. 대소변까지 받아 내야 되는 상황이니 가히 파렴치한 취급을 받을 만도 했다. 간병인을 들였지만 옆에 있는 사람에게는 이러나저러나 고통이었다. 윤희는 최근 10여 년간 자기가 남편에게 무서운 폭력을 행사해 왔다고, 그것이 남편의 노화와 병을 더 재촉했다고 생각했다. 무의식적인 죄책감이 남편의 마지막 소원만은 마땅히 들어줘야 한다는 강박관념을 낳았다. 그 때문에 그녀의 몸도, 마음도 남편 못지않게 황폐해져 갔다. 그럴수록 아들에게로 화살을 돌렸는데, 그 화살은 당연히 며느리에게 꽂혔다.

　세상의 모든 시어머니들처럼 윤희 역시 우아한 시어머니가 되겠다는 막연한 꿈이 있었다. 시어머니에 대한 또렷한 표상이 없었기에, 또한 비교적 젊은 나이에 시어머니라는 호칭을 달게 됐기에 더 그랬다. 하지만 한 여자와 그 여자 아들의 여자라는 관계 틀은 마냥 우아할 수만은 없는 것이었다. 요즘 세상에 멀쩡한 시부모도 아니고 병든 시아버지 간병하겠다고 시댁에 들어올 며느리가 어디 있겠는가. 하지만 겨우 한 달에 한두 번, 그것도 늘 저녁 시간에 살짝 왔다가 얼굴도장 찍고 꼬리만 치다가 내빼는 며느리를 보면 부아가 치밀었다. 며느리라는 것이 기저귀를 갈아 주는 건 그렇다 쳐도 시아버지한테 밥 한 번 먹이는 일 없었다. 말이라도 안 하면 밉지나 않지, 제 딴에는 아직도 어색하고 불편한지 분위기를 풀어 보겠다며 늘어놓는 말이 전부 자기 자랑과 자기 변호였다. 잘난 며느리의 교설을 들어 주자니 자신의 가정주부로서의 인생이 무슨 쭉정이 취급을 받는 것 같았다. 그리하여 최근 들어 윤희는 걸핏하면 속에 마그마를 품은 양 들끓었다. 도무지 내 안에 어쩌다 이렇게 치사하고 촌스러운 심술보가 생겨났나 싶어 자괴감이 들기도 했다. 가장 괴로운 것은 그 모든 감정을 억누르려고 애쓰는 일이었다. 윤희가 환갑도 안 된 나이에 이미 괴기스러운 노파의 몰골이 된 것도 당연했다. 그럼에도 아들 가족이 온다는 전화가 걸려오자마자, 간만에 장을 보고 풍성한 저녁 식탁을 준비했다. 저도 모르게 몸이 가뿐해졌다. 특히 손녀를 위해 푸딩을 만들 때는 손놀림과 발놀림이 경쾌한 리듬을 타는 것처럼 생기로웠다.

하지만 달뜸도, 반가움도 잠시, 온 가족이 함께한 저녁은 무덤덤하고 맹맹했다. 권율 박사는 병실로 단장한 서재에 산송장처럼 누위 있었다. 아들 내외와 손녀는 저녁 식사 후 거실에 앉아 텔레비전을 봤다. 설거지는 윤희가 직접 했다. '일주일 내내 힘들었을 텐데 그냥 쉬어.' '몸도 무거운데…….' '민지 젖이나 먹이렴.' 이런 식의 말들이 어느 순간부터 무언의 약속으로 굳어져 이제 며느리는 그야말로 친정집에 온 양 손도 꿈쩍하지 않았다. 어쩌다 설거지라도 할라치면 접시를 떨어뜨리거나 음식물이 버젓이 묻어 있는 그릇을 그냥 식기 대에 얹곤 하는 며느리였다. 그때마다 '어머니, 제가 이런 일을 안 해 봐서.'로 시작하는 멘트가 흘러나왔다. '요즘 애들이 다 그렇지 뭐.' 억지로 웃으며 이런 말을 하느니 차라리 직접 하는 게 나았다. 하지만 오늘따라 며느리가 유난히도 미웠다. 마치 자신의 젊음과 아름다움을 며느리가 모조리 빨아먹기라도 한 것 같았다. 한 시절 그녀도 멋들어지게 연출했을 저 단란한 풍경도 마냥 꼴사나워, 저도 모르게 퉁명스러운 말이 튀어나왔다.

"너는 뭐가 그리 웃기다고 애처럼 낄낄대니?"

아들에게 쏜 화살은 역시나 며느리가 맞았다. 며느리는 금방 정색을 하며 웃음을 그쳤다. 그녀는 또 그녀 나름으로 시댁에 죽치고 앉아 금쪽같은 시간을 죽이며 즐거운 척하느라 신경이 곤두서 있었던 것이다. 민우가 상황을 수습하느라 머쓱하게 대꾸를 했다.

"아니, 민지가 또 웃긴 소리를 하잖아."

"할머니, 저 늙은 판다, 할아버지랑 똑같아, 그치? 하루 종일 먹고 자고 먹고 자고, 헤헤. 눈 시커먼 것도 할아버지랑 똑같아. 아, 나 또 할아버지 보러 가야지!"

"아까 인사드렸잖아?"

민지는 엄마의 만류에도 불구하고 이미 할아버지 옆에 가 있었다.

"아휴, 냄새! 동물원이야, 정말! 책은 왜 이렇게 많아? 읽지도 못하잖아? 할아버지, 할아버지는 판다 본 적 있어? 할아버지랑 엄청 닮았다! 할아버지한테 꼭 보여 주고 싶은데……. 할아버지는 언제쯤 걸을 수 있어? 설마 평생 못 걷는 거야? 할아버지 아프다며? 할아버지 있잖아, 다희 동생은 작년에 태어났는데 벌써 걷는다! 신기하지, 응? 걔, 얼마 전만 해도 애벌레처럼 기어 다녔거든. 그때만 해도 다희가……."

"그래, 우리 다희는 말이 너무 많아……. 누굴 닮아 이렇게도 말이 많은지, 세상에 신기한 건 또 왜 이리 많은지……. 이 아빠가 죽으면 누가 우리 딸기의 얘기를 들어 주나……."

권율 박사가 횡설수설하기 시작했을 때 윤희가 들어왔다. 민지는 얼굴 가득 물음표를 그린 채 할아버지의 말을 듣다가 키득댔다.

"할머니, 거 봐, 할아버지 또 딸기래. 할아버지는 아무것도 몰라. 우리 할아버지 정말 의사 맞아? 왜 자기 아픈 것도 못 고쳐?"

이 질문에 윤희는 잠깐 고민했다.

"할아버지 다 나으면 물어보렴. 그만 나가자. 할아버지는 쉬셔야 해."

윤희는 손녀를 감싸 안았다. 정확히 이 나이에 숨이 끊긴 딸에 대한 추억이 되살아났지만 잠시였다. 손녀의 존재를 인지하지 못할 만큼 삭아 버린 남편이 짜증스러울 만큼 불쌍해졌다. 동시에 손녀 앞에 창창히 펼쳐질 삶의 싱그러움에 콧날이 시려 왔다. 이런 식으로 느닷없이 나타나는 감상성의 격발을 윤희는 여성 호르몬의 감소

탓으로 돌렸다.

아들 가족이 사라지자 집 안은 또다시 캄캄한 무덤 속이 됐다. 윤희는 남편을 옆에 두고 문지방에 우두커니 앉아 있었다. 맞은편 벽 거울에 부부의 모습이 어리었다. 방 안에 누워 있으나 뒷산에 누워 있으나 똑같은 처지가 돼 버린 남편, 그리고 그 속도에 맞추어 볼품없이 쪼그라들고 쭈글쭈글해진 아내. 이것이야말로 배반이다. 자연은 인간을 이런 식으로 배반한다. 오죽하면 태어나게 했다가 죽이기까지 한다. 기왕 그럴 거면, 제발 빨리! 머릿속에 떠오른 생각에 윤희는 너무 수치스러워 얼굴이 화끈 달아올랐다. 사람들은 곧잘 가까운 사람의 죽음을 바란다는, 가깝기에 더욱더 바라게 된다는 말이 딱히 부도덕할 것도 없는 진리라고 그녀는 생각했다. 그럼에도 남편이 어서 빨리 죽었으면 좋겠다는 자기의 바람은 어딘가 부도덕했다. 역시 그만큼 가깝지 않았던 건가. 하지만 법적 구속력 때문이든, 혈연이 얽혀 있기 때문이든, 손쉽게 정 때문이든 그게 다 무슨 상관인가. 갑자기 윤희는 남편의 머리맡에 놓인 물 컵을 집어 들어, 거울을 향해 던졌다. 와장창 소리가 나면서 유리 파편이 바닥으로 퍼졌다. 요사스러운 거울을 깰 생각이었는데 애꿎은 컵이 깨진 것이 그녀는 의아했다.

다음 날 아침, 윤희는 외출했다. 오래간만의 일이었다. 그다음 주, 권율 박사는 병원의 침대에 누워 있었다. 어린 민지는 할아버지가 이제 영원히 집으로 돌아오지 못할 것임을 본능적으로 알아챘다. 할아버지의 웃긴 헛소리에 처음으로 엉엉 울음을 터뜨리기도 했다. 그래 본들 그게 전부였다. 손녀와 할아버지가 만나는 일은 계절에 한두 번이었고 그나마도 오래 지속되지 않았다. 문병객은 적다 못해 거의 없다시피 했다. 어느 조용한 월요일 저녁, 양복을 어색하게 차려입은 한 중년 남자가 병실을 찾은 것은, 그래서 나름대로 사건이었다. 그의 등장에 예전에 느꼈던 그 떨음을 다시 경험하기에는 권율 박사의 의식이 이미 너무도 뒤로 가 있었다. 그 감정은 이제 오롯이 철수만의 것이 되었다.

철수는 오래전, 퇴원한 뒤에도 이른바 유서를 없애지 않았다. 다시 보니 마냥 웃긴 것은 아니라는 생각이 들어서였다. 마냥 웃긴 것은 오히려 그동안 자학의 쾌감을 느끼며 일부러 망가뜨려 온 삶의 양태였다. 반년 동안의 치료와 재활과 휴식을 끝낸 뒤 그는 비상을 준비했다. 물론 그 비상은 극히 산문적이고 현실적인 것이었다. 다시 논술 학원의 문을 두드렸던 것이다. 그렇게 3년 남짓 돈을 모았을 때는(장윤희의 도움을 좀 받긴 했으나!) 썩 괜찮은 동네에 논술 학원을 열 수 있었다. 교육부의 입시 정책이 어떻게 바뀌든 사업은 날로 번창했다. 30대의 후줄근한 백수가 40대에는 부유한 사업가가 돼 있었다. 번역 따위는 굳이 할 필요도 없었다. 그동안의 가난을 설욕하겠다는 듯 그는 여기저기 돈을 뿌려 댔다. 하지만 돈을 쓰는 것도 어릴 적부터 배워 터득하는 습관 같은 것이라, 철수에게는 입에 맞지 않는 고급 음식과 같았다. 돈이 없어 못 쓰는 게 아니라 있으면서도 안 쓰는 상황을 즐기는 일도 오래가지 않았다. 그는 그저 마법을 쓰지 않는 마법사처럼, 기적을 행하지 않는 신처럼 돈의 존재를 잊었다. 물론 독신이었기 때문에, 특히 아이가 없었기 때문에 가능한 일이었다.

철수는 결혼할 생각이 없었다. 설령 하더라도 아이는 절대 낳지 않으리라 생각했다. 이건 그 나름의 세상을 향한 복수였다. 복수라니, 하지만 대체 무엇 때문에? 그 스스로 경멸해 온 속물적 가치와 몸을 섞어 버렸다는 자괴감 탓이었을까. 아니면 지루하게 늘어지기만 하는 윤희와의 연애에 대한 환멸 탓이었을까. 어쨌거나 쉰 살을 전후한 홀아비 급의 노총각에게는 썩 어울리지 않는 우스꽝스러운 고민이자 다짐이었다. 하지만 이 우스꽝스러움이야말로 그가 포기할 수 없는 최후의 보루였다. 어쩌면 그랬기에 여전히 윤희를 만나고 있는지도 몰랐다. 그러고도 남는 많은 시간과 여유를 그는 글을 쓰는 데 바쳤다. 단 한 편도 완성되지 않았기 때문에, 이 역시 행해지지 않은 기적이나 사용되지 않은 돈처럼 그 실체를 정확히 알 수 없었다. 그래도 쓰다 만 글들을 그는 오래전에 썼던 가짜 유서 밑에 차곡차곡 쟁여 놓았다. 유일한 독자는 뜸하긴 해도 아직도 간혹 출몰하는 벌레뿐이었다.

권율 박사가 입원하자 그의 옆구리를 콕콕 찔러 댄 것도 벌레였다. 속이 쓰리지도, 목구멍이 아리지도 않으니, 조여 맨 넥타이 때문에 숨이 막힐 듯 갑갑해진 목을 따라 스멀스멀 기어 나왔다. 이쯤 되면 슬슬 한번 가 봐야지? 느닷없이 죽어 버리면 찜찜해서 어떡하나? 안 그래도 그럴 참이었어, 이 자식아! 철수는 아무래도 안 되겠는지 넥타이를 느슨하게 풀었다. 그래도 벌레는 사라지지 않고 간특한 표정을 지으며 눈을 찡긋했다. 그 영감이 죽으면 자네는 영 골치겠어…… 이제는 발뺌도 못 하고 꼼짝없이 장윤희랑 결혼해야 될 텐데……. 어때, 싫지? 거참, 세상이 많이 바뀌었다고는 해도 좀 민망한 일이긴 할걸세. 재산도 아들이 다 가져갈 거 아닌가. 아들이야 자네 낯짝을 봐서 점잖게 나온다 쳐도 그 처가 가만히 있겠나? 하긴 뭐, 돈이라면 자네도 딱히 아쉬울 게 없지. 아무리 그래도 20대를 물어도 뭣할 판에 쭈그렁바가지를 데려다 어쩌려고? 좀 있으면 늙은 여편네 병수발이나 해야 될걸! 벌레는 고소해 죽겠다는 듯 히죽거렸다. 결국 철수는 넥타이를 획 집어 던지고 집을 나갔다.

권율 박사와 마주한 장면은 꼭 오래전의 영상을 뒤집어 놓은 것 같았다. 철수는 침대 곁에 엉거주춤 서 있고, 노인은 말과 표정을 완전히 잃어버린 채 침대에 누워 있었다. 얼굴은 검은 얼룩으로 뒤덮여 있고 몸뚱어리는 삭정이 위에 질 나쁜 거죽을 씌워 놓은 것 같았다. 다리 사이에는 노란 물이 반쯤 고인 주머니가 매달려 있었다. 두 손은 침대 위쪽에 묶여 있었다. 손목을 붉은 띠처럼 휘감은 상처에 철수는 눈이 아려왔다. 그가 당혹스러운 표정을 짓자 윤희가 변명하듯 조용히 말했다.

"어쩔 수가 없었어. 그래도 팔 안 저리게 위치는 더러 바꿔 줘."

마지막 남은 힘을 나라야마 탈출에 쏟겠다는 듯 걸핏하면 침대에서 뛰어내리기를 반복했다는 것이다. 처음에는 가벼운 타박상을 입었지만 두 번째는 다리뼈에 금이 갔고, 급기야 엉덩이뼈까지 다 부숴 버린 것이다.

"아무리 그래도 그렇지……."

말은 이렇게 했지만, 병실을 둘러보니 권율 박사만 그런 것도 아

니었다. 손이 묶이지 않은 사람은 이미 그럴 필요가 없는 사람뿐이
었다. 반면, 왜 벌써 여기에 있는지 알 수 없을 만큼 정정한 노인도
한 명 있었다. 흡사 철수를 노려보는 것처럼 그의 두 눈이 번득였
다. 자기 손으로 바나나를 까서 우걱우걱 씹어 먹기도 했다. 의식이
말짱하다는 증거였다. 그런 그도 다리 사이에는 주머니를 달고 있
었다.

병실을 나온 뒤 철수는 담배 세 대를 연거푸 피웠다. 두 다리로
땅을 딛고 서 있는 자신의 모습이 참 생경했다. 제 발로 걷고 제 손
으로 운전대를 잡는 모습은 경이롭기까지 했다. 담배 탓인지 입안
에는 쓴맛이 감돌았다. 그 맛은 곧 땡감의 과육이 입에 닿은 양 떫
은맛으로 바뀌었다. 문득, 20여 년 뒤 자신의 모습이 권율 박사보다
몇 배는 더 추레할지도 모른다는 생각이 들었다. 심지어 그 풍경이
지금 눈앞에 보이는 생수병의 형상처럼, 앞차의 뒤태처럼 또렷이 그
려졌다. 그러자 마음이 조금은 편안해졌다. 물론 그래도 권율 박사
에 대한 떨떠름한 감정은 완전히 사라지지 않았다. 그가 애써 생매
장한 죄책감 탓이었다. 아니, 그저 누구는 제 힘으로 오줌도 제대로
눌 수 없는데 누구는 두 발로 걸을 수도 있다는 사실에서 비롯되는
부질없는 원죄 의식 탓이었다.

민우의 삶에서 시나브로 삭제된, 급기야 덮어쓰기가 되어 버린
강 주임도 시간의 추이를 좇아갔다. 그와 아내는 착실하게 늙어 갔
고 그들의 세 딸들, 연수, 연희, 연주는 재크의 콩나무처럼 쑥쑥 자
라났다. 연수는 상업 고등학교를 무난히 졸업하고 백화점에 취직했

다. 연희는 대학에 입학한 뒤 1학년 때부터 수험서와 씨름한 결과 체신 공무원이 되었다. 막내딸 연주는 입시 준비를 하느라 여념이 없었다. 개인 과외 한 번 제대로 시킨 적이 없었건만 연주는 공부를 잘했다. 수학 능력 시험을 본 뒤에는 본격적으로 논술 시험을 준비했다. 두 언니가 차곡차곡 모아 온 통장을 헐어 학원비를 내놓았다.(그렇게 연주가 등록한 학원은 그 무렵 전통과 명성을 자랑하던 김철수의 논술 학원이었다.) 그들은 영특한 동생이 자기들의 희망이라도 되는 양 부산을 떨며 동생의 합격을 기원했다. 결국 연주는 명문대에 입학하게 되었다. 구태여 그렇게까지 좋은 대학에 들어가 주지 않았어도 충분히 기뻤을 테지만, 온 집안이 잔치 분위기였다. 강 주임 가족은 난생 처음으로 1박 2일 예정의 가족 여행을 단행했다.

그들은 토요일 아침 일찍 짐을 챙겨 고속버스 터미널로 향했다. 딸들은 많이 먹는 만큼이나 힘이 세서, 강 주임 내외는 가벼운 짐만 들면 됐다. 예약한 펜션으로 들어갈 때도 택시를 타지 않았다. 덕택에 목적지에 도착했을 때는 모두 녹초가 돼 있었다. 그럼에도 그들은 울창한 해송과 푸르스름한 겨울 바다를 앞에 두고서 각자의 행복에, 동시에 모두의 행복에 젖었다. 딸들은 어느새 어엿한 숙녀가 됐지만 어린 계집애들처럼 조잘대는 버릇은 여전했다. 근처에서 점심을 사 먹고 바닷가를 산책할 때는 온 세상을 세낸 것 같았다.

어느덧 저녁을 준비할 시간이 왔다. 삼겹살은 미리 사 왔고 조개는 펜션의 사장에게 이미 부탁해 놓은 터였다. 딸들은 쌀을 안치고 상추와 깻잎, 풋고추, 당근, 오이를 씻고 마늘을 썰었다.

"엄마 아빠도 많이 늙긴 했다, 그치?"

"우리가 이렇게 컸는데, 안 늙고 배기냐."

"풋고추도 먹기 좋게 좀 썰까?"

"에이, 그냥 둬."

"그래도 당근은 썰어야겠지?"

"아니, 그럼 토끼처럼 통째로 갉아 먹을 거야?"

"야, 강연주, 마늘 갖고 장난치냐? 싫으니 죽지, 이리 줘. 그러다가 너 손가락 썰겠다."

싱크대 앞에서 오구작작, 옥신각신하는 이 평범한 세 처녀들이야말로 보티첼리 그림 속의 삼미신을 초라하게 만들 만큼 아름답고 생기로웠다.

강 주임의 아내는 찜질방처럼 바닥이 뜨끈뜨끈한 방 안에 비스듬히 누워 있다가 일어나서 남편의 손을 이끌고 발코니로 나갔다. 연수가 인스턴트 커피 두 잔을 타서 발코니의 테이블 위에 갖다 놓았다.

"살다 보니 이런 그림도 다 보네. 야, 바다 풍경도 좋고, 엄마 아빠 풍경도 좋고!"

마주앉은 부부는 민망한지 얼굴을 붉혔다.

날이 어둑해지자, 펜션 사장은 화덕에 숯을 갖다 넣고 불을 피웠다. 딸들은 음식을 야외 테이블로 갖다 날랐고, 강 주임 부부는 삼겹살을 철판 위에 올렸다. 그다음에는 조개들의 향연이 시작되었다. 불꽃이 하늘을 찌를 듯 활활 타오르는 가운데 조개껍질 벌어지는 소리가 쌉싸래한 겨울바람 사이로 유쾌하게 귀를 때렸다. 더러 해금이 덜 돼 모래알이 씹히는 녀석도 있었지만 그마저도 훌륭한 반찬이 돼 주었다.

다음 날 아침 일찍, 강 주임 가족은 일출을 보고 간단히 아침 요기를 한 뒤 서둘러 출발했다. 서해 대교를 지날 무렵, 연수가 아쉬운 듯 한마디를 던졌다.

"이 근처 휴게소 음식 맛있는데, 당장 버스에서 내릴 수도 없고 말이야."

언니의 말에 연희도 고개를 주억거렸다.

"차만 있었으면 안면도까지 들어갔다가 오는 건데."

연주는 숫제 시무룩하게 응수했다.

"그러니까 그놈의 차가 있어야 말이지……."

"야, 동생들아, 엄마야, 아빠야, 이 몸이 이번 달에 운전면허증 따면 중고차라도 한 대 뽑는다! 유지비는 똑똑한 연주가 아르바이트해서 댄다!"

별로 웃긴 말도 아니었는데 온 가족이 큰 소리로 깔깔댔다. 더러 고속버스 안에서 그렇게 소란을 떠는 가족을 힐끔 쳐다보는 사람도 있었다.

강 주임 가족이 서울 시내로 진입했을 무렵, 연주와 동갑인 딸기가 거실에서 피아노를 치고 있었다. 최지욱은 나날이 희미해져 가는 딸기의 실루엣을 바라보며 점 하나, 선 하나 놓치지 않기 위해 눈을 힘을 주었다. 이와는 무관하게, 김철수가 하얀 종잇장에 뭔가를 끼적이다가 지쳐, 새 논술 교재를 다듬기 시작했다. 세상의 다른 한쪽에서는 일흔일곱 살의 권율 박사가 아내, 아들 내외, 또 손녀가 지켜보는 가운데 죽음과의 대면을 앞두고 있었다. 잠깐이나마, 그의 말년을 장식한 정신착란의 희끄무레한 그림자가 걷혔다. 기억 속의 젖먹이와 눈앞의 어린 소녀 사이의 동일성을 확신하는 데 시간이 걸리기는 했지만, 어떻든 그는 오래전에 잃어버린 명징한 의식을 되찾았다.

"우리 민지가 언제 이렇게 컸나? 다희보다 훨씬 컸구나……."

발음도 또렷했고 얼굴에는 감탄과 경이로움이 어리었다. 그 표정 그대로 한참 동안 말이 없더니 권율 박사는 눈을 감았다. 숫제 잠이 든 것도 같았다. 다시 눈을 떴을 때는 입술이 애처롭게 달싹거렸다.

"물, 물 좀……!"

이것이 그가 살아생전에 내뱉은 마지막 말이었다. 아들이 물 잔을 입에 대 주었다. 권율 박사는 한 모금도 마시지 못했다. 빨대를 꽂아 주어도 빨아들일 힘이 없었다. 아들은 숟가락으로 물을 떠 아비의 입안에 넣어 주었다. 하지만 혓바닥만을 간신히 축일 수 있을 따름이었다. 어린 손녀는 의아스럽고도 안타까운 표정을 담아 눈을 반짝이면서 발을 동동 굴렀다. 결국 권율 박사는 속이 바싹바싹 타들어 가는 것 같은 목마름을 느끼며 생을 마감했다. 저녁 6시가 가까워지고 있었고, 겨울이라 하루를 좀 일찍 마감하는 해가 막 숨이 끊긴 권율 박사의 얼굴에 샛노란 진홍빛을 드리워 주었다.

김철수의 유서

언젠가 혁명의 신화에 대한 글을 카페 게시판에 올렸다. 하지만 혁명의 신화는, 아니, 혁명은 없다. 최소한, 순수한 의미에서의 혁명은 없다. 혁명이 없다면 혁명에 헌신한 혁명가도 없다. 존재하는 것은 오직, 그런 식으로 떠받들어지고 신화화되는 혁명과 혁명가의 아우라일 뿐이다. 거국적 이데올로기나 숭고한 이념이 혁명의 직접적인 원동이 되었던 적이 정말 있었을까. 훗날 소비에트 혁명의 예언서처럼 추앙받게 된 도스토예프스키의 『악령』에서 자주 간과되는 사실이 있다. '행동하는' 혁명가인 표트르가 5인조의 일원인 샤토프를 살해한 것은 거국적인 대의명분이 있어서가 아니었다. 샤토프를 죽임으로써 다른 회원들을 옭아매자는 것도 허울 좋은 핑계였다. 그는 그저 샤토프가 제네바에서 자기 낯짝에 침을 뱉은 것을, 그 모욕을 잊지 못했을 뿐이다. 설령 진정한 혁명이 존재한다고 할지라도 그것은 찰나적으로 번득이는 섬광일 뿐, 결국 남는 것은 카프카의 말대로 관료주의의 진흙탕뿐이다. '견고한 것은 모두 공기 속에 녹아 버리고 성스러운 것은 모두 더럽혀지고……'라는 문구를 몇 차례에 걸쳐 카페 게시판에 올렸다. 혁명이 완수되면 세상을 떠돌던 유령은 실체를 얻게 될 것이다. 하지만 혁명 이후 체제가 안정되면 그 실체 역시 견고해질 것이고, 그것은 모두 공기 속에 녹아 버릴 것이다. 유령은 그것이 영원히 실체 없는 유령일 때, 그때만 무섭도록 숭고한 것이고, 유토피아는 그것이 영원히 동경의 대상일 때, 즉 존재하지 않을 때, 그때만 아름다운 것이다. 그리하여 우리는 우리의 삶을 지속시키기 위해 우리만의 유령을 필요로 한다. '누구 앞에 경배할 것인가.' 그렇다, 우리에게는 경배할 대상이, 신화화할 대상이 필요하다. 그 대상은 종교여도 좋고, 구체적인 열정이나 추상적인 박애여도 좋고, 심지어 침을 질질 흘리며 자는 뚱보 고양이여도 좋다. 진정한 지옥이란 신화에 대한 갈망과 그것을 만들어 내려는 의지를 잃어버리는 것이다.

　막다른 골목. 이를 구태여 '죽음'이나 '자살'이라 부르지는 않겠다. 백조의 노래가 끝나는 순간, 미학은 유물론으로, 아니 생물학으로 환원된다. 생물학적 존재로서의 나와 대면하는 것이 두렵다. 언젠가는 기필코 닥치겠지만, 내가 먼저 나서서 그것을 앞당기고자 한다. 물론 할 수만 있다면 내 목숨이 잉태된 그 지점부터 새로 편집하고 싶다. 가장 큰 행운은 아예 태어나지 않는 것이지만, 불행히도, 나는 대다수의 사람들처럼 그 행운을 누리지 못했다. 이제 차선책을 택하기로 한다. 막다른 골목.

2005년 가을, '몽상과 환멸'에 관한 소설을 구상했다. 이야기의 골조가 만들어질 때부터 시간적 배경은 소비에트 혁명 90주년 기념일인 2007년 11월 7일을 전후한 며칠이었다. 자연스레, 도스토예프스키의 『악령』과 벨르이의 『페테르부르크』의 몇몇 모티브가 활용됐다. 『공산당 선언』을 읽으며 내 방식으로 '유령'에 사로잡혀 있던 20대 초반의 추억도 되살아났다. 2008년 여름, 대대적인 퇴고 작업을 거치면서 원고지 500매 정도의 분량이 골치 아픈 체지방처럼 연소됐다. '부르주아적인 것'에 대한 위악적인 울분도 많이 완화되고 사변적인 측면들도 구체화됐으며 많은 부분이 완전히 다시 쓰이기도 했다. 무엇보다도, 대여섯 평쯤 되는 갑갑한 방에서 채광과 통풍 상태도 좋고 평수도 조금 더 넓은 방으로 이사를 한 덕분에 소설이 약간은 더 밝아졌다. 그 동안 다른 형식의 글에다 이런저런 말들을 써 보기도 하고 필사를 하는 심정으로 아끼는 작품들을 우리말로 옮겨 보기도 했다. 돌이켜 보건대, 다분히 관성의 법칙에 따라 행해진, 따라서 약간은 절망적이었던 이런 작업은 모두 이 소설에 책이라는 몸을 선사해 주기 위한 필연적인 과정이었으리라.

어차피 우리의 삶에는 튼튼한 맥락도, 촘촘한 플롯도 없다. 하지만 이것이, 제 아무리 간특한 미학을 갖다 대더라도, 엉성하고 헐거운 소설을 정당화해 주지는 못한다. 문학사의 잔혹한 심판은 결국 '잘 쓴 소설'과 '못 쓴 소설'을, 극히 예외적으로 '기괴한 소설'을 가려낼 뿐이다. 계절이 바뀔 때마다 머릿속 구상이 몸을 얻어 가고 그렇게 완성된 원고들이 컴퓨터 속에 유폐되는 동안 줄곧 이 문제를 생각했다. 그렇지만 때로는 체념도, 그것이 목숨을 연장하기 위한 생명체의 본능적인 방어 기제라면, 미덕일 수 있는 거다. 이 점에서 이 소설은 소설의 본질과 소설가의 정체성, 나아가 내 소설의 자리에 대한 고민의 산물이다.

더 중요한 것이 있다. 나의 부모님은 환갑을 전후한 나이에도 새벽 3시면 시장에 나가신다. 농사꾼에서 장사꾼이 됐을 뿐, 당신들의 삶은 한결같다. 이 질박하고 빈틈없는 삶에 비하면 당신들의 장녀의 삶이란 한 시절의 김철수처럼 그야말로 "아메바처럼 흐느적거리는 삶"인 셈이다. 모든 노동이 반드시 육체노동일 필요도, 또 그 가치가 모두 다 환금성의 범주에 귀속될 필요도 없지만, 어떻든 명백히 의도된 태만에 대한 최소한의 변명은 필요하다. 이 점에서 이 소설, 나아가 앞으로 쓸 소설은 하얀 백지 앞에서 담배 연기와 함께 하릴없이, 낭창하게 날려 버린 시간들의 알리바이다.

1981년, 일곱 살의 나는 가히 세상의 진리를 다 깨우쳤다고 자부했을 법하다. 학교에 들어갔고 글을 읽고 쓰는 법을 배웠기 때문이다. 이후 매일매일 공책에다 큼직한 글씨로 일기를 써 가며 글쟁이를, 나중에는 소설쟁이를 꿈꾸었다. 내 몸뚱어리처럼 왜소한 중량감이지만 첫 장편을 내놓는 지금에야 비로소, 내가 소설쟁이임을 실감한다. 지금까지 이 여정에 동반자가 되어 준, 또 앞으로도 되어 줄, 얼마 되지 않지만 그렇기에 더욱더 소중한 독자들에게 감사한다.

2009년 10월

김연경

혁명이 필요하지 않은 이들은 누구인가

이수형(문학평론가)

김연경의 장편소설 『고양이의 이중생활』은 '역사의 종언'이라는 테제를 다시 한 번 변주하고 있는 셈이다. 많은 이들에 의해 반복된 탓에 이제는 종언이라는 메시지가 던지는 충격도 많이 사라져 무덤 덤해진 느낌이 없지 않지만, 다른 한편으로는 누구나 종언을 말한 다는 바로 그 이유 때문에라도 『고양이의 이중생활』이 전하는 종언 이란 대체 어떤 종언인가를 묻는 일이 필요해질 것이다.

헤겔에 의해 선언되고 코제브에 의해 추인된 역사의 종언이 예나 전투에서 울려 퍼진 나폴레옹 군의 포성을 배경으로 한 것임은 널 리 알려져 있거니와, 이때 역사의 종언이란 글자 그대로 대문자 혁 명인 프랑스 혁명의 이상이 나폴레옹에 의해 실현되었으며 그 결과 총체적이고 온전한 인간이 보편적이고 동질적인 국가의 시민이라는 모습으로 등장하게 된 사태를 지칭한다. 이런 맥락에서 역사의 종 언이란 역사의 완성에 다름 아니며, 따라서 더 이상의 혁명이 필요하지 않은 상태를 의미하고 있음은 명백하다. 물론, 헤겔 이후에도 역사의 종언을 선언하는 행위가 빈번했다는 사실은, 누군가에게는 역사의 완성이 여전히 요원한 일로 여겨졌으며, 그 때문에 정치적으로든 미적(감성적)으로든 또 다른 형태의 새로운 혁명이 요청되었음을 의미하는 것이리라. 하지만 어찌어찌 하다 보니 반복되는 역사의 종언 속에서 역사의 완성이라는 당위적인 목표는 사라진 채 그저 역사가 끝장났다는 사실 확인만이 남게 되고, 그 결과 역사의 종언 안에서 혁명이 차지하는 위상 또한 더 이상 '필요하지 않은' 것에서 더 이상 '가능하지 않은' 것으로 수정되었을지도 모른다.

'PtRe(Proletariat Revolution)'라는 이름의 인터넷 카페 회원들이 주요 인물로 등장하는 『고양이의 이중생활』이 전하고자 하는 역사의 종언 역시, 표면적으로는 혁명의 (불)가능성을 중심으로 구성된 것처럼 보인다. 'PtRe'가 내건 기치는 거창하게도 프롤레타리아 혁명이지만, 실제 활동은 그런 것과 별 상관이 없다. 오프라인 모임에 참여하는 회원이라야 고작 다섯 명뿐인 데다, 그나마 컴퓨터 관련 중소기업에서 일하는 40대의 강 주임과 명문대 경영학과에 재학 중인 세련된 속물 안정현은 카페 활동에 큰 관심이 없고, 주요 회원을 꼽아 봐야 90학번으로 만년 고시생에서 백수로 전락한 김철수, 대학 병원 교수의 아들인 휴학생 권민우, 그리고 카페 마스터 최지욱의 메신저 역할을 수행하는 딸기라는 일곱 살짜리 여자애가 전부라면 더 보지 않아도 알조 아닌가?

정녕, 휴학한 대학생은 룸펜 프롤레타리아적인 데가 있었다. 다만, 형용 모순인데, 호주머니에 돈깨나 든 룸펜 프롤레타리아. 이것은 천민자본주의의 부르주아 계급이 양산해 낸 무슨 제3의 새로운 계급 같았다. 이날, 민우는 정현과 꽤 오랜 시간을 보냈다. (……) 너 같은 애들이 나중엔 우리 엄마처럼 될 테지. 나 같은 놈들이 결국 너 같은 여자를 인생의 필수 부품으로 가지려고 아등바등 살 테지. 건전한 사회인으로서 열심히 돈 벌고 거기에 무슨 양념처럼 종교 생활, 봉사 활동을 하고 주식 동향과 부동산 법안에 귀를 쫑긋 세우고 그 와중에 콘서트를 보러 가고 간간히 대형 서점에 나가 신간도 한 번씩 들춰 주고 모피도 두어 벌 맞춰 주고……. 이런 풍경을 바라보는 것이 민우의 일상이었다. 그 자신이야말로 이런 풍경의 충실한 구성원이라는 것, 그것이 더 욕지기나는 일이었다.

──89쪽

물론, 꼭 프롤레타리아 혁명이어야 할 이유는 없을 것이다. 자신을 룸펜 프롤레타리아로 상상한다고 해도 돈깨나 있는 집안의 외아들인 민우가 프롤레타리아의 일원이 될 수 있을 리는 만무하다. 하지만 그렇다고 해서 그가 열심히 돈 벌고 양념 삼아 종교와 취미 활동을 즐기는 중산층의 생활에 반드시 만족하리라는 법은 없으며, 그리하여 "욕지기나는" 자본주의적 일상을 거부하고 나아가 총체적이고 온전한 인간이 되기 위해 혁명을 꿈꾸지 말란 법은 없다. 그러니까 중요한 문제는 어떤 혁명인가가 아니라 ─ 그것이 어떤 것이든간에 ─ 그 혁명을 어떻게 성공적으로 수행할 수 있는가일 것이다. 그러면 혁명과 현실 사이에 존재하는 간격을 어떻게 좁힐 수 있을까? 민우를 비롯한 다른 회원들이 그러하듯, 남들이 읽지 않는 사회과학 서적을 읽고 '트로츠키의 영구 혁명론의 실천적 가능성'이나 『공산당 선언』, 아직도 유효한가' 같은 글을 게시판에 올리거나 댓글을 다는 것으로 충분한가?

자신을 따르는 민우로부터 "우리가 정말 혁명가인가, 혹은 지금 이 시대가 정말 혁명의 시대가 될 수 있는가"라는 질문을 받았던 철수는 실행되지 못한 자살을 위한 유서에서 다음과 같이 대답하고 있다. "유령은 그것이 영원히 실체 없는 유령일 때, 그때만 무섭도록 숭고한 것이고, 유토피아는 그것이 영원히 동경의 대상일 때, 즉 존재하지 않을 때, 그때만 아름다운 것이다. 그리하여 우리는 우리의 삶을 지속시키기 위해 우리만의 유령을 필요로 한다." 68혁명을 통해 유명해진 말을 빌리면, 혁명이란 불가능한 것에 대한 요구라고 할 수도 있을 것이다. 그리고 철수의 유서에 쓰인 대로라면, 요구되었던 불가능이 불가능한 상태로 남아 있을 때만 혁명은 혁명일 수 있을 것이다.

철수의 말 자체는 새로울 것도 없는 상식에 지나지 않지만, 그런 만큼 쉽게 이해된다. 좀 단순화하면, 우리 모두는 욕망의 변증법 안에서 항상 불가능한 것을 꿈꾸며 살아오지 않았는가 말이다. 그런데 혁명이라는 것이 원래부터 다소간 불가능한 어떤 것이었다면, 이제 와서 새삼 혁명의 불가능성을 확인하고 또 이를 통해 역사의 종언을 말한다는 것은 어딘가 앞뒤가 맞지 않는다. 결론부터 말하면, 결국 역사의 종언이란 혁명이 '가능하지 않은' 삶이 아니라 혁명이 '필요하지 않은' 삶을 보여 줌으로써 표명될 수 있을 것이다. 『고양이의 이중생활』에서 폭로되는 삶 역시 바로 그러한 경우이다. 소설의 첫 장면에서부터 난데없이 등장하는 폭탄을 예로 들어 보자.

문제의 메일이 배달된 건 한 달쯤 전이었다. 그 내용인즉, 카페 개설 1주년 행사를 좀 더 멋지게 치르기 위해 폭탄을 만들라는 거였다. 민우는 그걸 순전히 농담으로 받아들였다. 꽃벌이나 잠자리, 메뚜기의 생태를 공부하는 사람한테 폭탄을 만들라니. 더욱이, 화염병 같은 것이라도 만들어 보기는커녕 숫제 본 적도 없는 03학번 대학생한테! 더욱이, 딸기 같은 소녀를 앞잡이로 내세워서! 워낙 그랬기 때문에 민우는 반쯤은 놀이 삼아 이 희극에 동참했고, 칸트의 털을 그스는 불상사를 치름으로써 그 대가를 치렀다. 다들 이 비슷한 일은 하고 있겠지. 흡사 옛날에 엠티를 떠날 때 누구는 김치를, 누구는 고추장을, 누구는 상추를 준비하는 것처럼 말이다. 정말 놀이는 이제야 시작인 걸까? 아니면 벌써 끝나 버린 걸까?

　　　　　　　　　　　　　　　　　　　——178~179쪽

키보드 혁명가에 지나지 않던 'PtRe'의 오프라인 회원들은 딸기로부터 전달된 폭탄 테러라는 지령 앞에서 잠시 당황하는 기색을 보이지만 뜻밖에 곧 심드렁해진다. 폭탄 테러는 그다지 재미있지도 않은 "농담"이나 "놀이" 정도로 치부될 뿐인데, 이런 사정은 폭탄 제조와 설치를 맡은 민우도 별반 다르지 않다. 폭탄은 그 "욕지기나는" 자본주의의 일상을 폭파시킬 혁명의 시작인가, 아니면 단지 테러일 뿐인가? 그들은 이런 최소한의 질문조차 던지지 않는다. 그 계획이 실현 불가능하다고 판단했기 때문인가? 하지만 실제로 폭탄은 정확한 시간에 폭발한다. 그들이 폭탄의 존재를 짐짓 무시한 이유는 일상이 폭파되는 혁명적 사태가 가능하지 않기 때문이 아니라 필요하지 않기 때문이다. 그들은 서로 폭탄을 돌리면서 그 사실을 조금씩 깨닫는다.

폭탄은 굉음과 섬광을 내며 폭발하지만, 다행히도 혹은 불행히도 예상한 만큼의 위력을 발휘하지는 못해 민우의 책상을 불태우는 정도의 한바탕 소동으로 끝난다. 그리고 사람들은 기다렸다는 듯 서둘러 자기 자리로 돌아간다. 민우는 로스쿨로, 철수는 논술 학원으로, 강 주임은 세 딸이 기다리는 가정으로, 철수와 바람을 피웠던 민우 엄마 장윤희는 권율 박사의 품으로, 기타 등등. 앞으로 이들은 결코 혁명을 꿈꾸지 않을 것이다. 그 이유는, 역설적이지만, 혁명이 가능할 수도 있다는, 다시 말해 서울의 일상 한복판에서 폭탄이 폭발할 수도 있다는 사실을 인지했기 때문이다.

그런데 카페 회원들이 다들 외면하고 싶어 했던 폭탄은 어디에서 온 것인가? 애당초 'PtRe'라는 카페는 민우 아버지 권율 박사의 사생아로 자처하는 최지욱의 플롯에 의해 만들어졌으며, 민우를 끌어들인 최지욱은 자신과 어머니를 버린 아버지에게 복수하고자 하는 '혁명적' 가족 로망스를 감춘 채 카페 개설 1주년과 러시아 사회주의 혁명 90주년을 명분으로 내세워 권율 박사의 침실을 폭파할 계획을 세운 것이다. 이런 사정을 감안한다면, 다른 사람은 몰라도 적어도 최지욱은 폭탄 테러의 실패를 애석하게 여겨도 되지 않을까?

"바스티유 감옥 습격 사건 말일세."

최지욱은 작은 눈에 온화하고 조용한 살의가 담긴 미소를 흘리며 말을 이어갔다.

"우리는 왜 그걸 프랑스 혁명의 기점으로 알고 있잖나? 하지만 사실 그 안에 갇혀 있던 죄수는 국사범도 혁명가도 뭣도 아닌 것들이었어. 총 일곱 명이었는데 뭐 사기꾼에 변태에 정신병자였지. 감옥에 쳐들어간 자들도 폭도에 불과했다지."

민우는 최지욱의 말을 무시하고 단도직입적으로 물었다.

"왜 저를 골랐던 겁니까?"

"허허, 그걸 아직도 몰랐나? 자네 아비도 입을 열지 않은 모양이군. 자네의 아비는 내 아비이기도 하네. 우리는 말하자면, 이복형제인 거지."

민우는 너무 어이가 없어, 가소롭다는 듯 최지욱을 쏘아볼 뿐이었다. 미친 놈! 미쳐도 더럽게 미쳤군.

—230쪽

난데없는 폭탄 소동이 끝나고 민우를 만난 최지욱은 또 난데없이 프랑스 혁명 이야기를 끄집어낸다. 실은, 그의 궤변은 프랑스 혁명에 대한 것이 아니라 자신의 혁명에 대한 것이다. 성난 시민들이 바스티유 감옥을 습격했듯, 그 역시 권율 박사에게로 쳐들어간다. 문제는 최지욱 자신도 어렴풋이 알고 있으며 나중에 명백히 밝혀지듯, 권율 박사가 그의 아버지가 아니라는 사실이다. 결국 민우가 생각한 것처럼, 최지욱은 아버지에 대한 혁명을 꿈꾸는 사생아가 아니라 한낱 "미친놈"일 뿐인 것이 맞다. 또 그런 사정을 짐작하는 최지욱 쪽에서라면 바스티유 감옥이 습격을 받든 말든, 폭탄이 터지든 말든, 어차피 혁명이란 없으며 다만 미친 놀음이 있을 뿐이라는 궤변을 받아들인다 해도 그다지 이상하지는 않을 것이다.

혁명이 실제로 가능하다는 사실에 대한 불안 탓이든, 아예 혁명이란 처음부터 없었다고 믿는 궤변 탓이든, 『고양이의 이중생활』에 등장하는 인물들에게 혁명은 더 이상 필요하지 않으며, 따라서 그들의 삶은 역사의 종언을 입증하는 증거이다. 그들을 부르는 명칭은 여럿일 터인바, 니체나 베버의 용법을 따라 역사가 끝난 이후를 살아가는 '최후의 인간'이라고 명명할 수도 있을 것이다. 최후의 인간이란 누구인가? 다시 니체와 베버를 따르면 그들은 대지 위에 존재하는 모든 것을 비천한 것으로 비하하는 자들이며, 그렇게 만들어진 세계를 전례 없는 최고의 단계로 자부하며 정신도 가슴도 없이 살아가는 자들이다.

최후의 인간들은 더 이상 혁명이 필요하지 않은 삶을 영원히 살아갈 것이다. 그들은 아비 없이 태어날 것이고,(생물학적 혹은 상징적 아버지를 갖지 못한 것은 비단 최지욱만이 아니다.) 아이가 성장해 어른이 된다는 가장 단순한 형태의 역사마저도 무화시킬 것이고,(최지욱의 딸이자 연인인 딸기는 처음부터 아이도 어른도 아닌 기이한 존재로 등장한다.) 결국 태어나자마자 죽어가는 것 외에 더 이상 할 일이 없을 것이다.(소설의 말미는 너무 일찍부터 죽어 가고 있던 권율 박사의 비루한 죽음에 대한 이미지로 채워진다.) 역사의 종언을 증거하는 최후의 인간들을 내세운 『고양이의 이중생활』은 어떻게 보면 평범한 일상을 배경으로 잘난 것도 없는 인물들을 등장시키면서 그들을 통해 거대한 환란을 암시하는 묵시록적 가족 로망스를 상연하고 있다. 그래서 결국 우리는 등장인물들의 어처구니없는 행동을 능히 비웃다가도 어느 순간 그들에 의해 드러나는 기괴한 세계 앞에서 불편해지는 우리 자신을 발견하게 되는 것이다.

김연경

1975년 경남 거창에서 태어나 부산에서 자랐다. 서울대학교 노어노문학과를 졸업했다. 1996년 《문학과 사회》를 통해 등단했다. 소설집 『고양이의, 고양이에 의한, 고양이를 위한 소설』, 『미성년』, 『내 아내의 모든 것』, 경장편 『그러니 내가 어찌 나를 용서할 수 있겠는가』 등이 있다. 현재 소설 쓰기와 번역, 러시아 문학 강의 및 연구를 병행하고 있으며 역서로는 『악령』, 『카라마조프 가의 형제들』 등이 있다.

고양이의 이중생활

1판 1쇄 찍음 2009년 10월 30일
1판 1쇄 펴냄 2009년 11월 6일

지은이 김연경
발행인 박근섭·박상준
편집인 장은수
펴낸곳 (주)민음사

출판등록 1966. 5. 19. 제16-490호
주소   서울시 강남구 신사동 506번지 강남출판문화센터 5층 (135-887)
대표전화 515-2000 | 팩시밀리 515-2007
홈페이지 www.minumsa.com

ISBN 978-89-374-8290-8 (03810)